MITOS YORUBÁS

DO AUTOR:

As águas de Oxalá: Àwọn omi Ọ̀ṣàlá
Dicionário Português-Yorubá
Dicionário Yorubá-Português
História dos candomblés do Rio de Janeiro: o encontro africano com a cidade e os personagens que construíram sua história religiosa
Jogo de búzios: um encontro com o desconhecido
Òrun-Àiyé: o encontro de dois mundos

JOSÉ BENISTE

MITOS YORUBÁS

O OUTRO LADO DO CONHECIMENTO

1ª edição

CIVILIZAÇÃO BRASILEIRA

Rio de Janeiro
2025

Desenhos do autor

Texto revisado segundo o Acordo Ortográfico da Língua Portuguesa de 1990.

Direitos desta edição adquiridos pela
EDITORA CIVILIZAÇÃO BRASILEIRA
Um selo da
EDITORA JOSÉ OLYMPIO LTDA.
Rua Argentina, 171 – 3º andar – São Cristóvão
Rio de Janeiro, RJ – 20921-380
Tel.: (21) 2585-2000.

CIP-BRASIL. CATALOGAÇÃO NA PUBLICAÇÃO
SINDICATO NACIONAL DOS EDITORES DE LIVROS, RJ

B415m Beniste, José
Mitos yorubás : o outro lado do conhecimento / José Beniste. - 1. ed. - Rio de Janeiro : Civilização Brasileira, 2025.

ISBN 978-65-5802-182-7

1. Iorubá (Povo africano) - Religião. 2. Deuses iorubás. 3. Orixás - Lendas. 4. Candomblé. I. Título.

25-96355 CDD: 299.673
CDU: 259.42

Gabriela Faray Ferreira Lopes - Bibliotecária - CRB-7/6643

Impresso no Brasil
2025

Toda Ìyálórìṣà foi uma Ìyàwó,
mas nem toda Ìyàwó será uma Ìyálórìṣà.

SUMÁRIO

OS MITOS

COMPLEMENTO

APRESENTAÇÃO

As histórias de todos os povos e culturas começam sempre com um capítulo dedicado aos seus primórdios. São os acontecimentos decisivos que vão modelar situações posteriores e, assim, justificá-las. Logo, não poderia ser diferente na cultura afro-yorubá, que, para o Brasil, foi transplantada pelo contingente nagô. Cada um de seus *Òrìṣà* identifica-se com uma tarefa determinada pelo Ser Supremo, *Ọlọ́run*. A *Òṣàlá*, divindade da criação, foi destinada a tarefa de modelar o plano terrestre e os seres humanos; *Ọ̀rúnmìlà* levou consigo a missão específica de definir os atributos da Terra, usando sua sabedoria e compreensão; *Ògún*, com sua extraordinária força física e destreza, pôde se haver com todos os problemas de heroísmo e luta; *Èṣù* ficou responsável pela manutenção do *Àṣẹ*, o poder divino, com o qual as divindades exercem os seus poderes.

Depois que os *Òrìṣà* se instalaram em terras africanas, eles se espalharam por diferentes regiões da Terra, merecendo culto particular e devidamente adaptado às condições culturais de cada região. Todos esses acontecimentos ficaram registrados em mitos, histórias e lendas, que passaram a influenciar o comportamento futuro das pessoas que tinham essas divindades como tutelares de sua guarda.

O que se deve compreender é que há sempre um mito, um exemplo capaz de justificar qualquer teoria e qualquer prática, e que não deve ser interpretado como curiosidade científica, mas sim como o reviver de uma mentalidade primordial. Nas civilizações africanas, o mito desempenha uma função indispensável: exprime, enaltece e codifica a crença, revela e impõe princípios morais, garante a eficácia dos rituais e oferece regras práticas para a orientação humana.

Em muitos casos, essa simples curiosidade que os mitos transmitem provoca revolta em alguns, pela simples apresentação do *Òrìṣà* cultuado, que pode ser contrária ao pensamento que o devoto tem a seu respeito. Quando isso acontece, os mitos são modificados de acordo com os interesses de cada um. Essa é a razão de existirem mitos parecidos, apenas com finais diferentes. Em sua tese "Os mitos de Xangô e sua degradação no Brasil", apresentada no 1º Congresso Afro-Brasileiro, no Recife, em novembro de 1934, Arthur Ramos abordou essa questão, citando alguns dos mitos de *Ṣàngó* com variantes diversas. Dizia ele: "Esses mitos yorubanos de Xangô foram deturpados no Brasil. Degradaram-se mais e mais. Ficou, porém, no inconsciente coletivo dos negros brasileiros, a força oculta de um extraordinário dinamismo mítico."

Mircea Eliade considera cinco aspectos fundamentais dos mitos:

1 – O mito constitui a história das ações de Entes Sobrenaturais;

2 – O mito coloca essa história como absolutamente verdadeira e sagrada;

3 – O mito sempre dá um sentido de criação para as coisas. Ou seja, explica como essas coisas vieram a existir, ou como um comportamento, uma instituição, uma maneira de trabalhar foi inicialmente estabelecida;

4 – O mito é uma revelação: conhecendo-o, conhecemos a origem das coisas e, com isso, podemos dominá-las e submetê-las à nossa vontade. Esse conhecimento é "vivido" ritualmente, seja por narrativas, seja pela repetição constante do mito em sua forma ritual;

5 – De uma maneira ou de outra, o mito é vivido porque somos tomados pelo poder sagrado que engrandece os acontecimentos rememorados e reatualizados.

Nenhum povo e nenhuma cultura formam-se como realidade histórica sem imagens ou sem símbolos, sem teologia capaz de definir e sustentar os valores morais e religiosos, sem organização social e política; enfim, sem uma visão definida de mundo. O mito é, essencialmente, uma revelação e é desenvolvido para sustentar a crença religiosa.

Com isso em mente, podemos fazer algumas observações em função das narrativas que serão apresentadas, tendo como base o quadro religioso dos candomblés.

OS MITOS E A NATUREZA

No tempo primitivo das origens, o homem via a natureza como o cenário de um drama único, no qual atuavam animais, plantas, vento, água, fogo e todos os demais elementos que formam a riqueza do Universo. O mundo dos mitos é pleno dessas forças e ações, mesmo sendo elas conflitantes.

Na literatura mítica, esses objetos da natureza são apresentados sob a forma humana, para que possam falar, rir, se casar, comer e beber como os seres humanos. Tudo (animais, plantas etc.) é devidamente humanizado para que se possa criar uma poderosa sátira sobre a cultura humana e seus valores morais.

Algumas das narrativas aqui apresentadas falam sobre a deslealdade do Carneiro (Mito 24) ou sobre a solidariedade das Gotas do Orvalho (Mito 16). O que se deseja mostrar é a deslealdade ou a solidariedade do ser humano. Para isso, escolhe-se um animal ou outro elemento dotado de um comportamento parecido com o que se pretende condenar ou elogiar, dando, assim, a oportunidade de refletir diante de certas atitudes humanas.

MITO E REALIDADE

A partir do instante em que o homem começou a se questionar a respeito das coisas da vida, procurando justificativas racionais para a sua existência, os mitos passaram a ser utilizados como fundamentos lógicos.

Em algumas civilizações, quando a História chega até elas, estas já se encontram mais ou menos organizadas, com sua visão de mundo, seus deuses e suas instituições, ou seja, já se encontram culturalmente constituídas. Mesmo no estágio mais primitivo, o grupo já está localizado dentro de um quadro definido. Os antigos historiadores da cultura africana, por exemplo, movidos por suas convicções religiosas, tacharam esses povos como primitivos, arcaicos, selvagens, não civilizados, como se estes não tivessem um projeto de vida, arte, linguagem, nem instituições sociais, morais e de culto.

Historicamente, tem-se comprovado que os povos ditos primitivos são, na verdade, formados por grupos em pleno uso de suas faculdades. O conceito de "primitivo" seria relacionado, então, ao homem devidamente integrado na natureza. A civilização yorubá revela que, quando o personagem histórico *Odùdúwà* chegou a *Ilé Ifẹ̀*, encontrou um povo autóctone, os igbos, já com suas instituições e um rei local, *Ọbàtálá*. A história de sua luta por poder e a forma como passou a legislar o povo marcaram o início de uma nova civilização, a ponto de esse acontecimento se transformar, entre as mais expressivas regiões yorubás, no mito da criação do mundo, concorrendo com o mito de *Òṣàlá* como criador da Terra (Mito 1).*

A mitologia nasce propriamente em razão de algo que independe de toda invenção. São as necessidades de um povo de tradição oral que mantêm registrados seus fatos históricos. Trata-se de uma forma de voltar às origens ou, conforme diz Mircea Eliade, "à nostalgia das origens".

* Sobre o assunto, ver: Beniste, José. *Ọ̀run-Àiyé: o encontro de dois mundos*. Rio de Janeiro: Bertrand Brasil, 1997, pp. 54, 66 e 322. [No prelo pela Editora Civilização Brasileira.]

A LINGUAGEM DOS MITOS

Os mitos, nos ritos do candomblé, não só explicam como procuram dar sentido às coisas realizadas. Muitas vezes esses mitos são apresentados em forma de cânticos que, numa narrativa de acontecimentos primordiais, visam possibilitar a vinda das divindades, estimulando suas danças com movimentos e gestos que ressaltem tais acontecimentos.

A imitação dos gestos divinos na dança cria uma oportunidade de comunhão divina. Por isso os cânticos são narrados de forma solene, em momentos especiais e por pessoas especiais, devidamente iniciadas para essas ocasiões. Mesmo simbólica, a linguagem dos mitos possibilita esse acesso. Observe este cântico em louvor a *Iyewa*:

Iyewa Iyewa máa jó	*Iyewa Iyewa* vem dançando
Iyewa Iyewa	*Iyewa Iyewa*
Bọ̀ ìyá l'ọwọ́ o	Ela chega trazendo dinheiro
ọwọ́ l'ẹ́sẹ̀	Nas mãos e nos pés
Iyewa Iyewa máa jó	*Iyewa Iyewa* vem dançando
Iyewa Iyewa.	*Iyewa Iyewa.*

A palavra é fundamental para a solidificação das ideias. Em quase todas as grandes religiões, a palavra surge em união ao Deus Criador de todas as coisas. No dizer de Adolpho Crippa, o gesto criador de Deus é a palavra. Deus disse e as coisas foram feitas. Todas as culturas nascem de uma palavra criadora (Mito 1) dita nos tempos imemoriais por um poder divino.

A palavra que complementa todos os ritos no candomblé é *Àṣẹ*, um exemplo claro para garantir que os desejos se realizem sob a anuência do Deus Supremo. Assim, todas as ações são acompanhadas de rezas ou cânticos a fim de dar forma às ideias desejadas. Nos ritos diversos de *Bọrí*, *Ìpàdé* e *ẹbọ*, há sempre um discurso de apresentação das razões e dos objetivos a serem atingidos. Para uma *Ìyàwó* iniciada no culto de *Òrìṣà*, por ocasião de seu retorno após o ato de conduzir seu carrego (os resíduos de suas obrigações), diz-se:

A ṣẹ ma re lé	Você surge e torna-se realidade
O kú àbọ̀ òde	Saudamos o seu retorno, bem-vinda
Ilé okun lè.	À casa que tem a força de que você precisa.

Em certos níveis, os homens podem se tornar animais e plantas. O simbolismo pode transformar o céu e a Terra (*Ọrun* e *Àiyé*) em dois irmãos que periodicamente se encontram, ou simplesmente em dois irmãos em constante oposição (Mitos 7 e 28). Pode, do mesmo modo, transformar seres pacificadores em simples gotas de orvalho (Mito 16).

Há, no fundo, uma consciência mítica que transforma a natureza. As forças divinas estão presentes nas águas purificadoras, nas fontes, nos bosques, nos furacões, nas tempestades e nos trovões, no nascimento da vida e nos gestos heroicos (Mito 27).

As culturas africanas, de modo geral, demonstram que a revelação dos mitos cria, por meio de uma sucessão de cenas da vida, um envolvimento sagrado em todas as suas manifestações. São animais, plantas, astros e a natureza como um todo assumindo significados que vão além do simples ser. É um drama vivido realmente, no qual os *Òrìṣà*, com seus gestos próprios, são tão reais quanto a vida e os gestos humanos. São eles os grandes personagens míticos que continuam a participar da vida humana como seres ativos e exemplares (Mito 26) e, em outros casos, com um comportamento incoerente com sua condição divina (Mito 20).

Essa forma de as divindades se apresentarem com virtudes e defeitos próprios dos seres humanos propiciou um forte vínculo entre o homem e seu *Òrìṣà*. Os problemas se tornam comuns entre ambos, a ponto de o *Òrìṣà* incutir tendências às pessoas que o têm como patrono. O cantar e o dançar que imitam os gestos divinos integram o ser ao mito, e este à divindade. A recriação do mundo e de toda a realidade ocorre nessa celebração. A divindade, a natureza e o homem voltam a se encontrar. Há o objetivo de o homem tornar-se um *Òrìṣà*, sendo este parte do processo.

MITOS E SÍMBOLOS

No momento em que um objeto é inserido numa consciência mítica, ele assume uma consistência religiosa e passa a ser utilizado como manifestação sagrada (Mito 13). Assim, esse símbolo é separado, isolado dos demais objetos, continuando a permanecer em sua condição normal.

Nos ritos de candomblé, alguns objetos só assumem condições sacras se confeccionados dentro de um conjunto de rezas mágicas denominadas *ọfọ̀* (encantamento), com o intuito de atingir a finalidade do que dele se espera. Caso contrário, será um objeto artesanal exposto como símbolo de arte.

Não há idolatria, não há a veneração de uma pedra, de uma árvore, de sementes, conchas, metais ou uma veste colorida. Após a magia do encantamento, esses elementos não serão usados como um objeto qualquer, o que significa dizer que se tornam coisas sagradas. Sua elaboração e forma obedecem ao mito que os estrutura, que indica sua origem e finalidade.

O *ṣàṣàrà*, um dos símbolos usados por *Ọmọlu*, é feito de nervuras da palmeira do dendezeiro atadas com tiras de couro. É utilizado nas danças rituais, com movimentos que visam "varrer" as doenças e os malefícios da Terra. Entre os yorubás, também é denominado de *iléwọ* e colocado atrás das portas para impedir a entrada de doenças na casa, conforme o cântico:

Bí alẹ̀ balẹ̀	Se a noite chega
ṣàṣàrà gbá ilé	O *ṣàṣàrà* guarda a casa
Fún wa o.	Para nós.

O culto a *Ṣàngó* identifica-se pelo uso de elementos ligados à madeira (Mito 28). A gamela onde lhe é oferecido o *àmàlà*, o pilão que lhe serve de trono e o *oṣé* (a machadinha de corte duplo) têm grande significado quando feitos de madeira. Seu instrumento em forma de chocalho, ao ser agitado, faz um som que lembra o das chuvas que se seguem aos trovões e relâmpagos. É denominado *ṣẹ́rẹ́*, forma abreviada de *ṣékẹ́rẹ́*, e devidamente reverenciado num trecho da sequência de cânticos da Roda de *Ṣàngó*:

Ọba ṣẹ́rẹ́	O rei do *ṣẹ́rẹ́*
La fẹ̀hintin.	É o nosso protetor.

MITOS E ESPAÇO

O mundo sagrado é um mundo independente. O homem nada entende ou realiza sem sentir ou estar localizado a partir de uma definição pessoal. Quando alguém diz que está do lado do outro, não está pensando na proximidade ou numa determinada distância. É possível que as pessoas estejam juntas, ainda que distantes umas das outras, da mesma forma que a distância pode aproximá-las e uni-las, lado a lado. Assim é o espaço religioso.

Há lugares em que todos podem transitar; porém, há outros onde só alguns podem permanecer. São estes os locais sagrados, preparados para determinado fim. Um bosque, uma árvore, um monte de terra podem vir a ser plenos de significados, podem tornar-se lugares dos quais só se deve aproximar com cuidado e respeito. Em *Êxodo*, diz-se: "Tire as sandálias dos pés, pois estais pisando em solo sagrado." Nos primeiros três meses de iniciação de uma *Ìyàwó*, não lhe é permitido usar sandálias em todas as dependências do terreiro. Em alguns espaços, seus pés deverão tocar diretamente o solo sagrado. Ao entrarem numa das dependências destinadas ao culto de *Òrìṣà*, todos deverão estar descalços.

A fundação do mundo nagô (Mito 1), efetuada com a terra primordial e espalhada pela ave encantada num determinado espaço onde o poder criador de *Òṣàlá* se manifestou, tornando possível traçar as coordenadas do mundo, denomina-se *Ilé Ifẹ̀*, a terra que veio a ser o centro do mundo no qual se desenvolveram reinos, tribos, culturas e a própria existência.

Para viver no mundo é preciso fundá-lo, e isso é feito por meio de preceitos no solo que se pretende habitar. Cada um constrói o seu mundo. E como se chega até ele? Por uma pedra retirada das águas, pelo encontro com um desconhecido que indicou um caminho, por uma árvore especial: os sonhos são exemplos que podem tornar o lugar repleto de significados, a ponto de justificar a edificação de um templo, uma comunidade ou um povo.*

Muitos templos de candomblé começam assim. Há sempre uma história para justificá-los e, quando isso acontece, o reconhecimento pelo agradecimento é dado (Mito 26). Não é a dirigente da casa quem escolhe o espaço em que irá instalar suas dependências, é o espaço que a escolhe, através de seu *Òrìṣà*. Nada é feito sem a anuência da divindade. Assim se estabelece não só a regra como também o motivo de fazer as oferendas ao chão. Na realidade, está se considerando o respeito ao local – invariavelmente, morada de espíritos, os *Onílẹ̀*, os Senhores da Terra, e a eles devem ser feitas as reverências. Nos ritos de oferendas e sacrifícios, os primeiros líquidos são destinados à Terra:

Onílẹ̀ mo júbà o	Senhores da Terra, meus respeitos
Ìbà Òrìṣà	Saudamos os orixás
Ìbà Onílẹ̀.	Também saudamos os Senhores da Terra.

Ao ser escolhido o espaço onde será erguido um candomblé, os Senhores do Invisível, donos do espaço, são devidamente reverenciados, assim como a Terra é devidamente consagrada através de um ritual específico. Faz-se uma abertura no solo para nele serem depositados os mesmos elementos com que são consagradas as pessoas no momento de sua iniciação. É exatamente isto o que representa todo o ritual de consagração da Terra: um processo de iniciação, que, no candomblé, é denominado "plantar o *Àṣẹ*". Plantam-se ervas, animais sacrificados, contas, comidas

* Para exemplos de como alguns dirigentes chegaram até o local para a edificação de suas casas, ver: Beniste, José. *História dos candomblés do Rio de Janeiro*. Rio de Janeiro: Civilização Brasileira, 2025.

diversas, *efun*, *Ọ̀ṣùn*, *wàji*, *owó* e o *ìkódídẹ*, sendo este último o símbolo maior da iniciação.

O templo é o símbolo do espaço sagrado, e suas portas separam esse espaço inviolável do espaço profano. O lugar principal se transforma num centro de força, no centro do mundo. No alto, o *ọ̀run*; embaixo, o *àiyé*, e, à volta, o mundo circundante, com seus atributos, vegetações, seu poço encantado, seus animais e habitantes. Um poste central por onde circulam as diferentes formas de danças votivas revela o elemento que une os dois espaços.

O templo principal não limita o espaço sagrado; este, na verdade, se expande até áreas próximas, onde estão localizadas árvores especiais, abraçadas em seu tronco por tecidos e laços bem destacados ao lado de oferendas, e residências reservadas, que a condição humana exige. É nesse ambiente que se produz a intimidade com as divindades, e é onde se protege e garante a vida e o bem-estar de um povo. É onde as divindades, os seres vivos e os sobrenaturais se mesclam, cada um delimitado em seu plano de trabalho, e todos separados por sistemas de culto. Saber ocupar esses espaços é assumir a responsabilidade da criação do mundo.

MITOS E TABUS

O mundo das origens é um mundo impregnado de determinações e que sugere proibições como garantia de continuidade sem oposição. É um mundo pleno de divindades presidindo todos os fenômenos naturais possíveis (Mito 4). Essas divindades recebem nomes diversos para serem devidamente chamadas e aclamadas mediante ritos específicos (Mito 2). Seus domínios estão nas águas purificadoras e fecundas, nas fontes, nas matas, nos ventos e nos furacões, nas tempestades e nos trovões, na terra natal, no nascimento, na vida e em suas principais transformações. Os yorubás denominam essas divindades de *Òrìṣà*; os jejes, de *Vodun*; e os angola e congo, de *Nkise*.

Não são os mitos que criam esses deuses, eles apenas os revelam com seus desejos e vontades. É essa a função dominadora dos mitos que fixam modelos quase humanos às divindades, estabelecendo desejos e determinando arquétipos a seus seguidores. Em *A filha de santo*, Giselle Cossar-Binon diz: "Se examinarmos as iniciadas agrupando-as por *Òrìṣà*, poderemos notar que possuem frequentemente traços em comum, tanto no plano fisiológico quanto no psicológico. Seus corpos parecem trazer mais ou menos profundamente, segundo os indivíduos, a marca das forças mentais e psíquicas que os animam."*

---

* Para exemplo de abordagem a respeito das tendências que os *Òrìṣà* oferecem às pessoas e o que dizem num jogo de búzios, ver: Beniste, José. *Jogo de búzios*. Rio de Janeiro: Civilização Brasileira, 2025, pp. 125-127.

A *Ọ̀sàlá* e seus devotos é proibido tudo que se produz com a palmeira do dendezeiro. *Ọ̀ṣun*, com sua forma elegante de dançar ao ritmo *ìjẹ̀ṣà*, não admite em suas oferendas *ẹiyẹlé*, o pombo, revelando seus desejos no cântico:

Àdàbà orò ma fẹ́	É *àdàbà** que ela quer para a obrigação
Ò fẹ́'lé o.	Ela não quer o pombo.

* *Àdàbà* é um tipo de ave africana; seus olhos são rodeados por uma pele vermelha, e a espécie põe dois ovos, que são chocados tanto pelo macho quanto pela fêmea. No Brasil, é substituída pela juriti.

MITOS E RITOS

O mito justifica o rito. É a garantia da validade dos gestos e dos atos numa revelação primordial. Os ritos reatualizam os acontecimentos iniciais do mundo em ocasião de festas e celebrações. Interpretando o assunto, Roger Bastide, em sua época, declarava: "Tem-se o hábito, ao se descrever a religião dos africanos no Brasil, de separar o estudo dos ritos do estudo dos mitos. Ao fazerem isso, arriscam-se a dar uma imagem falsa dessa religião. Pois os cânticos, as danças, os gestos, as cerimônias e os mitos estão inextricavelmente ligados, formando uma única realidade mística."

Para alguns estudiosos, o mito é anterior ao rito, pois surge como uma tentativa de explicar os fenômenos da natureza. Dizendo melhor: o mito surge a partir do momento em que as lembranças começam a ser esquecidas; surge para recriar o que está a ponto de perecer. Já o inverso, isto é, o rito sendo anterior ao mito, seria explicado quando o gesto mágico deixa de ser compreendido, criando-se uma história para justificá-lo.

O que quer que haja nos dois conceitos, o essencial é entender que há sempre, em qualquer caso, uma ligação entre ambos. Em grande parte, os gestos são expressivos e reveladores. Quando *Ọbà*, dançando manifestada em uma iniciada, esconde sua orelha com um ramo de folhas ou com seu escudo, ela está repetindo o gesto que fez ao ser inquirida por *Ṣàngó* (Mito 19). Ao dançar, tendo nas mãos o *ìbírí*, *Nàná* imita o embalar de uma criança, relembrando sua natureza maternal. Ao dançar seu ritmo predileto, o *àlujá*, *Ṣàngó* demonstra a força de sua natureza guerreira; *Ọ̀ṣun*, na sequência de sua dança, ao levantar ligeiramente os pés, relembra o momento em que teve seus pés queimados na disputa com *Yánsàn* (Mito 20).

No conjunto desse ambiente festivo, em que as danças assumem uma postura expressiva, estão gestos preestabelecidos, vestes e alimentos, ornamentos e pessoas consagradas, sacrifícios e oferendas, com os cerimoniais mais complexos. Há um esforço enorme para fazer todos reviverem, num determinado tempo e espaço, o fabuloso tempo dos Inícios.

É isso que este trabalho oferece, ao selecionar histórias adaptadas dos mitos, com narrativas de acontecimentos que retratam toda a concepção yorubá acerca da ética moral, da concepção de vida e do sistema religioso, aceito e seguido com muita dedicação pelas comunidades de Candomblé do Brasil. Ao final de cada narrativa, faremos algumas observações em forma de notas explicativas extraídas do próprio texto para uma melhor compreensão do assunto.

APONTAMENTOS

CLASSIFICAÇÃO DOS MITOS

Alguns classificam os mitos da seguinte forma:

Mitos teogônicos – relatam o surgimento de Deus e suas entidades poderosas;
Mitos cosmogônicos – referem-se às origens do Universo e dos homens;
Mitos de renovação – invocam deuses e protetores do Universo, assim como divindades destruidoras;
Mitos heroicos – retratam indivíduos com qualidades fora do comum;
Mitos escatológicos – são aqueles que preveem o fim da humanidade ou parte dela.

FUNÇÕES BÁSICAS DOS MITOS

Onde se faz presente, o mito constitui elemento em torno do qual se organiza toda a vida social, tendo três funções básicas:

Conhecimento – fornece a interpretação da realidade. Suas verdades são definitivas, pois se calcam na tradição do grupo;

Acomodação – é como um oásis no qual o ser humano procura segurança e consolo. Por meio de rituais mágicos, o homem procura ter algum controle sobre algum acontecimento;

Organização social – a sociedade funciona de acordo com o que está ordenado pela tradição mítica.

MITO E MAGIA

O mito é como a teoria que permite ao homem se orientar no mundo. A mentalidade mítica acredita nas forças ocultas, e para a invocação é preciso saber como proceder.

Ao invocar as forças ocultas, cria-se a convicção (poder psicológico) de que as coisas vão ocorrer de acordo com o conteúdo da invocação. A esse conjunto de rituais chamamos *magia*.

CONSCIÊNCIA MÍTICA

A consciência mítica pode ser definida como:

Comunitária – tudo é coletivo. A consciência mítica é parte de um todo maior;

Sacralizada – todos os acontecimentos se dão pela intervenção de uma força superior. Não há distinção entre o sagrado e o profano;

Acrítica – não permite crítica. A inovação é vista como perigosa.

DISTINÇÃO ENTRE RELIGIÃO E MITO

É difícil estabelecer o momento em que a religião apareceu como um novo modo de o homem se relacionar com o sobrenatural. Modernamente, a religião vem sendo criticada por muitos.

Os mitos estão vinculados à tradição oral e às religiões por meio de textos e escritos, e a consciência acrítica é superada.

Mitos são cultuados sem questionamento, e as religiões buscam o esclarecimento racional das verdades. Feuerbach confere a seguinte ideia sobre o assunto: "Toda crença mítica ou religião é o desejo mais íntimo do homem."

O homem mítico estabelece o comércio com as divindades, e os rituais, nesse contexto, são trocas de favores. O homem religioso faz de sua crença um meio de pedir ajuda a Deus, pois, conforme Hegel: "Negar Deus é aceitar o acaso."

NIGÉRIA E A ETNIA YORUBÁ

É nesse país que se desenrolam as histórias aqui relatadas como registro das tradições seculares de seu povo. São inúmeras cidades, algumas já inexistentes, e muitas com suas denominações modificadas e que se ligam de forma definitiva às suas crenças e divindades.

Dentre todos os países do continente africano, a Nigéria é o mais populoso e urbanizado. Tem a presença do rio Níger, também conhecido como rio *Ọya*, um dos mais extensos do mundo. Seu quadro físico é variado, com diferentes tipos de relevo, clima e vegetação. De certa forma, o ano se divide em duas estações. A influência do *Harmatan*, vento seco do Saara, faz predominar, ao Norte, um clima tropical, com estação chuvosa que dura de quatro a sete meses. Ao Sul, chove o ano todo. O *Harmatan* é visto como a manifestação do poder de *Yánsàn* "na sua poderosa e tirânica forma", no dizer de Judith Gleason, em *Ọya: um louvor à deusa africana*.

A diversificação da população nigeriana é muito ampla, sendo composta por nada menos que 250 grupos étnicos com dialetos próprios. Os grupos principais correspondem às quatro mais antigas civilizações da região – os hausás e os fulanis –, que introduziram o islamismo no Nordeste da Nigéria; no Sul, surgiram os igbos e os yorubás. Esses últimos gozaram de grande prestígio e progresso com os diversos reinos; entre eles, os de *Benin* e *Ọ̀yọ́*. Mas a riqueza maior decorreu do tráfico de escravizados, quando se constituíram nos principais fornecedores. Foram as guerras entre os reinos yorubás com seus vizinhos do Dahomé, atual Benin, que ocasionaram a vinda de um grande contingente de negros yorubás para o Brasil no período de 1790 a 1840. O resultado foi que suas tradições puderam permanecer, até certo ponto, inalteráveis, uma vez que as diversas leis que iriam favorecer os negros escravizados estavam próximas, e todo o contingente yorubá, nesse aspecto, pôde se beneficiar delas. Esse fato proporcionou condições para que a modalidade religiosa de origem yorubá no Brasil, denominada candomblé Ketu, viesse a servir de modelo para as demais etnias aqui radicadas.

A vida nigeriana sente bastante a rivalidade entre os grupos étnicos existentes, decorrentes sobretudo das divergências religiosas – islamismo, catolicismo, protestantismo e religiões nativas tribais.

As diversas regiões, assim como suas cidades, possuem tradições próprias que se ligam a uma ou mais divindades. Os heróis de uma não serão, forçosamente, os de outra. Em alguns casos, o poder exaltado é o mesmo, porém com nomes diferentes. *Ṣàngó*, por exemplo, é aclamado ora como *Ọbà Jàkúta*, ora como *ọ̀rànfẹ̀*. Mas é em *Ọ̀yọ́* que está instalado o seu trono (Mitos 8 e 17).

Procuramos registrar, no mapeamento da área, as cidades, rios e lugares citados nos relatos dos mitos para um posicionamento mais claro dos acontecimentos. Por esse motivo, esse registro não deve ser entendido como um mapa dos dias atuais. Os rios, principalmente, possuem denominações de divindades identificadas com as tradições locais. *Erinlẹ̀* é o nome da divindade e do rio que corta a região de *Ìlóbú* (Mito 19); o rio *Ọbà* é um afluente do rio *Ọ̀ṣun*, onde, no entroncamento, forma-se um redemoinho que lembra a orelha cortada de *Ọbà* (Mito 20). O rio *Iyewa* (Mito 25) e o rio Níger – também conhecido como *Ọya*, o rio de *Yánsàn* – são outros exemplos.

A cidade de *Ọ̀yọ́* é mais especificamente a antiga cidade que foi destruída durante as lutas entre os povos jeje e nagô e onde se instalou o reino de *Ṣàngó* (Mitos 8 e 26). Algumas cidades não foram devidamente localizadas, como *Emúrè* (Mito 2), talvez por mudança de nome. Outras, como *Benin*, não devem ser confundidas com o país de *Benin*, o antigo Dahomé.

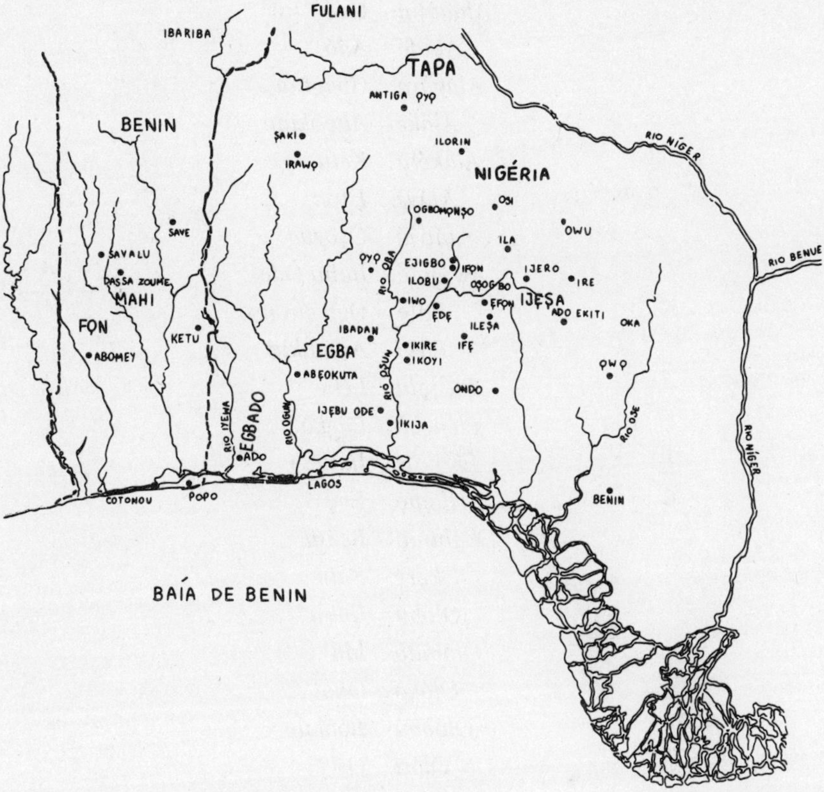

Sobre os títulos dos reis das diversas regiões, convém esclarecer que, entre o povo yorubá, há a tradição, até os dias atuais, de manter um soberano para cada uma das regiões de seu domínio, cabendo a cada um deles um título honorífico.

Relacionamos algumas regiões yorubás com os nomes de seus soberanos:

Título do rei	Cidade
Àjàlọ́run	*Ìjẹ̀bu Ifẹ̀*
Ajerò	*Ìjerò*
Akárígbò	*Ìjẹ̀bu Rẹ́mọ*
Akijà	*Ìkijà*
Akirè	*Ìkìrè*

Aláàáfin	*Ọ̀yọ́*
Aládó	*Àdó*
Alágùra	*Gbàgùra*
Aláké	*Abẹ́òkúta*
Alákétu	*Kétu*
Aláyè	*Ẹ̀fọ̀n*
Atáọ́já	*Ọ̀ṣogbo*
Awùjalẹ̀	*Ìjẹ́bu Òde*
Bálẹ̀	*Ogbómọ̀ṣọ́*
Elegí	*Adó Èkìtì*
Ẹlẹ́jẹ̀lù	*Ìjèlù*
Eléjìgbò	*Èjìgbò*
Ẹlẹ́kọ̀lé	*Ìkọ̀lé*
Ẹlẹ́pẹ́	*Ẹpẹ́*
Ọbàbinní	*Benin*
Ọkẹrẹ	*Sakí*
Olóbú	*Ìlóbú*
Olójùdò	*Ìdó*
Olókò	*Òkò*
Olóòbú	*Ilóòbú*
Olósi	*Osi*
Ọlọ́wọ̀	*Ọ̀wọ̀*
Olówu	*Òwu*
Olúbàdàn	*Ìbàdàn*
Olúfọ́n	*Ifọ́n*
Olúpopo	*Popo*
Olúwo	*Ìwó*
Oníkòyi	*Ìkòyi*
Oníré	*Ìré*
Onísábẹ̀	*Sábẹ̀*
Ọ́ọ̀ni	*Ifẹ̀*
Ọ̀ràngun	*Ìlá*
Ọre	*Ọtun*
Oṣémọ̀we	*Ondó*
Ọwá	*Iléṣà*
Tìmì Ẹdẹ	*Ẹdẹ*

RECOMENDAÇÕES SOBRE A LÍNGUA YORUBÁ

Ela é usada nos cânticos, rezas e algumas expressões necessárias nas comunidades de Candomblé com linhagem *Kétu*, *ẹ̀fọ̀n*, *Ìjẹ̀ṣà* e *Nago-Vodun*. Nesta obra, adotamos a grafia original yorubá, da forma como se escreve. Para um melhor entendimento e uma boa leitura dos textos yorubás, damos algumas recomendações:

1. As letras A, B, F, I, L, M, T e U têm a pronúncia igual ao nosso idioma:

E – pronuncia-se como em *E*MA

Ẹ – pronuncia-se como em *E*LA

G – pronuncia-se como em *GU*ERRA. Nunca tem o som da letra J

GB – nas palavras, essas duas letras têm que ser pronunciadas juntas, como uma só

H – tem o som aspirado de RR, como em CA*RR*O

K – pronuncia-se como em *C*ASA

J – pronuncia-se como em *DJ*ALMA

N – pronuncia-se como em *N*OVO. Quando colocada antes de uma consoante, como prefixo de um verbo, forma o gerúndio e tem o som de UM. Exemplo: *NLọ* pronuncia-se *UN*LÓ

O – pronuncia-se como em *O*VO

Ọ – pronuncia-se como em BOLA

R – pronuncia-se como em A*R*ISCO

S – pronuncia-se como em *S*ALA

Ṣ – pronuncia-se como em LI*X*O

W – tem o som da letra *U*, como em *U*AI

2. Vogais nasais são formadas colocando-se a letra N para fazer o som nasal:

AN e *ỌN* – leia-se como em B*OM* *ẸN* – leia-se como em B*EM*
IN – leia-se como em S*IM* *UN* – leia-se como em ALG*UM*

3. As palavras terminadas com NA e MỌ devem ser lidas com um som nasal. Em alguns casos colocamos a letra N entre parênteses no final da palavra para lembrar essa condição:

ỌMỌ ÒRÌṢÀ – filho ou filha de santo (pronuncia-se como OM*ON* ORIXÁ)

4. Os acentos superiores fazem parte de um sistema tonal que indica como a palavra deve ser pronunciada:

Acento agudo – indica um tom alto

Acento grave – indica um tom baixo

Sem acento – indica o tom normal da voz da pessoa

5. Não há letras mudas. Todas devem ser pronunciadas com a acentuação na *última* sílaba.

6. O alfabeto yorubá não utiliza as letras C, Q, X, Z e V.

7. As palavras yorubás inseridas nos textos não seguem a concordância gramatical da nossa língua em gênero, número e grau.

OS MITOS

1

A CRIAÇÃO DA TERRA

O que hoje é a nossa Terra um dia foi uma aguacenta e pantanosa imensidão. Acima dela, havia o éter, o espaço celestial denominado *ọ̀run*, morada de *Olódùmarè*, o Ser Supremo, dos *Òrìṣà* e de outros seres primordiais. A aguacenta imensidão constituía, de certa forma, o local de caça dos habitantes de *ọ̀run*, que costumavam descer por cordas de teias de aranha, formando pontes pelas quais andavam.

Conviviam com *Olódùmarè* vários *Òrìṣà*; entre eles, *Ọbàtálá* (também conhecido como *Òṣàlá*), *Ọ̀rúnmìlà*, *Èṣù*, *Ògún* e *Agẹmọ*, o camaleão, criado de confiança do Ser Supremo. Na parte de baixo vivia *Olókun*, a divindade feminina que governava a vasta expansão de água e os pântanos selvagens.

Certa vez, observando a imensidão, *Ọbàtálá* disse: "Todo esse espaço não tem a marca de nenhuma inspiração ou coisa viva. Tudo é muito monótono." Em seguida, foi até *Olódùmarè* e expôs seu pensamento: "O lugar governado por *Olókun* é uma mistura de mar, pântano e nevoeiro. Se existisse terra sólida naquele lugar – campos, florestas, morros e vales –, seguramente poderia ser habitado pelos *Òrìṣà* e por outras formas vivas."

Olódùmarè concordou: "Sim, seria uma boa ideia cobrir as águas com terra. Mas trata-se de um empreendimento ambicioso! Quem faria esse trabalho?" E *Ọbàtálá* respondeu: "Eu vou tentar e farei tudo conforme o Seu desejo."

Com a devida permissão, *Ọbàtálá* saiu à procura de *Ọ̀rúnmìlà*, que entendia dos segredos da existência, e dele recebeu instruções de como efetuar aquela tarefa. "Estas são as coisas que você deve levar: uma concha cheia de terra, uma galinha branca de cinco dedos em cada pé e um pombo." Com tudo providenciado, *Ọbàtálá* desceu por meio das grossas teias e, antes de chegar ao final da ponte, despejou o conteúdo da concha, em seguida lançou a ave encantada, que passou a espalhar a terra por todas as direções, transportando todo o material de um lado para o outro. A terra que estava sendo espalhada foi tomando formas desiguais, originando morros e vales. Quando tudo havia sido feito, *Ọbàtálá* saltou da teia para a terra. Pisou-a e a sentiu segura e firme, mas ainda estéril. *Ọbàtálá* chamou aquele lugar, resultado do trabalho efetuado, de *Ifẹ̀*, que significa "aquilo que é amplo". De acordo com a tradição, foi assim que *Ifẹ̀*, a cidade sagrada dos yorubás, obteve seu nome. A criação da Terra foi completada em quatro dias; o quinto dia foi reservado para reverenciar *Olódùmarè*, que, mais tarde, desejando saber como andavam as coisas na Terra, enviou *Agẹmọ* para inspecionar toda a região. Ao chegar lá, andou cuidadosamente para experimentar a Terra. Depois de julgá-la firme, procurou *Ọbàtálá* e lhe disse: "Como você pode ver, a Terra está criada, mas ainda falta muita coisa – plantas, árvores e gente – para habitá-la. E, mais ainda, há muita escuridão. A Terra deve ser iluminada."

Agẹmọ retornou para o *ọ̀run* e descreveu para *Olódùmarè* o que tinha visto e ouvido. Prontamente, o desejo de *Ọbàtálá* foi atendido com a criação do Sol. Depois disso, surgiram o calor e a luz no lugar que até então havia sido do domínio exclusivo de *Olókun*. Em seguida, *Olódùmarè* enviou *Ọ̀rúnmìlà* para agir como conselheiro de *Ọbàtálá*, que levou consigo a primeira palmeira de dendezeiro, o *igi ọ̀pẹ*, para ser plantada. Deu também outras três árvores – *Irẹ́*, *Awùn* e *Dòdo* –, que lhes serviriam para extrair alimentos e agasalhos. Como não havia água o suficiente, fez cair chuva sobre a Terra.

Com todos os elementos em seu poder, *Ọbàtálá* complementou a tarefa equipando a Terra com matas, florestas, rios e cachoeiras. Logo depois, foi designado para outro trabalho: modelar a imagem física daqueles que deveriam habitar toda a Terra criada. Para isso, revolveu o barro e o umedeceu com a água das fontes, modelando de acordo com a forma determinada por *Olódùmarè*, figuras idênticas aos seres humanos. *Ọbàtálá* trabalhou sem descanso, vindo a ficar esgotado e com muita sede. Assim sendo, procurou socorrer-se com vinho de palma, o *ẹmu*. Foi buscar, entre as palmeiras do dendezeiro, o líquido para aliviar a sua sede. Depois de extrair o líquido, deixou-o fermentar e o bebeu por longo tempo, até que sentiu seu corpo amolecer e tudo à sua volta girar. Ao conseguir manter-se de pé, voltou ao trabalho, mas suas condições já eram outras. Com isso, vários modelos das figuras ficaram desajeitados, disformes, com pernas e braços tortos. Outros apresentavam as costas altas, a cabeça desproporcional e a estatura irregular, como acontece com pessoas com nanismo. Mesmo assim, *Ọbàtálá* colocou todos os modelos em posição apropriada, aguardando a presença do Ser Supremo para dar vida a todas as figuras inanimadas.

A instrução dada a *Ọbàtálá*, portanto, era a de que, uma vez terminada a sua parte na criação do homem, avisasse *Olódùmarè*, que então viria dar vida às formas, colocando o *ẹmìí* em seu corpo, completando, assim, a criação do ser humano. As meras figuras de barro moldado transformaram-se em seres de sangue, nervos e carne. Com a vida insuflada em suas narinas, começaram a andar e a fazer as coisas necessárias à sua sobrevivência.

Quando cessou o efeito do vinho de palma, *Ọbàtálá* viu que usou erroneamente o barro para moldar alguns humanos. Ficou triste e sentiu remorso. Então disse: "Nunca mais beberei vinho de palma. Serei sempre o protetor de todos os humanos que tenham sido criados imperfeitos." Por causa dessa promessa, qualquer ser humano sob essas condições é chamado de *ẹni Òrìṣà*, aquele que está especialmente sob sua proteção.

Todos viviam uma vida pacífica em torno de *Ọbàtálá*, que era seu rei e orientador. Mesmo sem as ferramentas adequadas, pois ainda não existia o ferro no mundo, o povo plantava e semeava. As árvores se multiplicavam e o povo crescia com a cidade de *Ifẹ̀*, seguindo tudo conforme a sua determinação. Assim, *Ọbàtálá* decidiu voltar ao *ọ̀run*, tendo sido preparada uma grande festa para a sua chegada. Ali, junto aos demais *Òrìṣà*, ele relatou as coisas existentes no novo mundo e, em resposta, muitos se mostraram decididos a conviver com os seres humanos criados. Assim, esses *Òrìṣà* partiram para a Terra, mas não sem antes ouvir as instruções de *Olódùmarè* quanto às obrigações de cada um: "Quando vocês se fixarem na Terra, nunca se esqueçam de seus deveres para com os seres humanos. Todas as vezes em que eles estiverem suplicando por ajuda, observem com atenção o que estão pedindo. Vocês serão os protetores da raça humana. *Ọbàtálá* foi o primeiro que desceu e secou as águas. Ele será o eterno governante desse mundo e a minha segunda pessoa, por isso será chamado de *ẹnikéjì Èdùmàrè*, devidamente retratado no seguinte texto:

> *Ọbàtálá, Ògirigbànigbo, aláyé ti wọ́n nfi ayé fún.*
>
> [*Ọbàtálá*, o magnífico que possui o mundo e é o dono de seu controle.]

Ọ̀rúnmìlà será meu porta-voz pela condição de conhecedor dos destinos de todos os habitantes da Terra e terá o título de *ẹlẹ́rí Ìpín*. Cada um de vocês terá uma responsabilidade especial para preencher os espaços da Terra."

Dito isso, todos se movimentaram para descer ao novo mundo. *Ọbàtálá* não seguiu com os demais, ficando por um tempo no *ọ̀run*. Às vezes, quando desejava saber como as coisas estavam caminhando em *Ifẹ̀*, retornava para uma visita.

CONCLUSÃO

Este mito possui três versões diferentes, de acordo com as tradições regionais yorubás. (Ver *Ọ̀run-Àiyé*, p. 53.) Revela a condição de primazia de *Ọbàtálá* – que seria chamado de *Òṣàlá*, conforme o mito seguinte –, com seu poder de realização, e de *Ọ̀rúnmìlà*, com seu poder de sabedoria nas decisões a serem tomadas. É a associação de dois princípios para um objetivo seguro. A bebida passou a ser proibida aos filhos desse *Òrìṣà*, dada a insegurança que ela transmite para a realização de tarefas em que a ética e a moral devem sempre predominar.

Na cidade de *Ọ̀yọ́*, rival da cidade de *Ifẹ̀*, o povo creditou o começo do mundo yorubá a *Ọ̀rànmíyàn*, a partir do mito que retrata sua ascensão como soberano da cidade. Daí a sua denominação de *Onílẹ̀*, o Senhor da Terra (Mito 8).

APONTAMENTOS

1. OLÓDÙMARÈ

Nome do Deus Supremo do povo yorubá. Seu nome é feito da junção de *Olódù* (Senhor do Poder) e *marè* (imutável, incomparável, absolutamente perfeito). Possui outros títulos de acordo com seus atributos. (Ver *Ọ̀run-Àiyé: o encontro de dois mundos*, p. 41.)

2. Ọ̀RUN

Espaço abstrato destinado à morada das divindades e outras formas de espíritos. Divide-se em nove partes com finalidades específicas, entre as quais: *ọ̀run rere*, o bom espaço; *ọ̀run burúkú*, espaço destinado às pessoas más; *ọ̀run ìsálú*, espaço do julgamento das pessoas. Em muitos casos, é traduzido pela palavra "céu".

3. ÒRÌṢÀ

Divindades intermediárias entre Deus e os seres humanos e identificadas com os fenômenos da natureza. Os vários *Òrìṣà* descendem do Ser Supremo, no sentido de que todos derivam Dele. O número de divindades varia de acordo com certas interpretações. Nos *Odù Ifá* são citados 401– *ọ̀kànlé n'irínwó* –, podendo chegar até 1.700 – *Ẹ̀rúnlọjo òrìṣà*. A teogonia yorubá revela que, no começo, havia somente poucas divindades e que, devido a certos processos surgidos posteriormente, houve a incrementação e a multiplicação do número de *Òrìṣà*. A fusão de clãs, a veneração de uma mesma divindade sob nomes diferentes e a divinização de personagens históricos foram fatores importantes. Assim, conclui-se que o panteão yorubá é composto de divindades primordiais e ancestrais que acharam seu caminho em razão de uma excessiva veneração por parte do povo, tornando-se idênticos a algumas divindades antigas. (Ver *Ọ̀run-Àiyé: o encontro de dois mundos*, p. 84.)

4. ỌBÀTÁLÁ

Também é chamado de *Òṣàlá* e, em algumas narrativas de *odù*, apenas de *Òrìṣà*. Seu nome significaria, a princípio, "o rei da roupa branca", que simboliza sua pureza ética. Porém a primeira parte da palavra, *Ọbà* – devido ao tom grave da vogal –, pode sugerir outra ideia que não seja "rei". Pode ser a abreviação da expressão *ọmọba(ba) kan*, as crianças do mesmo pai, ou seja, como criadores dos seres humanos, somos todos filhos do mesmo pai. A segunda parte do nome, *tálá*, pode ser a forma reduzida de *ti àlà*; porém, mais uma vez, o tom das vogais não corresponde ao significado. Assim, outra explicação é que *tálá* poderia vir de *ti ó lílá*, que significa "o que é grande". Verifica-se a importância dos tons das vogais, representados pelos acentos, que, além de indicarem formas de aglutinação, revelam diferenças para uma mesma palavra.

5. IFẸ̀

Principal cidade yorubá e onde se iniciou toda a cultura mítica. Está associada à criação do mundo. *Fẹ̀* significa "o que é amplo ou extenso". Posteriormente, passou a ser denominada de *Ilé Ifẹ̀*, a fim de ser distinguida de outras cidades com o mesmo nome.

6. ỌSẸ YORUBÁ

Semana yorubá. Era composta de apenas quatro dias: *ọjọ́ Awo*, *ọjọ́ Ògún*, *ọjọ́ Jàkúta* e *ọjọ́ Ọbàtálá*, representando, respectivamente, os quatro princípios: Sabedoria; Luta pela Sobrevivência; Justiça; e Criação.

7. AGẸMỌ

O camaleão. A preocupação que teve ao pisar nas terras recém-criadas é que fez seus descendentes andarem de maneira cuidadosa. É um animal sagrado por sua extraordinária capacidade de mudar de cor e mover os olhos sem movimentar a cabeça, o que lhe permite olhar em todas as direções simultaneamente (Mito 3).

8. ỌRÚNMÌLÀ

Representa o princípio da sabedoria e a ele é dedicado o primeiro dia da semana yorubá. (Ver *Jogo de búzios: um encontro com o desconhecido*, p. 23.)

9. IGI ỌPẸ

A palmeira do dendezeiro. Produz dois tipos de óleo: o *epo pupa* – da parte externa do fruto – e o *àdin* – da castanha interna do coquinho. Do caule extrai-se um tipo de bebida denominada *ẹmu*, o vinho de palma. Das folhas, chamadas *imọ̀ ọ̀pẹ*, são feitas vestimentas e coberturas, sendo que, nos cultos religiosos, as folhas mais novas são desfiadas e colocadas nas portas dos terreiros como forma de proteção pelo pacto feito com *Ògún*. Nessa forma, recebe a denominação de *màrìwò*. (Ver o mito em *Jogo de búzios: um encontro com o desconhecido*, p. 148.)

10. IRẸ́, AWÙN, DÒDO

Irẹ́ (*Funtumia elastica*) produz uma seda elástica como verdadeira borracha; *Awùn* (*Alstonia boonei*); e *Dòdo* (*Callichilia sp. Apocynaceae*).

11. AMỌ̀

O barro primordial. A condição de escultor da figura humana lhe deu o título de *Alámọ̀(n) rere*, isto é, "o que sabe lidar com o barro". A prerrogativa de criar tudo como bem lhe aprouvesse concedeu-lhe o título de *Alábàálàṣẹ*, "o que tem o poder e autonomia com a sanção do Ser Supremo", conforme exalta o cântico:

Ẹni ṣ'oju ṣe imú	Aquele que faz os olhos e o nariz
Òrìṣà ni máa sìn	É o *Òrìṣà* a quem vou servir
Adá'ni b'ó ti ri	Aquele que cria como quer
Òrìṣà ni máa sìn	É o *Òrìṣà* a quem vou servir
Ẹni rán mi wá	Aquele que me enviou aqui
Òrìṣà ni máa sìn.	É o *Òrìṣà* a quem vou servir.

Essa condição é aceita por todos. Daí os pedidos que são feitos quando uma mulher está grávida:

> *"Ki Òrìṣà ya'nà're ko ni o."*
>
> ["Que o *Òrìṣà* crie para nós uma boa obra de arte."]

12. ÀFÍN

Denominação dos albinos. São as pessoas criadas por *Ọbàtálá* que não tiveram o tempo necessário de cozimento do barro primordial. Daí a pouca pigmentação obtida em sua pele. *Iràrá* são as pessoas com nanismo; *abuké* são as pessoas com hipercifose; *adití*, os deficientes auditivos; *yarọ*, as pessoas com deficiência física; *kólòló*, as pessoas que gaguejam. Todos são encarados como marcas especiais do *Òrìṣà* e, assim, chamados de *ẹni Òrìṣà*, "os escolhidos do *Òrìṣà*".

13. ẸNIKÉJÌ

Ẹni, que significa "pessoa" e *kéjì*, "segunda".

14. ẸLẸ̀RÌÍ ÌPÌÍN

Testemunha dos Destinos. É uma das funções de *Ọ̀rúnmìlà*, que acompanha todo o processo de criação do ser humano. A entrega do *orí*, o destino a ser cumprido, as proibições impostas e o tipo de espírito a ser encarnado. Todo esse conhecimento lhe dá condições de ser consultado durante a prática oracular, fornecendo informações seguras para um exame das situações adversas de uma pessoa e a possível restauração do seu equilíbrio.

Ifá tẹ'jú mó mi ki owò mí're	*Ifá* fixe seus olhos sobre mim e olhe--me bem
Bí o ba tẹ' jú mọ́' ni là ' lówó lọ́wọ́	Se você fixa os olhos sobre uma pessoa, ela fica rica
Bí o ba tẹ' jú mọ́ ni là'ri're.	Se você fixa os olhos sobre uma pessoa, ela prospera.

15. VINHO DE PALMA

Sua denominação entre os yorubás é *ẹmu*, e entre os povos cabindas é chamado de *malafu*, com a variante *marafu*, sinônimo de aguardente.

2

A DESIGNAÇÃO DO TÍTULO DE ÒRÌṢÀ NLÁ

O universo divino de *Olódùmarè* foi constituído de seres primordiais; entre eles, os mais antigos: *Ọbàtálá* e *Ọ̀rúnmìlà*. Com a criação do novo mundo, ambos decidem instalar-se numa das regiões da Terra. *Ọ̀rúnmìlà* leva todo o seu material divinatório para *Òkè Ìgẹ̀tí* e ali passa a dar assistência àqueles que o procuram, desempenhando as funções designadas a ele pelo Ser Supremo – de prestar atendimento e fornecer orientações sobre o plano de vida estabelecido. Quanto a *Ọbàtálá*, ele toma o caminho para as terras de *Abẹ́òkúta*.

No começo de tudo, quando *Ọbàtálá* criou a Terra e todos os seus atributos, ele fez a distribuição de todas as partes para todo o povo, cabendo a ele a região mais árida e coberta de pedras, pois não queria privilégios. Então, em *Abẹ́òkúta*, ergue uma fazenda cujo terreno era mais rochedo do que solo fértil para a plantação. Apesar de toda adversidade, suas terras eram as que mais produziam colheitas de todos os tipos. E o povo comentava: "Como podem as colheitas terem crescido em tal lugar?" Ainda que todos trabalhassem de maneira árdua da manhã até a noite, a produção de suas terras não se comparava com a de *Ọbàtálá*. Apesar do pouco trabalho despendido, as terras dele estavam sempre verdes, chovesse ou não; nunca faltava grão de milho ou inhame.

O povo passou a comentar o fato, sentindo-se ofendido. Dizia: "Que espécie de pessoa é *Ọbàtálá*? Nossa parte da terra, melhor que a dele, não nos proporciona fartura para nos tornar ricos." Esse pensamento foi se espalhando cada vez mais e tomando conta da cabeça de todos, assim, o povo passou a cobiçar as terras de *Ọbàtálá* e a arquitetar planos para tomar suas terras. Esqueciam-se de quem era *Ọbàtálá* e do que ele havia feito por todos. Passaram a observar seus passos e ficaram sabendo que ele estava interessado em contratar um ajudante.

Foi por isso que *Ọbàtálá* esteve no mercado de *Emùrè*! Adquiriu um escravizado cujo nome era *Àtọwọ́dá*. Ele demonstrou ser muito prestativo no início, trazendo muita satisfação a *Ọbàtálá*, e, passado algum tempo, pediu-lhe um pedaço de terra para o próprio cultivo. De bom grado, lhe foi dado um pedaço de terra ao lado de uma montanha situada não muito longe da casa de *Ọbàtálá*. Em poucos dias, *Àtọwọ́dá* limpou tudo, transformando a área numa pequena fazenda, e ali construiu uma cabana. Isso impressionou muito *Ọbàtálá*, que depositou nele toda a sua confiança.

Àtọwọ́dá, porém, não tinha bons propósitos. Seu desejo, na verdade, era destruir *Ọbàtálá* e, com essa finalidade, vinha ordenando o próprio tempo, pensando no melhor modo de levar a cabo seu objetivo. Ele logo encontrou um jeito. Observou que, no caminho íngreme que levava até a sua cabana, havia pedras grandes encaixadas no solo e que, se soltasse o solo abaixo dessas pedras, poderia facilmente causar o rolamento delas montanha abaixo para esmagar *Ọbàtálá* no momento em que ele estivesse subindo o caminho para visitar sua fazenda. Então *Àtọwọ́dá* selecionou cuidadosamente a pedra que, com um pequeno empurrão, rolaria montanha abaixo e atingiria *Ọbàtálá*.

Alguns dias mais tarde, *Ọbàtálá* seguia na caminhada habitual em visita às suas terras. Do topo da montanha, *Àtọwọ́dá* o espreitava. A rotineira roupa branca de *Ọbàtálá* o destacava em relação ao fundo verde de suas plantações. Quando *Àtọwọ́dá* se certificou de que não haveria chance para *ọbàtálá* evitar que a pedra o atingisse, deu um empurrão na maior de todas. A pedra saiu rolando a toda velocidade na direção de *Ọbàtálá*, que, paralisado de surpresa, não conseguiu escapar: foi atingido em cheio, e seu corpo, partido em muitos pedaços.

A notícia se espalhou por todos os lugares. *Ọbàtálá* havia sido destruído por homens invejosos. *Èṣù* foi um dos que tomaram conhecimento da notícia; ele foi rapidamente para o local a fim de verificar o ocorrido, depois seguiu para o *ọ̀run*, com o intuito de relatar a tragédia a *Olódùmarè*. Este, então, designou *Ọ̀rúnmìlà* para encontrar as partes do corpo de *Ọbàtálá* e trazê-las de volta. *Ọ̀rúnmìlà* seguiu imediatamente para o local, e, após um certo espaço de tempo perdido em lamentar o fato, executou um ritual que tornava possível a ele localizar todos os pedaços espalhados do corpo. Ele os recolheu num grande *igbá* e os levou para a antiga cidade de *Ọbàtálá*, chamada *Irànjẹ*. Lá, depositou a porção dos pedaços que possibilitava fazê-lo renascer no *ọ̀run*. O restante das partes do corpo *Ọ̀rúnmìlà* espalhou "por todo o mundo", fazendo com que fossem surgindo novas divindades denominadas de *Òrìṣà*, daí a contração da frase "*Ohun ti a ri ṣà*", que significa "o que foi achado e juntado", alusão ao fato do recolhimento dos pedaços do corpo de *Ọbàtálá*.

Como as outras divindades surgidas a partir do corpo fragmentado de *Ọbàtálá* passaram a ter nomes derivados do dele, tornou-se necessário destacá-lo dos demais, passando então a ser chamado de *Òrìṣà nlá*, ou seja, "O Grande *Òrìṣà*", que representa a soma de todos os *Òrìṣà* juntos.

CONCLUSÃO

Nos primórdios do mundo nagô, deu-se a oportunidade de uma convivência pacífica entre os seres humanos e as divindades. São dessa fase as inúmeras histórias relacionadas com os *Òrìṣà*. Neste mito há a sugestão de que *Òrìṣà* seria originalmente uma unidade, e que o processo de fragmentação transformaria uma mesma divindade em várias outras. Revela, ainda, o arquétipo dos indivíduos identificados com esse *Òrìṣà*: são pessoas constantemente iludidas em sua confiança. Embora portadoras de propósitos criadores e de grande bom senso, têm a tendência de serem vítimas de inveja e falta de reconhecimento da obra que realizam.

APONTAMENTOS

1. ÒKÈ ÌGÈṬI

Local montanhoso onde se presume que *Ọ̀rúnmìlà* tenha vivido, conforme alguns relatos da literatura e de *Ifá*.

2. ABẸ̀ÒKÚTA

Cidade yorubá onde é mantido o culto a *Yemọja*, que é reverenciada no rio *Ògùn*, que corta toda a região. *Abẹ́*, que significa "embaixo"; e *òkúta*, que significa "pedras".

3. ÀLÀ

A palavra *àlà* define não só um tecido de cor branca como também uma reputação íntegra. Quando se reza por alguém, se diz: "*Nwọn ò ni'ta epo s'àlà rẹ o.*" ["Nenhum óleo de palmeira pode ser respingado em suas roupas brancas."], querendo dizer com isso que a reputação deve ser sempre imaculada. Um cântico relembra o fato:

Banta-bàntà ninú àlà	Imenso em roupas brancas
Ó sùn ninú àlà	Ele dorme em roupas brancas
Ó jí ninú àlà	Ele acorda em roupas brancas
Ó tinú àlà dìde	Ele se levanta em roupas brancas
Ba nlá! ọkọ Yemòwó!	Venerável Pai! Marido de *Yemòwó*!
Òrìṣà wù mi ní bùdó	*Òrìṣà* que me encanta em sua roupa de gala
Ibi're l'Òrìṣà ka'lè.	É maravilhoso o lugar onde ele é entronizado.

4. ỌRUN

Espaço sagrado onde vivem as divindades. Daí serem denominadas *ará ọrun*, enquanto os habitantes da Terra são denominados *ará àiyé*.

5. IGBÁ

Fruto da cabaceira (*Cucurbita lagenaria*) utilizado como recipiente e utensílio para diversas finalidades, a depender de sua forma: *akèrègbè*, a cabaça inteira; *igbá*, o fruto cortado ao meio; *ahá*, com formato de copo; *ìgbájẹ̀*, em forma de prato.

6. ÒRÌṢÀ

Esse nome é usado exclusivamente para se referir a divindades e nunca a espíritos comuns.

7. ÒRÌṢÀ NLÁ

A partícula *nlá* significa "aquilo que é grande" e teve sua forma modificada para *Òṣàlá*.

8. ALÁBÁLÁṢẸ

Título dado a *Òṣàlá*, o qual lhe confere o poder de criar com autonomia e decisão. *Alámọ̀(n) rere*, o perfeito escultor das figuras humanas.

9. ỌPÁ ṢÓRÓ

O cajado da criação do mundo, feito em metal branco e coberto com adornos, encimado com a pomba que foi encarregada de espalhar a terra por todas as direções.

3

OLÓKUN E O DESAFIO A ỌLỌ́RUN

Após a criação da Terra, o Ser Supremo, *Ọlọ́run*, também conhecido como *Olódùmarè,* designou a ocupação de todos os pontos pelos seus representantes, os *Òrìṣà*. Mas não sem antes instruí-los sobre suas obrigações: "Nunca se esqueçam de seus deveres para com os seres humanos; atendam suas súplicas, pois vocês são os protetores da raça humana." Dito isso, todos ocuparam as devidas posições, submissos à vontade de *Ọlọ́run*.

A sequência de dias que se passaram veio proporcionar entendimento e afinidade entre o povo e as divindades. No entanto, uma dessas divindades, conhecida pelo nome de *Olókun*, a Senhora dos Mares, sentiu-se envaidecida pelo poder que tinha; ela ainda era possuidora do conhecimento da tecelagem, o que lhe permitia ter belíssimas roupas feitas de tecidos delicados e vistosos, colares e diademas. Acreditava ela que, nesse território, superava todos os outros *Òrìṣà*, incluindo o próprio Ser Supremo, *Ọlọ́run*.

Assim sendo, *Olókun* enviou uma mensagem a *Ọlọ́run*, desafiando-o a competir com ela para mostrar quem tinha mais poder na confecção de roupas coloridas. *Ọlọ́run* tomou ciência do desafio e pensou: Olókun *procura me humilhar... Como posso ignorar esse desafio?* Analisou a situação e, em seguida, enviou *Agẹmọ*, o camaleão, instruindo-o sobre como deveria agir. *Agẹmọ* desceu à Terra, onde *Olókun* morava, e tomou posição nas rochas que beiravam as águas da Senhora dos Mares. Chamou por ela e disse: "O proprietário do céu, *Ọlọ́run*, concordou com seu desafio e me mandou aqui para lhe dizer que, se suas roupas forem tão maravilhosas como afirma ser, você ficará no céu, ao lado dele. Portanto, ele pede que me mostre algumas de suas melhores roupas, a fim de que eu possa revelar-lhe para um julgamento sobre o assunto."

Olókun era vaidosa e por isso não poderia abster-se de mostrar suas roupas para *Agẹmọ*. Colocou sob uma saia um tecido verde brilhante e o exibiu. *Agẹmọ* deu uma olhada e sua pele tornou-se exatamente da cor do tecido. *Olókun* foi apanhar outra roupa, agora de cor alaranjada, e a pele de *Agẹmọ* tornou-se da mesma cor. Outra roupa lhe foi mostrada, dessa vez vermelha, e a pele de *Agẹmọ* tornou-se vermelha. *Olókun* estava ficando perturbada. Trouxe outras roupas de diferentes coloridos, e o camaleão continuou mudando de cor à medida que as roupas iam sendo apresentadas.

Cansada, *Olókun* parou e pensou: *Este que aqui está é somente um mensageiro, nada mais. Num instante, ele pode ficar da cor exata das roupas que lhe mostro. O que, depois disto, pode o grande Ọlọ́run fazer?*

Percebendo a futilidade da competição com *Ọlọ́run*, *Olókun* diz para *Agẹmọ*: "Dê meus cumprimentos ao Ser Supremo, diga que *Olókun* reconhece sua superioridade."

E foi assim que *Olókun* retirou seu desafio para *Ọlọ́run*, que permaneceu Supremo em todas as coisas.

CONCLUSÃO

Essa é uma das raras narrativas em que um *Òrìṣà* tenta impor seu poder junto ao Ser Supremo. O que se deseja transmitir nessa história é que não se deve permitir que a vaidade encubra o poder da razão.

APONTAMENTOS

1. OLÓKUN

Divindade dos mares tida como a mãe de *Yemọja*. Conviveu no palácio no tempo do reinado de *Odùdúwà*, em *Ifẹ̀*. Na cidade de Benin, é uma divindade masculina. No Brasil, não possui um culto específico nem ritos de iniciação em seu nome.

2. ỌLỌ́RUN

Um dos nomes do Ser Supremo. Significa "O Senhor do *ọ̀run*". Outros nomes lhe são designados de acordo com os seus atributos; dentre eles:

Ọlọ́run Aláànú	Deus misericordioso
Olùtùnu	Aquele que alivia a dor e acalma
Olùpèsè	Aquele que abastece e dá provisões
Ọlọ́run Olóore	Deus bondoso
Olùgbàlà	Deus Salvador

3. AGẸMỌ

O camaleão é um animal sagrado para o povo yorubá e descrito como o mensageiro de *Ọlọ́run* e *Ọ̀ṣàlá*. Com sua capacidade de fazer-se desaparecer pela condição que tem de mudar de cor, de forma e de confundir-se com o fundo natural, além de seu poder de mover os olhos em todas as direções, o que lhe permite dominar uma situação quase que imediatamente, tornou-se digno de respeito e merecedor de culto para o povo yorubá, havendo festividades anuais em sua homenagem.

4

OS ÒRÌṢÀ ADQUIREM SEUS PODERES

Numerosos *Òrìṣà* estavam vivendo na Terra recém-criada por *Ọlọ́run*, mas ainda não tinham todos os poderes pelos quais são conhecidos atualmente. Sempre que havia a necessidade de o povo fazer coisas importantes e com segurança, as pessoas rogavam a *Ọlọ́run* ou a *Ọ̀rúnmìlà*. E isso estava desagradando aos *Òrìṣà*.

Certo dia, *Òrìṣà Oko*, conversando com *Ọ̀ṣọ́ọ̀ṣì*, disse: "Aqui estamos, morando entre os seres humanos. Mas somos distinguidos? Se o povo necessita de alguma coisa, vai pedir a *Ọ̀rúnmìlà*. Se tivéssemos o conhecimento de algum poder, o povo não importunaria constantemente *Ọ̀rúnmìlà*." Dizendo isso, resolveu falar diretamente com *Ọ̀rúnmìlà*: "Eu não tenho poderes que me fazem sobressair entre os seres humanos criados por *Ọbàtálá*. Você, *Ọ̀rúnmìlà*, que tem acesso direto a *Ọlọ́run*, poderia dotar-me de algum atributo especial. Assim, o povo da Terra viria a mim rogar por socorro em seus momentos de aflição." *Ọ̀rúnmìlà* ouviu atentamente o pedido feito e respondeu: "Sim, talvez tenha razão nisto. Vou analisar o assunto." Assim, *Òrìṣà Oko* e *Ọ̀rúnmìlà* seguiram seus caminhos.

Mais adiante, *Ọ̀rúnmìlà* encontrou *Ògún*, que lhe perguntou: "Eu não sou um *Òrìṣà*? Também devo ter poderes. Todas as vezes que alguma coisa importante é pedida pelo povo, este vem procurá-lo. É *Ọ̀rúnmìlà* isso, é *Ọ̀rúnmìlà* aquilo. Dê-me um conhecimento especial, de modo que eu possa fazer algo para manter o mundo funcionando." *Ọ̀rúnmìlà* respondeu: "Sim, tenho pensado acerca disto. Verei o que posso fazer."

E, assim, continuou a seguir seu caminho, encontrando outros *Òrìṣà*. *Èṣù*, que já tinha o conhecimento da linguagem, foi até *Ọ̀rúnmìlà* buscar por mais conhecimentos. *Ṣàngó* também o procurou; *Ọ̀sányìn* foi até ele; depois deles, outros mais também, todos perguntando e pedindo por um poder especial.

Ọ̀rúnmìlà estava angustiado. Pensou: *Tenho por todos os* Òrìṣà *a mesma afeição. Se eu der alguma coisa para um deles, os outros certamente irão queixar-se. Tenho muitos poderes para serem divididos. Para quem eu deveria dar este ou aquele poder?* Por causa do assunto surgido, *Ọ̀rúnmìlà* tornou-se arredio, não tocava em nenhum alimento e mal conseguia dormir à noite.

Os dias foram se seguindo e *Ọ̀rúnmìlà* tomava rumo pelos campos, pensativo, analisando a questão de como poderia dividir os poderes entre os *Òrìṣà* sem criar problemas entre eles. E estava pensando nisso quando encontrou *Agẹmọ*, o camaleão. "Você, *Ọ̀rúnmìlà*, o porta-voz de *Ọlọ́run* sobre a Terra, por que está tão deprimido?" *Ọ̀rúnmìlà* respondeu: "Um por um, os *Òrìṣà* vêm até mim pedir para que eu lhes dê um poder especial, de modo que eu possa aliviar o meu trabalho neste sentido. De fato, estou sobrecarregado de atendimentos e isso seria para mim uma forma de suavizar o meu trabalho. Mas existem tantos poderes, alguns grandes, outros pequenos. Se eu der alguma coisa grande para um, os outros ficarão magoados. Quero tratar todos os *Òrìṣà* com igualdade. Como posso fazer isso de maneira que haja harmonia em vez de discórdia?"

Ouvindo tudo, *Agẹmọ* pensou por um momento e disse: "Talvez seja melhor deixar a distribuição dos poderes à sorte. Volte para o céu e depois envie uma mensagem para anunciar que, num determinado dia, você derramará os poderes sobre a Terra. Deixe cada *Òrìṣà* agarrar o que puder. Qualquer poder que um *Òrìṣà* pegar dessa forma será dele, então." E concluiu: "Enviando a mensagem, você terá dado a notícia, e nenhum *Òrìṣà* poderá dizer que *Ọ̀rúnmìlà* o abandonou."

Diante do que ouviu, *Ọ̀rúnmìlà* relaxou da tensão a que estava sendo submetido por perceber sabedoria naquelas palavras, assim como a solução para as suas dúvidas. Então disse: "*Agẹmọ*, embora você seja pequeno, seu nome será grande. Farei exatamente o que me diz." Em seguida, *Ọ̀rúnmìlà* retornou ao *ọ̀run* a fim de preparar a distribuição dos poderes. E enviou a seguinte mensagem em direção à morada de cada *Òrìṣà*: "No quinto dia após este, vocês deverão se dirigir ao campo livre de *Ilé Ifẹ̀*. Os poderes serão espalhados do alto e todos deverão agarrar o que puderem. Dessa forma, tudo vai depender de cada um." Todos os *Òrìṣà* concordaram, agradecidos, enaltecendo a sabedoria de *Ọ̀rúnmìlà* quanto à distribuição dos poderes.

No quinto dia, os *Òrìṣà* seguiram para o local determinado e aguardaram. Do alto, surgiram sons estranhos acompanhados pelo movimento agitado da brisa que pairava sobre todos. Foi nesse instante que os poderes começaram a cair do *ọ̀run*. Então todos começaram a correr para aqui e acolá com as mãos estendidas. Enquanto um agarrava certo poder, outro pegava o que podia. Alguns poderes escapavam de suas mãos e caíam na relva ou sobre as árvores.

A correria era grande, os *Òrìṣà* procuravam em todas as direções. Alguns eram mais rápidos que outros. Os mais ágeis e enérgicos conseguiram pegar um maior número de poderes. Mas todos receberam alguma coisa.

Èṣù foi um dos mais persistentes e não hesitou em empurrar quem estivesse perto; por causa disso, pegou grande parte dos poderes; entre eles, o de ser o guardião do *Àṣẹ* de *Olódùmarè* e o transportador das oferendas votivas. Em face disso, os *Òrìṣà* e os seres humanos, dali em diante, passaram a tratá-lo com respeito especial e procuraram evitar tornar-se seu inimigo.

Ṣàngó, com o que conseguiu apanhar, tornou-se o dono da pedra e do relâmpago, adquirindo o título de *Jàkúta*, "o arremessador de pedras".

Mais tarde, quando assumiu o reino de *Ọ̀yọ́*, veio a ser denominado *Ọba Jàkúta*.

Ọbalúwáiyé veio a ser o senhor das doenças, em especial a varíola; *Ọ̀sányin* adquiriu o conhecimento do uso litúrgico e medicinal das plantas; *Òrìṣà Oko* tornou-se o senhor da fartura das colheitas; *Ògún* ficou com o poder do uso dos metais.

Assim, cada *Òrìṣà* recebeu uma parte dos poderes do *ọ̀run*, de forma que poderiam beneficiar os seres humanos atendendo aos seus pedidos e invocações.

CONCLUSÃO

A busca dos *Òrìṣà* por poderes serve para lembrar que todos os seres são portadores de poderes e que todos esses poderes são dados pelo Ser Supremo. Não se admite o tipo de passividade que tem o intuito de aguardar o sucesso e as coisas boas da vida caírem nas próprias mãos sem esforço algum. É preciso operar nesse sentido, com ações que objetivem despertar todos os poderes existentes no ser humano.

APONTAMENTOS

1. ÒRÌṢÀ OKO

Divindade tutelar da agricultura e da fertilidade da terra. Viveu na cidade de *Ìràwọ̀* como líder local. A contragosto da população, foi afastado da cidade por ter contraído lepra. A única pessoa que o acompanhou em seu exílio foi a esposa. Procuravam conviver com esse drama, até que ela descobriu que algumas frutas que haviam sido colhidas no passado e jogadas fora haviam germinado e crescido, dando novos frutos. Começaram a cultivar a terra e conseguiram obter alimentos para ambos. Ao continuamente alimentar-se de certos vegetais, ervas locais e frutos, além de fazer uso de uma nova técnica de trabalho na terra, ele ficou curado da doença.

Os dois retornaram a *Ìràwọ̀*, sendo alegremente recebidos por todos. Devido à nobreza de caráter dos dois, revelaram toda a ciência aprendida a todos que os procuravam. Ambos chegaram à velhice antes de morrer, e nunca foram esquecidos pelo povo, conforme o dito: "Penetraram as entranhas da Terra para viver outra existência." Daí: "*Òrìṣà Oko wọ̀lẹ̀ nÌràwọ̀*" ["*Òrìṣà Oko* penetrou a Terra de *Ìràwọ̀*"], numa alusão à sua deificação.

Os dois foram deificados e simbolizados por hastes de ferro cobertas de búzios, e tiveram as abelhas como suas mensageiras. Quando elas voam em cima da cabeça das pessoas, busca-se água fria e joga-se no chão, ao ar livre, fazendo-se orações. Seus devotos são denominados *Agẹ̀gún Òrìṣà Oko*, e seus sacerdotes são identificados por duas linhas verticais, uma branca e uma vermelha, usadas na testa.

Nos ritos de Candomblé, ao final de cada ano, é feita uma mesa de frutas em louvor à divindade para trazer fartura a todos. Fazem-se também peregrinações à região de *Ìràwọ̀*, realizando-se festas que duram sete dias, assim como também se fazem oferendas de *akika* (tamanduá), *ewúrẹ́* (cabra), *ẹjá abori* (peixe), *ọbẹ̀ ẹ̀gúsi* (ensopado de semente de melão), *iyán* (inhame pilado) e *ọtí ṣẹ̀kẹtẹ́* (cerveja de milho), tudo acompanhado de produtos agrícolas que podem ser comidos e vendidos, num ambiente de fartura e cânticos:

A ó jiyán lonìí	Nós vamos comer inhame hoje
Iyán to funfun lẹlẹ	Inhame branco branco
Iyán a bi lẹwu lọ́run	Vamos comer inhame
Sẹgbẹdẹ á ṣẹ.	Vai ser muito alegre.

5

COMO SURGIU A CONSULTA A IFÁ

Este mito fala sobre o retorno definitivo de *Ọ̀rúnmìlà* para o *ọ̀run*, ficando os *ikin* como seus representantes na Terra. Tem início num determinado tempo, quando *Ọ̀rúnmìlà* ainda não tinha filhos e seus oponentes o recriminavam por isso: "*Bàbá ò ní bí ọmọ ni Ifẹ̀.*" ["O pai que não tem filhos em *Ifẹ̀.*"]. Estes, porém, estavam enganados em o criticar, pois mais tarde *Ọ̀rúnmìlà* veio a ter oito filhos, que se tornariam reis em várias cidades yorubás.

O primeiro filho foi denominado *Alárá*, o rei da cidade de *Ará*; o segundo, *Ajerò*, rei de *Ìjerò*; o terceiro, *Ọlọ́yẹ́moyin*, rei da cidade de *ọyẹ́*; o quarto, *Alákegi*; o quinto, *Óntagi-ọ̀lẹ́lẹ́*, rei de *Ìtagi*; o sexto, *Ẹlẹ́jẹ̀mọ̀pé*, rei de *Ìjẹ̀lú*; o sétimo foi denominado *Ọwaràngún-àga*, título de sacerdotes de *Ifá*; e o oitavo e último filho foi chamado de *Ọlọ́wọ̀*, rei de *Ọ̀wọ̀*.

Ọ̀rúnmìlà sentiu-se realizado, e, por ocasião de uma grande solenidade, quando celebrava um ritual, mandou chamar seus filhos. Atendendo ao chamado, todos prestaram obediência ao pai, saudando-o com a expressão "*Àbọrúbọyè bọ ṣìṣẹ*" ["Que os rituais sejam abençoados e aceitos"]. Apenas *Ọlọ́wọ̀* se recusou a saudar *Ọ̀rúnmìlà*. O oitavo filho também estava todo vestido de forma idêntica ao pai, o que significava uma afronta e desrespeito à autoridade paterna.

Ọ̀rúnmìlà exigiu que *Ọlọ́wọ̀* dissesse as mesmas palavras que os irmãos, mas ele se recusou, permanecendo de pé e declarando: "*Ọ̀rúnmìlà*, você se veste com a roupa *ọ̀dùn*, e eu me visto com a mesma roupa; você empunha o *Ọ̀ṣùn* feito de bronze, também tenho o meu cajado de bronze; suas sandálias são de bronze, as minhas também são; você usa uma coroa, e eu também. Assim, uma cabeça coroada não se curva para outra cabeça coroada."

Diante do que estava vendo – uma total afronta à sua autoridade –, *Ọ̀rúnmìlà* se enfureceu e arrancou o *Ọ̀ṣùn* das mãos de *Ọlọ́wọ̀*, o que significava a cassação da autoridade dele. Mas não ficou apenas nisso. O acontecido levou *Ọ̀rúnmìlà* a se retirar do plano terrestre e retornar ao *ọ̀run*. O resultado foi a fome, a peste, as doenças, a esterilidade. *Ọ̀rúnmìlà* representava o princípio da ordem, da sabedoria, da fertilidade, e sua partida levou a Terra ao colapso, ameaçando a extinção da humanidade.

Os habitantes da Terra se viram clamando por sua volta. Os rios secaram, os doentes continuaram enfermos, as espigas de milho brotavam, mas não amadureciam. Sacrifícios foram feitos, mas sem resultado algum. Até que pediram aos filhos de *Ọ̀rúnmìlà* que intercedessem por seu retorno, a fim de restaurar a ordem das coisas.

Diante disso, os filhos foram até o *ọ̀run* para pedir que o pai voltasse. Rogaram e recitaram preces de louvores. Mesmo com a decisão já tomada, *Ọ̀rúnmìlà* ordenou-lhes que estendessem as mãos para a frente e deu-lhes os dezesseis *ikin*, os coquinhos sagrados de *Ifá*, dizendo-lhes: "Quando chegarem em casa, se desejarem possuir dinheiro, serão esses *ikin* que deverão consultar; se desejarem esposas e filhos, serão esses *ikin* que deverão consultar."

Fazendo determinado ritual, *Ọ̀rúnmìlà* reassumiu sua autoridade, colocando-se como a ligação entre o *ọ̀run* e o *àiyé*. E deixou de herança a seus filhos e discípulos o sistema de adivinhação que permitiria invocá-lo em todos os momentos necessários.

CONCLUSÃO

Ọ̀rúnmìlà representa o princípio da sabedoria; seus instrumentos, os elementos para estabelecer suas orientações. Essa história faz parte do *ìtàn* do *Odù Ìwòrì Méjì*. Além de revelar fatos pertinentes à história de *Ọ̀rúnmìlà*, esta caída num jogo diz da possibilidade de a pessoa ter oito filhos bem situados na vida. Aponta que o caçula trará problemas, e isso poderá fazer com que um membro da família saia de casa e vá morar em outro local, até mesmo no estrangeiro. Também indica que o cliente alcançará sucesso na vida, embora as pessoas não acreditem nele.

APONTAMENTOS

1. IFÁ

Sistema de jogo que se utiliza de dezesseis coquinhos da palmeira do dendezeiro, denominados *ikin*.

2. ỌSÙN

Um bastão sagrado utilizado pelos *Bàbáláwo*; símbolo de uma divindade conhecida pelo mesmo nome. É usado como um cajado, fica sempre posicionado ereto, sendo colocado de pé, apoiado numa parede.

3. ỌDÙN

Um tipo de traje yorubá com detalhes feitos em palha da costa.

4. ÀBỌRÚBỌYÈ BỌ ṢÍṢẸ

Expressão usada como prece; pode ser dita por uma pessoa que esteja diante de um *Bàbáláwo* na prática da consulta. Significa: "Que o sacrifício seja abençoado e aceito."

5. DIFÁ

Dà significa "consultar"; *difá* significa "consultar *Ifá*".

6

A DISPERSÃO DO POVO DE IFẸ̀

No início de tudo, quando *Òṣàlá* criou a raça humana sob a determinação de *Ọlọ́run*, somente a cidade de *Ilé Ifẹ̀* era habitada. A vida seguia calma e feliz para todo o povo. Entretanto, eles necessitavam constantemente de estímulos de *Ọlọ́run*, o Ser Supremo, ou de *Ọ̀rúnmìlà*, seu assessor imediato junto ao povo.

Todas as famílias tinham seus campos para colheita; a agricultura era básica na vida do povo de *Ifẹ̀*. Se faltasse alguma coisa ou desconhecessem algum processo de trabalho, enviavam mensagens a *Ọlọ́run*, pedindo explicações sobre como proceder. E o Ser Supremo sempre os atendia. Assim, nenhuma pessoa tinha nem mais nem menos daquilo que era necessário para sobreviver. Tudo era fornecido em doses iguais para todos.

Certo dia, durante a reunião semanal no mercado principal da cidade, um homem olhou ao redor e perguntou: "Por que todos se parecem? Todos falam igual e têm a mesma cor. Todos possuem a mesma importância; ninguém tem mais ou menos do que o outro. Tudo é muito certo, não há variedades."

Após esse comentário, iniciou-se uma discussão. Começaram a argumentar: "Sim, é verdade. Por que não posso ter mais do que o meu vizinho?" Outro falou: "A semelhança entre todos nós é monótona." Um terceiro, ao lado, gritou: "Os *Òrìṣà* são diferentes um do outro. Também merecemos ser diferentes."

Em meio à discussão que estava se formando, alguém ponderou: "Não, meus irmãos, houve bom senso nos métodos estabelecidos por *Ọlọ́run*. Vamos deixar as coisas como estão." Mas ninguém lhe deu ouvidos, e o povo começou a aderir à ideia de que tudo deveria ser mudado. Assim, as pessoas foram fazer queixas a *Ọlọ́run*, que, de onde se encontrava, começou a perceber a impaciência do povo. Enviou, então, seu assessor, *Ọ̀rúnmìlà*, para discutir os problemas com o povo de *Ifẹ̀*.

As pessoas foram chegando e pedindo coisas que os outros tinham. Um queria uma casa enorme; outro, uma colheita maior de inhames. Alguns discordavam da cor que tinham. Queriam ser mais claros ou mais escuros. E os pedidos continuavam sendo feitos: mais dinheiro, mais criados para fazer o trabalho. O que era mais gordo queria ser magro e alto, os mais baixos reclamavam da própria estatura.

Ọ̀rúnmìlà ouviu todos eles, anotou os pedidos feitos e em seguida retornou para o *ọ̀run*. Ao ouvir os pedidos, *Ọlọ́run* ficou agitado e tornou a mandar *Ọ̀rúnmìlà* para a Terra, a fim de melhor entender as queixas do povo. Várias viagens foram feitas até *Ifẹ̀*. E *Ọ̀rúnmìlà* escutava tudo, dia após dia, frequentemente relatando o que o povo estava dizendo.

"Esses seres humanos estão começando a ficar insuportáveis. Diga para pararem com as queixas. Eles devem ficar satisfeitos com a maneira como as coisas estão." Com essas palavras, *Ọlọ́run* decidiu dar um ultimato ao povo, para que tudo permanecesse como estava.

Mais uma vez, *Ọ̀rúnmìlà* foi até *Ifẹ̀*, onde gritou para o povo: "Tenho relatado tudo que vocês pedem a *Ọlọ́run*. Ele tem considerado tudo, mas acha que vocês estão sendo ingratos. No começo, o mundo foi ordenado de maneira que todos fossem iguais em aparência e nas próprias coisas que possuíam, com a finalidade de que tudo ficasse em harmonia. O que vocês estão pedindo trará discórdias e conflitos."

As pessoas não gostaram de ouvir o que estava sendo dito. Insistiam em ter todos os seus pedidos acatados. Assim, *Ọ̀rúnmìlà* relatou mais uma vez os desejos do povo. Sem ter outra saída, *Ọlọ́run* disse de forma definitiva: "Muito bem, dê a eles o que desejam."

Assim sendo, *Ọ̀rúnmìlà* voltou a *Ifẹ̀* e começou a atender todos os pedidos feitos. O que queria ter a pele mais clara assim o teve; alguns receberam mais terras para cultivo; outros, mais empregados, mais ouro. Os que pediram beleza ficaram mais bonitos que os demais. Mais roupas, mais luxo, mais gente. *Ifẹ̀* tornou-se uma cidade de contrastes.

Com tudo distribuído conforme os desejos de cada um, a situação da Terra mudou. O povo começou a discutir acerca de quem havia recebido as melhores coisas. Alguns se queixaram de que mereciam mais. O povo de cor diferente começou a se comportar de maneira vaidosa. Olhavam uns aos outros com desconfiança. Os que tinham mais olhavam com altivez para aqueles que tinham menos. Estes, por sua vez, tentavam obter dos outros que tinham mais. Tudo se tornou difícil. A compreensão e a harmonia deixaram de existir.

Mas o pior ainda estava por vir. Como castigo pela ingratidão do povo, *Ọlọ́run* deu a todos uma língua diferente. Ao passo que, no início, todos falavam o mesmo idioma, a partir da decisão tomada por *Ọlọ́run*, alguns começaram a falar o *igbó*, o *hausá*, o *fọn* e outras línguas diferentes.

Assim, começaram a se separar devido à dificuldade de se fazerem entender. Formaram grupos, dos quais alguns foram para o Norte e outros para o Sul, e muitos se dirigiram a lugares diferentes. Com isso, outras cidades foram construídas, formando novas tribos e nações.

Antes, todos eram iguais em todas as coisas; as queixas que fizeram causaram-lhes a separação e a dispersão. Desse tempo em diante, o mundo nunca mais foi o mesmo.

CONCLUSÃO

Todas as histórias revelam que *Ifẹ̀* é reconhecidamente a primeira grande comunidade yorubá. Depois de sua fundação, outras cidades foram sendo criadas, com os novos soberanos fiéis ao poder central de *Ifẹ̀*. Algumas divergências são retratadas nesta narrativa de forma simbólica, objetivando justificar o desenvolvimento de outras cidades, como *Benin* e *Ọ̀yọ́*, que chegaram, de certa forma, a concorrer em prestígio com *Ifẹ̀*.

APONTAMENTOS

1. IGBÓ

A cidade de *Igbó* estava localizada numa região próxima àquela que viria a ser a cidade de *Ifẹ̀*, sendo que *Ọbàtálá* teria sido seu soberano ao tempo da chegada de *Odùdúwà*. Nos candomblés do Brasil, o fato é lembrado em alguns cânticos com a citação de *Òṣàlá* como *Òṣàigbó*. (Ver *Ọ̀run-Àiyé: o encontro de dois mundos*, p. 57.)

2. HAUSÁ

O termo *hausá* serve para identificar a língua e o país ao norte da atual Nigéria, com tradições islamizadas, e que, aqui no Brasil, liderou insurreições na Bahia, de 1807 a 1835.

3. FỌN

Um dos dialetos falados na antiga região do Dahomé, atual Benin. No Brasil, encontrou sobrevivência nos candomblés jejes.

7

O CONFLITO ENTRE O CÉU E A TERRA

Em tempos primordiais, os dois planos (o céu e a Terra) não eram separados entre si – interligavam-se num ponto denominado *Àkàsò*. Tudo que os visitantes dos dois planos precisavam fazer era cruzar uma porta fronteiriça comandada pelo *Oníbodè*, o porteiro do espaço celestial. O céu era comandado por *Àjàlọ̀run* ou *Olódùmarè*, e a Terra, por *Àjàláiyé* ou *Onílẹ̀*. Ambos eram grandes amigos e viviam em constante confraternização, até que uma grande disputa surgiu entre os dois.

Era costume preservar uma grande floresta para abrigar muitos animais. Depois se fazia uma grande queimada na esperança de encontrar ali os animais que interessavam a todos. Num desses acontecimentos, a floresta ardeu por muito tempo, mas nenhum animal saiu dela. Quando estava completamente queimada, *Àjàláiye* e *Àjàlọ̀run* entraram nela vasculhando as tocas dos animais, mas nada foi encontrado, exceto o *ẹmọ̀*, um pequeno roedor do mato. Começaram a discutir sobre quem ficaria com ele. *Àjàláiyé* dizia que era o mais velho e por isso o *ẹmọ̀* deveria ser dele. *Àjàlọ̀run* discordou, argumentando que ele é que era o mais velho. A discussão tornou-se violenta e *Àjàlọ̀run* ficou furioso, o que o fez largar tudo e voltar para o céu, sua morada, mas não sem antes avisar que não demoraria muito para que todos soubessem quem era o mais velho dos dois.

O resultado foi que a chuva deixou de cair e o orvalho deixou de pingar; a colheita cessou e os rios secaram. As mulheres não mais engravidavam, os doentes se tornaram inseguros de sua cura e a fome se alastrou. Quando já não tinham mais paz, todos resolveram se reunir e sair em busca de uma consulta com os sacerdotes de *Ifá*, a fim de saber o que fazer.

Realizou-se, então, um grande sacrifício – que incluía o *ẹmọ̀*, o pivô da crise – como forma de reconhecimento definitivo da supremacia de *Àjàlọ́run* sobre todos os habitantes da Terra.

Como a oferenda deveria ser levada para o *ọ̀run*, *Èṣù* tomou a iniciativa de fazer soar o seu gongo, convocando todos os pássaros, os demais animais e as pessoas da região para se reunirem no palácio de *Àjàláiyé*. Um dos pássaros escolhidos para a tarefa deparou com a oferenda e, olhando para o céu, recusou a empreitada. Um outro pássaro surgiu diante de todos, arrebatou a oferenda e alçou voo, ganhando altura. Não demorou muito e ele desistiu, retornando extenuado. Mais outro pássaro foi chamado e se disse capaz de realizar a tarefa. Não demorou muito e retornou ao sentir as asas doerem. A seguir foi a vez da águia, que, tomada de fúria, jactou-se de que levaria a oferenda até o céu em instantes. Todos ficaram esperançosos de que a águia seria bem-sucedida e começaram a cantar. Não demorou muito, ela retornou dizendo-se cansada.

Um pouco distante, apreciando os acontecimentos, estava *Igún*, o abutre. Silenciosamente, ele foi se aproximando e se ofereceu para levar a oferenda. Os sábios, em princípio, não aceitaram; o abutre era visto como uma ave sombria devido a sua aparência desajeitada, logo, duvidaram de sua capacidade. Mas não tiveram outra saída senão concordar, pois todos já haviam tentado e ninguém havia conseguido.

O abutre começou a ajeitar a oferenda em suas costas e, tendo deixado sua mãe doente em casa, perguntou quem poderia ir ajudá-la enquanto ele conduzia a oferenda ao céu. Todos os habitantes responderam a uma só voz que cuidariam dela. Mas tão logo o abutre desapareceu no espaço, sua mãe morreu, pois ninguém lhe dera importância.

Quando o abutre chegou ao portão que dava ligação com o céu, bateu repetidamente na porta. O porteiro perguntou quem era, e o abutre se identificou, revelando sua missão. O portão foi aberto e o abutre chegou diante de *Àjàlọ́run*, prostrando-se imediatamente no chão em sinal de profundo respeito. E disse: "*Àjàláiyé* me enviou aqui para te saudar e dizer que, desde que houve a briga, a Terra ficou mergulhada em confusão.

A chuva deixou de cair e todos estão aflitos com a seca. Pede também que eu expresse a sua completa submissão e que te diga que ele o aceita como seu superior."

Como resposta, *Àjàlọ́run* balançou a cabeça repetidamente e deu uma sonora gargalhada. Levou o abutre para os fundos de seu palácio e mandou que arrancasse três pequenas cabaças, mas somente aquelas que permanecessem em silêncio, evitando as que pedissem para ser colhidas. Em seguida, foi instruído a quebrar uma cabaça quando transpusesse o portão; quando atingisse o meio do caminho, deveria quebrar a segunda cabaça; e, quando já estivesse perto do solo, deveria quebrar a terceira cabaça.

E assim tudo foi feito, de forma que, quando o abutre estava se aproximando da Terra, a chuvarada começou. Chovia tanto que os rios transbordaram e as pessoas se esconderam dentro de suas casas. O abutre, todo molhado, não conseguiu distinguir as coisas devido ao aguaceiro. Começou a entrar nas casas dos outros pedindo guarida. Mas todos lhe negavam abrigo e ainda desferiam-lhe uma pancada na cabeça. De tanto ser espancado naquele dia, a cabeça do abutre continua pelada até hoje. Não tendo outra saída, foi empoleirar-se no alto da árvore de *Ìrókò* e cobriu-se com as próprias asas até o romper do dia.

Antes de raiar o dia, o abutre sentiu fome. Olhou à sua frente e viu um grande corpo inchado; começou a comê-lo sem saber que era o corpo de sua própria mãe, que, segundo o julgamento do povo, não havia merecido um tratamento decente quando morrera e acabou sendo jogada no lixo.

Quando o dia clareou totalmente e os habitantes da Terra avistaram o abutre, começaram a saudá-lo: "Bem-vindo, bem-vindo...", mas o abutre foi dizendo que, antes de saudá-lo, eles deveriam dizer-lhe onde haviam colocado sua mãe. E responderam: "Você não havia nem chegado ao céu quando sua mãe morreu. Como não sabíamos onde você queria que ela fosse enterrada, e também porque ela cheirava muito mal, arrastamos o seu corpo até ali, ao ar livre." O abutre, chegando até o local indicado, viu que fora o cadáver de sua mãe que ele havia devorado. E exclamou: "Então é assim que é a Terra? Pois eu lhes digo: De hoje em diante, a criança que não tiver provado sua mãe jamais será útil na Terra." Assim, a partir desse dia, os filhos recém-nascidos passaram a sugar o leite materno.

CONCLUSÃO

Esse relato revela algumas posições: a luta permanente entre as forças da Terra – *Àjàláiyé* – em oposição às forças divinas – *Àjàlọ́run* –; o espírito e a matéria, o bem e o mal em constante choque. A antiguidade, em questão de idade, é fator importante entre os yorubás, uma vez que o sistema hierárquico de autoridade baseia-se no tempo de vida. A falta de chuva representa o poder do mundo divino, que equilibra e ordena a vida na Terra.

A agressão sofrida pelo abutre ilustra o provérbio yorubá "*Oore nígún ṣe t'ó fi pá lórí*" ["Por causa da bondade é que o abutre ficou com a cabeça pelada"], que faz alusão ao fato de que, em muitos casos, a bondade feita a uma pessoa pode criar problemas. Por fim, o abandono que a mãe do abutre sofreu após a própria morte, tendo seu corpo comido por engano pelo filho, é a mensagem final que lembra a figura da mãe como alimento eterno, mesmo depois de morta.

Ó ní: Lati òní lọ	Ele disse: De hoje em diante
Omo ti kò bá tíì fẹnu kán lára ìyáa rẹ	A criança que tiver provado sua mãe
Kò níí ṣe ànfààní láéláé	Jamais se tornará útil na vida
Láti ọjọ́ náà ló ti di wí pé	E a partir daquele dia
Ki ọmọ ọ́ máa múmu láyà ìyáa rẹ́.	Os filhos começaram a sugar o peito materno.

Esta é uma narrativa do mito extraído do *Odù Ọ̀sá Méjì*, e sua caída num jogo pode ser interpretada com a seguinte mensagem para o consulente:

há uma competição entre duas pessoas e ela só será resolvida com muita paciência e sabedoria. Momentos difíceis, mas que serão solucionados depois de várias tentativas, com o auxílio vindo de onde menos se espera. Existe alguém doente que não está sendo devidamente cuidado, correndo risco de vida.

APONTAMENTOS

1. ẸMỌ̀

É um pequeno roedor pardo que habita as matas.

2. Ọ̀RUN

O povo yorubá concebe o universo consistindo em dois planos da existência: o *àiyé* – a Terra –, e o *ọ̀run* – o plano sobrenatural, onde habitam todas as formas de espíritos, o que é interpretado, na linguagem popular, como o céu.

3. ÌGÚN

É a denominação do abutre; aparece com frequência nos poemas de *Ifá* e é também uma forma abreviada da palavra *Gúnnugún*. Simboliza a esperança de uma longa vida. É um pássaro sombrio que se alimenta de animas mortos. Também se alimenta dos sacrifícios deixados, sendo a importância dessa função demonstrada no texto: "*Ìgún wáá jẹ ẹbọ k'ẹbọ ó lè baà dà.*" ["Abutre, venha e coma o sacrifício para que ele seja aceito pelas divindades."]

É um pássaro sagrado, sendo proibido a todos de matá-lo ou comê-lo, por ser ligado à sua própria ancestralidade e pelo fato de estar relacionado a dois filhos de *Odùdúwà*.

4. ÌRÓKÒ

A árvore mais alta, preciosa por ser madeira de lei, e morada da divindade com o mesmo nome. Tem enredo com *Ṣàngó* e é local de pouso das *Ìyámi*, as aves feiticeiras. *Ìrókò* é visto como um *Òrìṣà* raro no Candomblé e, portanto, merecedor de reverências, sendo o seu tronco abraçado por um tecido branco com um grande laço. A seus pés são arriadas obrigações, compostas de *òbúkọ́*, *akùkọ*, *ẹtù*, *ẹiyẹlé*, *ilá*, *iyẹfun epo* (respectivamente: bode, galo, galinha d'angola, pombo, quiabo, farofa de dendê) etc. Em suas danças faz inúmeros gestos que revelam o movimento das folhas da árvore, a terra que o sustenta, o barulho das matas. Veste branco e contas verdes com riscos marrons, e é assentado em gamela de madeira. Suas folhas não podem ser arrancadas aleatoriamente e, quando caem no chão, deve-se observar de que lado caíram. No jeje é denominado *Loko*.

8

A DIVINIZAÇÃO DE ṢÀNGÓ

Natural da cidade de *Tápà*, região fronteiriça ao rio Níger, *Ṣàngó* foi produto da aliança desse povo com os habitantes de *Ifẹ̀*, pois nasceu da união de *Ọ̀ránmíyàn* e *Tọrọsi*, a filha de *Ẹlẹ́npe*, rei de *Tápà*. Retornando mais tarde para sua região, *Ọ̀ránmíyàn* fundou a antiga cidade de *Ọ̀yọ́*, localizada perto do monte *Àjàkà*.

Ṣàngó passou a infância e a juventude em terras *Tápà*; somente mais tarde foi para outras cidades, conquistando uma delas, denominada *Kòso*, e lá assumindo a condição de líder do povo como *Ọba*, seu rei. Mas o sonho de *Ṣàngó* era assumir o reinado de *Ọ̀yọ́*, nessa fase tendo como regente *Dàda Àjàkà*, seu irmão mais velho, que não estava à altura do cargo porque era passivo e, de certa forma, indolente. *Ṣàngó* invadiu *Ọ̀yọ́* e destronou o irmão, que se instalou, então, na cidade de *Ìṣẹlẹ*. O irmão mais novo passou a ser o terceiro *Aláààfin* de *Ọ̀yọ́*, permanecendo no trono durante sete anos. *Ṣàngó* deu motivos a inúmeras histórias que revelam suas façanhas e seus casos de lutas e paixões. Segue uma delas:

Ṣàngó, como soberano de *Ọ̀yọ́*, assumiu condições de guerreiro, pois essa fase, na vida do povo yorubá, era dedicada a conquistas. Com isso, conseguiu expandir seu reino a ponto de se tornar o soberano legítimo, reconhecido por todos. Seus exércitos haviam dominado todos aqueles que lhes eram opositores e, assim, todos os demais reis reconheceram sua supremacia.

Entre os guerreiros que participavam dos exércitos de *Ṣàngó*, dois se destacavam: *Tìmì* e *Gbọ̀nkáà ẹ̀bìrì*, que, por suas ações, eram conhecidos e respeitados por todos. Suas vitórias eram sempre lembradas, e isso passou a incomodar *Ṣàngó*, que dizia: "Sou o *Aláàáfin* de *Ọ̀yọ́*, o *Ọba* dos *Ọba*, e, apesar de meus exércitos conquistarem tudo, não é só a mim que o povo elogia." Refletiu e começou a imaginar uma maneira de se livrar da força que os dois tinham junto ao povo de *Ifẹ̀*.

No dia seguinte, enviou um mensageiro à casa de *Tìmì* solicitando que o guerreiro comparecesse ao palácio. *Tìmì* atendeu prontamente ao pedido e se fez acompanhar por um tocador de atabaque que ia cantando poemas em seu louvor. Uma multidão de pessoas o seguiu, algumas delas dançando, pois essa era a forma de agir quando um grande herói se deslocava de um lugar para outro. *Ṣàngó* sentia-se agradecido pela lealdade de seu guerreiro nas batalhas, mas o ciúme e a gratidão conflitavam dentro dele. Assistir ao espetáculo das várias pessoas celebrando as grandes ações de *Tìmì* fez o coração de *Ṣàngó* ficar endurecido; assim, ele decidiu mandar *Tìmì* embora.

Com esse pensamento, *Ṣàngó* falou a *Tìmì*: "As coisas não andam bem na cidade de *ẹ̀dẹ̀*. Lá, a população não demonstra o respeito necessário a *Ọ̀yọ́*. Vá, estabeleça a ordem e oprima aqueles que buscam a desordem. Permaneça lá e seja a autoridade de *ẹ̀dẹ̀*." *Tìmì* agradeceu a confiança e disse: "Grande *Ṣàngó*, eu farei o que me pede. *ẹ̀dẹ̀* voltará à ordem e será submissa a *Ọ̀yọ́*." Em seguida, foi para casa se preparar para a viagem. Levou seus amuletos no pescoço e nos braços, pegou o arco e as flechas flamejantes que usava nas batalhas e que o faziam tornar-se invencível, montou seu cavalo e, com alguns outros guerreiros, seguiu para *ẹ̀dẹ̀*.

Ṣàngó pensou: *Com isso me livrei de um dos heróis, pois certamente ele encontrará seu fim tentando conquistar ẹ̀dẹ̀*. Entretanto, notícias começaram a chegar informando que *Tìmì* e seus companheiros haviam lutado e derrotado os melhores guerreiros, trazendo a ordem à cidade e a todas as regiões fronteiriças. O nome de *Tìmì* se tornou maior do que antes, e a cidade de *ẹ̀dẹ̀* desenvolveu-se como potência militar poderosa, repercutindo fortemente em *Ọ̀yọ́*. Tudo isso deixou *Ṣàngó* muito aborrecido, então ele começou a elaborar um grande plano. Mandou chamar o outro herói, *Gbọ̀nkáà*, e instruiu-o da seguinte forma: "Vá até *ẹ̀dẹ̀*, onde *Tìmì* governa. Quando ele partiu daqui, prometeu tornar a cidade submissa a *Ọ̀yọ́*. Em vez disso, ele a fez altiva e vaidosa, como se *Ọ̀yọ́* fosse uma aldeia sem nenhuma importância. Vá e derrote-o. Traga-o de volta, usando os seus poderes."

Depois de ouvir tudo com atenção, *Gbọ̀nkáà* disse que não tinha raiva de *Tìmì*. E falou a *Ṣàngó*: "Grande *Aláàáfin*, eu ouço o que quer que eu faça, mas lembre-se de que eu e *Tìmì* combatemos juntos. A dor de um sempre foi a dor do outro. Quando um de nós se feria, o outro ajudava. Aliviamos a nossa sede no mesmo copo. Como posso lutar agora contra *Tìmì*? Um de nós certamente morrerá." *Ṣàngó* respondeu que já havia pensado nisso e elogiou o poder de *Gbọ̀nkáà*, dizendo que ele era muito eficaz e que iria vencer sem causar nenhuma morte. Mas o que *Ṣàngó* tinha em mente, na verdade, era a certeza de que, se os dois heróis se encontrassem em combate, certamente um deles morreria, e, assim, ficaria mais fácil para ele enfrentar apenas um.

Gbọ̀nkáà respondeu a *Ṣàngó*: "Eu irei até *ẹ̀dẹ̀* e falarei com *Tìmì* como se fala a um companheiro de muitas batalhas. Eu o convencerei a retornar." Dizendo isso, seguiu para a sua casa, carregando consigo seus talismãs. Pegou seu chifre de antílope, dentro do qual mantinha um de seus grandes poderes ligados a encantamento. Depois partiu, tendo à sua frente um tocador de atabaque que o seguia cantando seus feitos e glórias.

Algum tempo depois, o povo de *ẹ̀dẹ̀* começou a ouvir os cânticos e os sons do atabaque. Viram com admiração a chegada de *Gbọ̀nkáà*. Ele era forte e violento, e seu corpo estava quase todo coberto com sacolas de couro contendo a força de seus poderes. Na mão trazia uma lança, e sob seu escudo estavam as marcas tradicionais de seus feitos. O povo correu até a casa de *Tìmì*, gritando que *Gbọ̀nkáà* havia chegado e estava trajando roupas de batalha. *Tìmì* o aguardou na porta de sua casa. *Gbọ̀nkáà* se aproximou e foi dizendo: "*Tìmì*, meu companheiro de guerra, *Ṣàngó* enviou-me até aqui para levá-lo de volta para *Ọ̀yọ́*. Peço que se prepare para a viagem." *Tìmì* respondeu: "*Gbọ̀nkáà*, você, que percorreu comigo muitas regiões, está de volta a *ẹ̀dẹ̀*; porém, não posso voltar com você, pois sou agora o *Ọba* desta cidade. Quando *Ṣàngó* me mandou para cá, ele não pediu que eu voltasse. Portanto, não poderei acompanhá-lo."

O diálogo estava sendo observado por toda a população, já preocupada com os acontecimentos que se seguiriam. E, nesse clima, *Gbọ̀nkáà* respondeu: "Meu amigo, devo lhe dizer que, se você não se decidir a vir, *Ṣàngó* me orientou a levá-lo à força ou lutar para decidir o caso." *Tìmì* se surpreendeu: "*Gbọ̀nkáà*, você teria coragem de usar suas armas contra mim? Eu sou seu companheiro e amigo de muitas batalhas." Embora lamentando, *Gbọ̀nkáà* foi irredutível: "Infelizmente, terá de ser dessa maneira. Prepare-se, vamos lutar." *Tìmì* foi se aprontar. Cobriu-se com seus preparados e protegeu-se com seus talismãs. Em suas mãos, seu *ọfà iná(n)*, as flechas flamejantes.

O povo de *ẹ̀dẹ̀* suplicava aos seus heróis: "Vocês são como irmãos. Pensem nisso e não lutem." Mas *Tìmì* apenas alertou: "Afastem-se e não cheguem até nós." Não havendo outra solução, as pessoas recuaram. Os tocadores de atabaque dos dois heróis começaram a cantar louvores. *Tìmì* colocou sua flecha de fogo no arco, em posição de ataque. *Gbọ̀nkáà*, atento, apenas segurou o chifre de antílope, onde trazia o seu poder de encantamento. Assim, enquanto fitava *Tìmì*, começou a recitar um determinado *ọfọ*, uma reza de encantamento, que terminava com as seguintes palavras:

Ewé ti a bá já lọ́wọ́ ọ̀tún	Folhas apanhadas do lado direito
Ọ̀tún níígbé	São conservadas na mão direita
Ewé ti a bá já lọ́wọ́ òsí	Folhas apanhadas do lado esquerdo
Òsí níígbé	São conservadas na mão esquerda
A sùn fọnfọn ni tígi àjà	Uma trepadeira fica sempre imóvel
Ìwọ, Tìmì! Sísùn ni kóosùn!	Você, *Tìmì*! Fique imóvel, durma, não acorde!

Imediatamente, *Tìmì* entrou em sono profundo. Suas armas caíram de suas mãos e *Gbọ̀nkáà* aproximou-se dele com sua lança suspensa. Vendo

Tìmì imóvel, abaixou-se e pediu ao povo para colocá-lo em cima de um cavalo, de modo que pudesse levá-lo de volta a *Ọ̀yọ́*. Assim que chegou à cidade, foi direto para o palácio de *Ṣàngó* e disse: "Nós nos preparamos para a luta, mas, antes que ele pudesse atirar sua flecha, eu o coloquei para dormir." *Ṣàngó* pediu que o acordasse, e, quando *Tìmì* se levantou, o povo começou a ridicularizá-lo com frases e risadas. *Gbọ̀nkáà* dispersou o povo e seguiu calmamente para casa.

Ṣàngó estava muito aborrecido, pois os dois heróis continuavam vivos em *Ọ̀yọ́*. Pensou no assunto e mandou chamar *Tìmì*. "As coisas não estão bem", declarou. "Pensei que você fosse derrotar *Gbọ̀nkáà*, mas deu-se o contrário. Ele o fez dormir com o poder que possui, e agora o povo zomba de você. Você não pode ficar ouvindo o povo humilhá-lo diariamente. Isso não pode continuar. Se assim desejar, anunciarei uma nova luta entre vocês." As palavras tocaram fundo em *Tìmì*, que estava sufocado pela humilhação. Então, ele falou: "Sim, eu me encontrarei mais uma vez com *Gbọ̀nkáà*, e a morte deverá vir para um de nós." Com isso, um novo encontro foi anunciado entre os dois guerreiros. Lutariam até a morte na praça principal de *Ọ̀yọ́*.

Na manhã seguinte, todos já estavam reunidos conforme o desejo de *Ṣàngó*. Os dois guerreiros, face a face, com seus tocadores ao lado cantando vitórias. Havia uma grande agitação. *Tìmì* atirou uma flecha flamejante de seu arco e, no exato momento em que a flecha iniciou sua trajetória, *Gbọ̀nkáà* apontou seu chifre de antílope para o Leste. A flecha, então, tomou o rumo do Leste. *Tìmì* lançou outra flecha flamejante, e *Gbọ̀nkáà* apontou seu talismã para o Oeste. E a flecha mudou de rumo. Novas flechas foram atiradas, mas eram sempre desviadas pelo poder do talismã de *Gbọ̀nkáà*, contido dentro do chifre de antílope. Em meio a essa ação de defesa, *Gbọ̀nkáà* começou a entoar cânticos de encantamento para imobilizar *Tìmì*, logo obtendo sucesso. *Tìmì* caiu no solo, imóvel e em sono profundo. O povo fez alarido e os tocadores cantaram a vitória de *Gbọ̀nkáà*, que, em seguida, despertou *Tìmì* e se afastou do combate.

O resultado da contenda mais uma vez não agradou a *Ṣàngó*, porque ambos os heróis ainda permaneciam vivos. Mandou, então, chamar *Gbọ̀nkáà* e lhe disse: "A árvore foi curvada, mas ainda continua a crescer. Você tem curvado *Tìmì*, mas ele ainda vive; portanto, você deverá lutar novamente." Furioso com o que ouvia, *Gbọ̀nkáà* respondeu a *Ṣàngó*: "Duas vezes eu lutei contra *Tìmì* para satisfazê-lo e duas vezes eu o derrotei. Isso não lhe tem agradado. Suponho que você nunca ficará satisfeito enquanto nós dois permanecermos vivos. Muito bem, lutarei pela última vez com *Tìmì*. Depois, a luta será entre mim e você. Um de nós deverá deixar *Ọ̀yọ́* para sempre."

Desse modo, os dois heróis se defrontaram outra vez em combate. A multidão se reuniu novamente, os músicos tocaram suas músicas. *Ṣàngó* sentou-se numa cadeira no formato de um pilão; colocada sobre ela, estava uma pele de leopardo. Uma nova agitação envolveu a todos quando a luta começou. Da mesma forma como antes, *Gbọ̀nkáà* dominou *Tìmì* com seu encantamento e o fez adormecer. Por fim, ele usou sua espada para cortar a cabeça de *Tìmì*, em seguida a jogou aos pés de *Ṣàngó*, dizendo: "Aqui está a cabeça que tanto querias." *Ṣàngó* se levantou bastante irritado e ordenou a seus guardas que agarrassem *Gbọ̀nkáà* e o matassem utilizando o fogo.

Armaram uma enorme fogueira, amarraram *Gbọ̀nkáà* com cordas fortes e o lançaram às chamas. O povo chegou próximo à fogueira para ver o herói morrer. Mas, para surpresa de todos, viram-no levantar-se sobre o fogo e fixar os olhos em *Ṣàngó*. Quando as cordas que o atavam haviam sido consumidas pelo fogo, ele andou através das chamas sem que elas o queimassem. O povo de *Ọ̀yọ́*, que a tudo assistia, ficou aterrorizado e começou a se dispersar. Somente *Ṣàngó* e sua mulher *Ọya* permaneceram no local. *Gbọ̀nkáà* se aproximou de *Ṣàngó*, mostrou seu corpo sem uma só queimadura e disse: "Agora, *Ṣàngó*, tudo acabou para você em *Ọ̀yọ́*. Deixe a cidade dentro de cinco dias e nunca mais retorne." Em represália, *Ṣàngó* abriu a boca e uma enorme chama envolveu *Gbọ̀nkáà*; este, porém, resistiu a ela, não lhe causando qualquer dano. Vendo que *Gbọ̀nkáà* não poderia ser derrotado, *Ṣàngó* retirou-se, então, para o seu palácio.

Quatro dias haviam se passado e o povo de *Ọ̀yọ́* agora cantava canções de louvor a *Gbọ̀nkáà*, seu novo líder. Ao anoitecer do quarto dia, *Ṣàngó* demonstrou vontade de deixar *Ọ̀yọ́* sem luta, num exílio voluntário. Na escuridão da noite, acompanhado de *Ọya* e seus criados fiéis, seguiu viagem em direção à cidade de *Tápà*, com o intuito de ficar com a mãe. Por sete anos *Ṣàngó* havia governado *Ọ̀yọ́*, dando-lhe grande esplendor de conquistas; agora se retirava, triste e abatido por ver o povo esquecendo tudo que ele havia feito para todos e se voltando contra ele em detrimento de *Gbọ̀nkáà*.

Pelas florestas, seguia a comitiva de *Ṣàngó*, que raramente falava. Estavam todos angustiados com os acontecimentos. Em meio à viagem triste e silenciosa, *Ṣàngó* começou a perceber a ausência de seus companheiros, de modo que, em certo trecho, constatou que apenas a companheira *Ọ̀ya* havia permanecido ao seu lado. Os demais haviam se dispersado, tendo alguns voltado para *Ọ̀yọ́*. Ao deparar-se com essa situação, *Ṣàngó* fitou *Ọ̀ya* e lhe disse: "*Ko kin burú tìtí ki o ma ẹnìkan mọ̀ ni.*" ["Por pior que alguém seja, há sempre quem goste da gente."]

Com isso, *Ṣàngó* pediu para *Ọya* aguardá-lo no local e logo se retirou para o interior da floresta. Lá, pegou uma corda, amarrou numa árvore denominada *àyàn* e se enforcou. *Ọ̀ya*, que o aguardava, percebeu que *Ṣàngó* estava demorando, então resolveu ir até o local onde ele poderia estar. E, assim, encontrou-o enforcado. Desesperada, ela voltou para *Ọ̀yọ́* gritando que *Ṣàngó* havia se suicidado. Os adversários de *Ṣàngó* se rejubilaram e fizeram festas pelo acontecido, gritando: "*Ọbà so! Ọbà so!*" ["O rei se enforcou!"] A partir daí, começaram a humilhar e a brigar com os adeptos de *Ṣàngó*.

Ọ̀ya, com mais calma, foi procurar os *Mọ́gbà*, auxiliares diretos de *Ṣàngó*, e com eles retornou à floresta. No local em que deveria estar o corpo de *Ṣàngó*, nada foi encontrado. Ouviram, porém, a voz dele ecoando de dentro da Terra, dizendo que havia se transformado em *Òrìṣà* e que eles deveriam voltar para *Ọ̀yọ́*, pois todos teriam uma lição de seu poder.

Ao retornarem, relataram o que tinham visto e escutado na floresta, mas o povo não deu importância e continuou a festejar o acontecido. Até que, de repente, o céu começou a escurecer e se formaram fortes ventanias; raios caíam em todas as direções e atingiam as casas da cidade, incendiando-as. Todos se assustaram com o que estava acontecendo, não sabendo explicar as razões da mudança repentina da natureza. A tempestade envolveu *Ọ̀yọ́* e fez as rochas se deslocarem, destruindo caminhos e causando mortes.

Em meio a todo esse clima, o *Bàbáláwo* da cidade foi convocado para descobrir a causa de tudo. "É *Ṣàngó*", disse. "Ele está zangado pela afronta que recebeu de seu povo." Em seguida, pediu que trouxessem oferendas para serem preparadas: aves, carneiro, azeite de dendê e *orógbó*. Seguiram para o local onde se sabia que *Ṣàngó* havia morrido e lá depositaram as obrigações. Ao olharem para o céu, viram o sinal de aceitação de *Ṣàngó*, tendo surgido pelos raios que brilhavam no espaço, um símbolo de formato similar ao seu machado de dois gumes, denominado *oṣé iná(n)*. Então, todos começaram a gritar: "*Ọbà kò so! Ọbà kò so!*" ["O rei não se enforcou!"] Essa frase passou a simbolizar a fidelidade a *Ṣàngó*, e deveria ser sempre repetida. A partir desse momento, a natureza se acalmou com aquele ato de devoção e submissão.

O local se tornou então um santuário popularíssimo de *Ṣàngó*, nos arredores da atual *Ọ̀yọ́*, onde os sucessores dos reis e descendentes de *Ṣàngó* são tradicionalmente coroados. A árvore – *igi àyàn* – passou a representar o caminho que conduziu *Ṣàngó* à divinização como *Òrìṣà*, assim, em sua base são depositados os sacrifícios e as oferendas. Quanto a *Ọya*, companheira de *ṣàngó* até seus últimos momentos, então sozinha resolveu retornar a *Tápà*, mais precisamente à cidade de *Irá*, sua terra de origem, onde desapareceu no interior da Terra e só surgiu depois, sob o encanto dos ventos predecessores das tempestades, dos raios e dos trovões. Em sua memória, o povo yorubá associou-a ao rio Níger, dando-lhe o nome de *Odò Ọya*, cujo delta, formado por nove cursos d'água, reverencia seus nove filhos trazidos ao mundo.

CONCLUSÃO

Outra variante da história revela que as casas em *Ọ̀yọ́* foram incendiadas devido a uma ordem dada aos *Mọ́gbà* para que fossem à terra de *Ìbàrìbà* e lá buscassem algo que fizesse com que *Ṣàngó* se tornasse respeitado por todos, deixando de ser motivo de ridículo. Eles conseguiram algumas folhas mágicas de *Ọ̀sányìn* e colocaram-nas nas casas dos adversários, assim, estas começaram a queimar, alastrando-se o fogo por toda a cidade. A cidade de *Ìbàrìbà* é sempre citada nos relatos primordiais quando se fazem necessários trabalhos de grande magia.

Ṣàngó representa o princípio da justiça, é visto como o justiceiro de *Olódùmarè* e é cognominado de *Ọba Jàkúta* (*jà*, que significa "lançar"; *òkúta*, que significa "pedras"), que seriam os *ẹdùn àrá* (*ẹdùn* significa "machado"; *àrá* é "trovão", "relâmpago"), meteoritos que atingem a Terra. Essas pedras se prestam para os assentamentos de *Ṣàngó* nos cultos religiosos.

Seus elementos são o fogo, os raios e os trovões. Apesar de sua natureza violenta, *Ṣàngó* possui o poder da fertilidade através das chuvas que se seguem aos trovões, reabastecendo o solo, os lagos e os rios, oferecendo à humanidade o suprimento de uma de suas necessidades básicas.

APONTAMENTOS

1. ỌYỌ

Antigo império yorubá situado na curvatura do rio Níger, ao Norte. Alcançou o apogeu, a ponto de rivalizar com *Ifẹ̀*. Lá o culto a *Ṣàngó* mereceu uma atenção maior quando foi constatado que a região fica situada na floresta da chuva da Costa da Guiné, que figura como a segunda em todo o mundo em frequência de raios e trovões.

2. ALÁÀÀFIN

Título dos soberanos de *Ọ̀yọ́*, que, na devida ordem, foram os seguintes: *Ọ̀rànmíyàn*; *Àjàkà*; *Ṣàngó*; e *Aganjú*. Como os yorubás costumavam se definir como "Filhos de *Odùdúwà*", este costuma encabeçar a lista dos reis de muitas cidades. Ou seja, era costume dar primazia a *Odùdúwà* nas fundações das cidades yorubás, ditando-o sempre como o primeiro soberano, e é desse modo que se explica a razão de alguns escritores registrarem *Ṣàngó* como o quarto rei de *Ọ̀yọ́* – sendo, nesses casos, *Odùdúwà* o primeiro.

3. ỌFỌ̀

Recitações de encantamentos.

4. OṢÉ

Símbolo de *Ṣàngó* em formato de machado ou chifre de carneiro. Representa o seu poder destrutivo. É uma representação de dois raios em direções opostas, denotando a condição de que a justiça é cega, sendo a potência do relâmpago comparada à do machado.

5. DÀDA

Nome dado às crianças que nascem com um tufo de cabelos em forma de coroa.

6. ẸDẸ̀

Cidade localizada a Sudoeste de *Òṣogbo*, cujo soberano é denominado de *Tìmì ẹ̀dẹ̀*.

7. ODÒ

O pilão. É um dos símbolos por excelência de *Ṣàngó*, devendo ser colocado de cabeça para baixo, devido ao seu peso, para servir como suporte e trono para a imponência de *Ṣàngó*. Daí ser o símbolo de seu poder.

8. ÀYÀN

Árvore também conhecida como *igi ajé* (*Distemonanthus*) e comumente confundida com *obì*, fato pelo qual se pretende justificar a razão de *Ṣàngó* tê-lo como *kizila*, por ter-se enforcado numa árvore de *obì*.

9. ORÓGBÓ (GARCINIA GNETOIDEDES)

Fruto com o mesmo formato do pêssego e cuja semente lisa e ovalada é indispensável nas oferendas a *Ṣàngó*. "*Orógbó ní obì bàbá mi.*" ["O *orógbó* é o *obì* de meu pai."] Ao contrário do *obì*, não abre em gomos, sendo, portanto, necessário um tipo de corte especial para ser usado como oferenda e modalidade de jogo.

10. KÁBÍYÈSÍ

Saudação que se faz a um rei ou quando se ouve o som do trovão.

11. BÀBÁLÁWO

Sacerdote responsável pela consulta com o plano divino através de diversos sistemas divinatórios denominados *Ifá*.

12. ỌYA

Também conhecida pelo nome de *Yánsàn*, que teria origem em três expressões distintas: a) *Aborí Amẹ́san*, "aquela que possui nove cabeças" (no templo de *Ọ̀ya*, em *Okoro*, existe uma imagem dela com oito cabeças em torno de uma maior, que simboliza o delta do rio Níger); b) *Ìyá mẹ́san ọ̀run*, que significa "mãe dos nove filhos postos no mundo", ou pode ser uma alusão aos nove espaços que servem de morada para os seres divinos; c) *Ìyá Ọ̀san*, "mãe da tarde", expressão dita por *Ṣàngọ́* ao comparar a beleza de *Ọ̀ya* ao maravilhoso crepúsculo africano.

13. IRÁ

"*Ọ̀ya wọlè. ni Irá, Ṣàngó wọlẹ̀ ni Kòso.*" ["*Ọ̀ya* entrou na terra de *Irá*, *Ṣàngó* entrou na terra de *Kóso*."] Trata-se de uma expressão usada nos textos literários para indicar a transformação de personagens históricos e mitológicos em divindades. Os trovões e os fortes ventos que antecedem as chuvas revelam a presença constante de *Yánsàn* ao lado de *Ṣàngó*.

14. DÀDÁ ÀJÀKÀ

Filho mais velho de *Ọ̀rànmíyàn*; após ceder o reino a *Ṣàngó* foi viver em *Iṣẹlẹ*, como revelam os cânticos da Roda de *Ṣàngó*. O primeiro ato de *Ṣàngó* no reino de *Ọ̀yọ* foi recusar tributo ao rei de *Òwu*, que tinha demanda com *Àjàkà*. Este recuperou o governo de *Ọ̀yọ* com a abdicação de *Ṣàngó* e posteriormente foi sucedido por *Aganjú*, seu filho.

15. BAÀYÀNNÌ

É a irmã mais velha de *Ṣàngó*, e cometeu suicídio quando soube que ele havia se enforcado. Seu nome é uma expressão, "*Bàbá yàn ni*" ["Papai escolheu-me"], que foi dita quando constatou-se que ela era a encarnação de um ancestral da linhagem paterna. Também é a denominação de uma coroa feita de búzios e, em outros casos, denominação da mãe de *Ṣàngó*.

A fundadora do candomblé do Gantois – *Àṣẹ Ìyá Omi Ìyámase* –, Maria Julia da Conceição Nazareth, era filha de *Dàda Baàyànnì Àjàkú*.

16. OLÙFÍNRÀN

Era o nome pelo qual *Ṣàngó* era conhecido: *fínràn*, ou seja, aquele que procura disputas, o provocador. *Ṣàngó* era conhecido por provocar brigas e disputas, a ponto de *Ṣànpọ̀nná*, também chamado de *Ọmọlu*, sempre interceder por ele. Ambos são originários de *Tápà* e se dizem irmãos, a ponto de os devotos de *Ṣàngó* se considerarem imunes às doenças infligidas por *Ṣànpọ̀nná*, conforme o dito: "*Kò si ohun ti ẹ̀gbọ́n mà fí ọmọ àbúrò ṣe.*" ["Não há mal que o irmão mais velho possa fazer ao mais novo."]

9

A HISTÓRIA DE ỌRÁNMÍYÀN, O PAI DE ṢÀNGÓ

Odùdúwà é visto como o progenitor de uma longa linhagem de reis que governaram as numerosas cidades e reinos yorubás. Sua importância é tão grande que todos se dizem *ọmọ Odùdúwà*, ou seja, filhos de *Odùdúwà*. Dentre eles, seu filho *Ọ̀kànbí*, também chamado *Idẹ̀kọ̀ṣẹ́rọ̀ákẹ́*, jurou se vingar dos muçulmanos que haviam matado seu avô, *Lámúrúdù*, mas morreu antes de cumprir sua promessa, deixando sete filhos – cinco príncipes e duas princesas –, que deram origem a várias tribos yorubás. A primogênita foi uma princesa que se tornou a mãe do *Olówu*, antepassado dos *Òwu*. A segunda, também uma princesa, tornou-se mãe do *Alákétu*, o progenitor do povo de *Kétu*. O terceiro, um príncipe, tornou-se o rei do povo de *Benin*. O quarto, *ọ̀ràngun*, tornou-se o rei do povo de *Ìlá*. O quinto, *Onísábẹ́*, tornou-se o rei do povo de *Sábẹ́*. O sexto, *Olúpopo*, foi o rei dos *Popo*. E o sétimo e último, *Ọ̀ránmíyàn*, veio a ser o rei do povo de *Ọ̀yọ́*.

Por ocasião da partilha dos bens deixados por *Ọ̀kànbí*, foram divididos o vestuário, as joias, o dinheiro, as esposas e os animais entre os seis primeiros filhos, cabendo a *Ọ̀rànmíyàn* todas as terras do pai. Ele estava ausente por ocasião da divisão; contudo, ficou satisfeito com a sua parte, procurando tirar proveito imediato dela. Manteve seus irmãos como inquilinos, morando nas terras que eram suas, e recebia como pagamento aquilo que haviam herdado. Assim, ele ficou rico e poderoso, sendo escolhido para suceder seu pai, tornando-se *Ọ́ọ̀ni* do palácio real de *Ifẹ̀*, a capital do reino yorubá.

Ọ̀ránmíyàn também era chamado de *Ọdẹ́dé*, por ter sido essa a expressão dita por *Odùdúwà* quando o viu nascer, que significa "minha palavra foi cumprida". Era dotado de grande capacidade física e ganhou fama como emérito caçador e grande conquistador. Quando se sentiu bastante forte, marchou com uma expedição contra a cidade de Meca, levando seus irmãos a vingarem a morte de *Lámúrúdù*, seu ancestral e pai de *Odùdúwà*. Deixou um servo de alta confiança, *Adimu*, encarregado dos tesouros e com a obrigação de observar o culto às divindades de *Ifẹ̀*.

A rota levaria aproximadamente noventa dias, mas o trajeto estabelecido estava completamente intransitável devido a um exército de formigas pretas que bloqueava o caminho. Diante disso, foi forçado a tomar outro acesso, que o levaria até a região dominada pelos *Nupe*, também conhecidos como *Tápà*. Esse povo se opôs a que ele cruzasse o grande rio Níger, assim, *Ọránmíyàn* acabou ficando algum tempo na região. Lá, ele conheceu *Tọrọsi*, a filha do rei *Ẹlẹ́npe*, e teve com ela um filho chamado *Olùfínrán*, conhecido mais tarde como *Ṣàngó*.

Voltar para *Ilé Ifẹ̀* seria uma atitude humilhante, pois havia prometido a todos que ia invadir a cidade de Meca. *Ọránmíyàn* então foi consultar o rei da cidade de *Ìbàribá*, próxima ao território onde estava acampado, e este lhe fez um feitiço com uma jiboia, avisando que ele deveria segui-la; onde ela parasse, ele deveria construir uma cidade, que seria rica e poderosa. Com seu exército, *Ọránmíyàn* seguiu a jiboia até o sopé de um morro chamado *Àjàká*, local em que o réptil ficou por sete dias e depois desapareceu.

Conforme as instruções recebidas, *Ọránmíyàn* parou no local e ali construiu uma cidade chamada *Ọ̀yọ́*. Neste novo lar, prosperou, espalhando seus descendentes por toda parte, os quais fundaram várias cidades, como *Ẹgbá*, *Abẹ́òkúta*, *Benin* e outras. Dessa nova cidade, *Ọ̀ránmíyàn* comandava *Ilé Ifẹ̀*, onde *Adimu* reinava em seu nome, com muita sabedoria. Por ter sido a primeira de todas as cidades, ela era cobiçada por todos. Quando havia algum ataque contra *Ifẹ̀*, *Ọ̀ránmíyàn* era chamado a liderar seus guerreiros. E, numa dessas viagens a *Ifẹ̀*, ele resolveu ficar de vez, pois começou a sentir-se velho e cansado. Então, convocou todo o povo e comunicou: "A partir de agora, viverei recluso no bosque. Sinto-me cansado, mas continuarei a olhar pela cidade. De onde estiver, estarei supervisionando tudo. No caso de algum ataque, não entrem em pânico. Digam apenas: '*Ọ̀rànmíyàn, ogun mà dé o*', e eu virei com a minha espada para colocar os invasores em fuga."

Depois disso, por muitos anos *Ifẹ̀* não foi molestada. Povos de outras lugares diziam: "*Ifẹ̀* permanece grande porque *Ọ̀ránmíyàn* se mantém vigilante, ainda que afastado do poder." Enquanto isso, em *Ọ̀yọ́*, *Àjàká* assumia o trono, para depois cedê-lo a seu irmão, cujo primeiro ato foi recusar tributo ao rei de *Òwu*, que tinha demanda com *Àjàká*. No fim, *Ṣàngó* permaneceu no poder durante sete anos marcados por acontecimentos que o fizeram abdicar, proporcionando o retorno de *Àjàká* ao poder de *Ọ̀yọ́*.

Em *Ifẹ̀*, a vida seguia seu curso, até a época em que ocorreu um festival anual. Com tambores, danças e cânticos, o povo festejava bebendo muito *ẹmu*, o vinho feito da palmeira. Muitos ficaram bêbados com os festejos durante toda a noite. Alguém disse: "*Ọ̀ránmíyàn* devia estar aqui para dançar e cantar conosco." Outros disseram: "Sim, vamos chamá-lo para liderar os nossos prazeres." E começaram a gritar por *Ọ̀ránmíyàn*, sem resultado. "Ele não virá, a menos que as palavras secretas sejam ditas, e somente os anciãos as conhecem." Decidiram, então, procurá-los e ouviram-nos dizer: "Não, não é uma boa coisa chamá-lo, porque é apenas um festival. Deixem-no repousar. Ele deve ser chamado somente em ocasiões de grande necessidade." Essas foram as instruções.

Como o povo continuava insistindo, os anciãos acabaram cedendo e disseram as palavras mágicas, que significavam: "Estamos sendo atacados!" De repente, a terra estremeceu e *Ọ̀rànmíyàn* surgiu com suas armas nas mãos e a face feroz de um guerreiro convocado para a luta. E, porque estava escuro, não conseguiu distinguir uma pessoa da outra. Acreditava que os homens na praça do mercado eram inimigos que vinham destruir *Ifẹ̀*, cravando sua lança nas pessoas enquanto estas corriam para todos os lados. A cidade ficou em total desordem. A destruição persistiu, até que o amanhecer chegou e pôde ver os corpos sobre a terra. Pelos cortes tribais nos rostos das pessoas mortas, constatou que havia matado o próprio povo. A dor se abateu sobre ele, que jogou suas armas no chão e disse: "Chamaram-me para vir rapidamente porque a cidade estava em perigo. Na escuridão da noite não percebi quem eram as pessoas. Por causa disso não lutarei novamente. Retornarei para o lugar de onde vim e lá permanecerei para sempre." Em seguida, firmou seus pés na terra, que se abriu, e mergulhou nela. A terra se fechou e, depois disso, *Ọ̀ránmíyàn* nunca mais foi visto em *Ifẹ̀*.

CONCLUSÃO

Ọ̀yọ́ e *Ifẹ̀* foram cidades rivais em prestígio e poder. Ambas entendem que a forma como foram criadas representa a história da criação do mundo ou o início de todas as coisas na Terra. A narrativa aqui feita possui uma versão mais romanceada, porém com os mesmos incidentes.

Na tradição yorubá, é característico o desaparecimento dos personagens míticos sem a presença da morte física e dolorosa. Eles se refugiam no interior da Terra para o início de sua deificação e organização de seu culto religioso.

No local foi erguido um monolito de pedra, denominado *ọ̀pá Ọ̀rànmíyàn*. As relíquias de *Ọ̀rànmíyàn* permaneceram em *Ifẹ̀*, e sua espada é colocada nas mãos dos reis atuais quando entronizados e sem a qual não seriam reconhecidos soberanos da região.

APONTAMENTOS

1. Ọ̀RÁNMÍYÀN

Representa o ancestral fundador de uma facção e o primeiro chefe, aquele que organizou um povo político. Recebeu títulos, tais como *Aláiyeluwa*, o Senhor do Mundo e da Vida, e *Onílẹ̀*, o Senhor da Terra, que revelam com segurança seu grau de importância. No Brasil, é reverenciado nos cânticos da *Roda de Ṣàngó*.

Outra versão sobre a origem de *Ọ̀rànmíyàn* revela que *Ògún*, ao retornar de uma batalha, trouxe entre seus prisioneiros uma linda mulher, *Lakanje*, com quem se relacionou. *Odùdúwà*, ao vê-la, a quis para si, tendo *Ògún* concordado. Dessa dupla relação nasceu uma criança com duas cores no corpo, o lado esquerdo mais claro que o lado direito. O fato passou a ser relembrado com festividades na região, quando as pessoas pintam um dos lados do corpo de branco.

2. POPO

Conhecemos no Brasil uma das raras pessoas que cultuavam essa nação: Manuel Victorino dos Santos, mais conhecido como Manuel Falefá.

3. Ọ̀KÀNBÍ

O primeiro filho nascido: *ọ̀kan*, que significa "um", e *bi*, que é "nascer".

4. Ọ̀Ọ̀NI

Título do soberano de *Ifẹ̀*. É uma forma reduzida da expressão "*ọmọ oluwọ̀ ni*", que significa "o filho da vítima do sacrifício". Uma recordação do primeiro guardião do templo de *Ifẹ̀*, cuja mãe foi condenada à morte. As tradições yorubás são preservadas dessa forma.

5. LÁMÚRÚDÙ

Ver relato em *Ọ̀run-Àiyé*, p. 55, acerca da origem do povo yorubá.

6. Ọ̀YỌ̀

Essa cidade é registrada nos mapas como Antiga *Ọ̀yọ́*, por ter sido destruída durante as guerras tribais e posteriormente reconstruída em outra região, mais ao Sul. Foi da antiga cidade que vieram para o Brasil, como escravizados, os nagôs no período de 1780 a 1840, que viriam a se organizar em torno do candomblé do Engenho Velho, na Bahia. *Ìyá Nàsó*, a matriarca do candomblé do Brasil, pertencia a esse grupo.

7. ILÀ

Denominação dos cortes feitos no rosto e que identificam as origens tribais. Seis marcas faciais horizontais em cada lado do rosto mostram que a pessoa é de linhagem real do Palácio de *Ọ̀yọ́*. Essas marcas têm o nome de *ẹ̀yọ́*.

10

A VISITA DE ỌRÚNMÌLÀ À CIDADE DE ỌWỌ̀

Ilé Ifẹ̀ era o centro do mundo yorubá e o local que congregava grande parte dos personagens que viriam a ser denominados de *Òrìṣà* e Ancestrais. Dentre eles, um que se destacava pela sua imensa sabedoria e poder orientador era conhecido por todos como *Ọ̀rúnmìlà*.

Em determinada época, *Ọ̀rúnmìlà* resolveu realizar uma jornada até a cidade de *Ọ̀wọ̀*, com o intuito de rever o povo e observar como tudo estava se desenvolvendo. Mas antes, como medida de segurança, fez o jogo dos dezesseis *ikin*, conhecido como *Ifá*. "É vedado ao *Olúwo* saber o que acontecerá", respondeu o jogo. O *Olúwo* efetuou outras jogadas, mas a resposta era sempre a mesma, o que fez com que *Ọ̀rúnmìlà* ficasse com dúvidas em relação à viagem; porém, seu desejo foi maior e, assim, colocou seus elementos de jogo na sacola e partiu.

A distância para *Ọ̀wọ̀* era longa, a viagem duraria cinco dias. No primeiro dia de sua jornada, encontrou seu amigo *Èṣù*, que estava vindo em direção contrária. Cumprimentaram-se e seguiram viagem, cada um para o seu lado.

No segundo dia de viagem, *Ọ̀rúnmìlà* encontrou novamente *Èṣù* vindo de *Ọ̀wọ̀*. Estranhando o fato, perguntou: "Você está vindo de *Ọ̀wọ̀*?" *Èṣù* respondeu afirmativamente. *Ọ̀rúnmìlà* meditou sobre o acontecido, achando estranho que duas pessoas indo em direções opostas tivessem se encontrado duas vezes no mesmo caminho.

No terceiro dia, ocorreu o mesmo encontro, o que motivou *Ọ̀rúnmìlà* a se preocupar mais ainda; porém, como estava ávido para chegar a *Ọ̀wọ̀*, não parou para consultar o seu jogo. Afinal, estavam acontecendo coisas muito estranhas.

Ao chegar o quarto dia da viagem de *Ọ̀rúnmìlà*, *Èṣù* se escondeu nos arredores de *Ọ̀wọ̀* e, quando avistou *Ọ̀rúnmìlà* se aproximando, colocou alguns *obì* dentro de um *igbá*, deixando tudo ao pé de uma árvore. Adiantou-se e foi ao encontro de *Ọ̀rúnmìlà*, que mais uma vez se surpreendeu ao vê-lo e perguntou: "*Èṣù*, meu amigo, você está mesmo vindo mais uma vez de *Ọ̀wọ̀*?" *Èṣù* lhe respondeu: "É aceitável os amigos duvidarem um do outro? O que tiver que ser, será." Mas *Ọ̀rúnmìlà* não ficou satisfeito e continuou preocupado. Contudo, como estava próximo da cidade, mais uma vez não julgou necessário consultar seu jogo.

Seguindo mais adiante, encontrou os frutos do *obì* deixados por *Èṣù* e, como estava cansado de sua longa jornada, apanhou-os e começou a comê-los. Nesse momento surgiu um fazendeiro de *Ọ̀wọ̀* empunhando um facão de forma ameaçadora: "Você, quem quer que seja, está comendo os *obì* de minha árvore." *Ọ̀rúnmìlà* respondeu: "Não, eu os encontrei aqui no caminho e não vi árvore alguma." Mas o fazendeiro estava fora de si e falava duramente. Tentou tomar os *obì* de *Ọ̀rúnmìlà*, que reagiu, surgindo, então, uma luta entre ambos. Na briga, o facão do fazendeiro cortou a palma da mão de *Ọ̀rúnmìlà* e isso fez eles se afastarem; o fazendeiro se retirou e *Ọ̀rúnmìlà* descansou na estrada, meditando sobre o acontecido: *Isso é coisa maligna. Quando se ouviu falar que Ọ̀rúnmìlà algum dia pegou algo que não fosse seu? Em Ọ̀wọ̀ vão dizer que eu sou um ladrão de* obì. Com esses pensamentos, a noite chegou e ele resolveu dormir ali mesmo.

Èṣù, que tinha visto tudo, dirigiu-se para a cidade quando todos já estavam adormecidos. Entrou em todas as casas e, com sua faca, cortou a palma da mão de todas as pessoas que se encontravam dormindo, até mesmo a do próprio rei de *Ọ̀wọ̀*. Em seguida, foi para a estrada da cidade e lá se postou, aguardando o amanhecer, mas não sem antes fazer um pequeno corte em sua própria mão.

Amanheceu, e *Ọ̀rúnmìlà* despertou. Fez as suas orações matinais e tomou o caminho da cidade. Era o quinto dia de sua viagem. Na estrada da cidade encontrou *Èṣù*, que o saudou, mas *Ọ̀rúnmìlà* mostrou-se envergonhado, pois àquela altura já havia percebido tudo. Logo ele disse: "*Èṣù*, o assunto agora está claro e sei que a minha viagem não deveria ter sido realizada. Somos amigos; contudo, você tornou árdua demais a minha viagem." *Èṣù* respondeu: "*Ọ̀rúnmìlà*, nós somos exatamente amigos próximos. Não hesite. Entre na cidade e, se houver algum problema, eu o avisarei. Uma coisa eu prometo, você não será injuriado nessa cidade. Pelo contrário, boas coisas chegarão até você." Dito isso, ambos entraram na cidade de *Ọ̀wọ̀*.

Ao chegarem à praça principal, encontraram o fazendeiro que havia reclamado o *obì*. Quando ele viu *Ọ̀rúnmìlà*, dirigiu-se até o rei e queixou-se, dizendo que o ladrão de sua árvore vinha se aproximando. Narrou a luta que havia tido com ele pelos *obì* e exigiu que ele fosse punido.

Foi então que chegou a vez de *Èṣù* falar: "Um estranho vem para *Ọ̀wọ̀* com uma obrigação e é acusado de um crime. Onde está a prova? E como pode um ladrão de *obì* ser identificado?" O fazendeiro respondeu: "Nós lutamos na estrada e o meu facão cortou a mão dele. Esta é a prova." E o rei disse a *Ọ̀rúnmìlà*: "Então, abra a sua mão para que todos possam ver a verdade."

Èṣù tomou a iniciativa novamente: "Este estranho que não praticou nenhuma ofensa é o apontado, embora muitas pessoas possam ter roubado os *obì*. Somente ele é acusado e interrogado. Sendo assim, faça com que todos os cidadãos de *Ọ̀wọ̀* mostrem também a palma de suas mãos." O rei concordou e determinou: "Sim, vamos fazer isso."

Assim, *Ọ̀rúnmìlà* abriu suas mãos e estendeu-as, e o povo o acompanhou. E todas as mãos, incluindo as do rei e as do fazendeiro queixoso, tinham um corte recente numa delas. E *Èṣù* disse: "Se um mero corte é a marca da culpa, então todos em *Ọ̀wọ̀* são culpados."

O rei concordou, dizendo: "É verdade, este estranho é inocente. Ele deve ser compensado pela falsa acusação contra ele." E o povo trouxe-lhe oferendas de todas as espécies, incluindo galinhas, cabras, *obì*, vinho de palma e *ìgbín*. Por esse fato, compreende-se por que se diz que *Èṣù* é o amigo mais chegado de *Ọ̀rúnmìlà*.

CONCLUSÃO

Para todo e qualquer empreendimento é costume saber o que determinam os *Òrìṣà*. A prática da consulta está aliada às decisões que devem ser tomadas. Transgredir ou ignorá-las é ficar à mercê dos acontecimentos.

Èṣù surge dentro de sua característica principal, a de fiscalizar as coisas do *Àṣẹ*, exigindo o cumprimento de suas determinações. A insistência de *Ọ̀rúnmìlà* o fez passar por situações difíceis, mas que foram contornadas por *Èṣù*. É imprevisível a forma como *Èṣù* decide resolver os casos. As diversas narrativas comprovam como as engenhosas artimanhas têm soluções criativas, o que o torna difícil de ser entendido.

Àqueles que têm a tarefa de utilizar o jogo em prol das pessoas, fica a mensagem: embora cuidem delas, não se omitam diante de seus problemas pessoais.

Essa narrativa está inserida no *Odù Ogbè Ìká*, que ainda revela que *Èṣù* fez marcas nas palmas das mãos de todas as pessoas, incluindo os embriões de crianças não nascidas e ainda não concebidas, para ter certeza de que todas as pessoas que nascessem no futuro teriam linhas nas palmas das mãos. O *ẹbọ* para este tipo de *odù* deverá conter uma faca com a sua bainha, *obì* ainda com casca, duas galinhas, dois roedores, dois peixes e dinheiro para que a pessoa não seja considerada ladra.

APONTAMENTOS

1. ỌWỌ̀

Cidade localizada próxima a *Ondo*, cujo soberano é denominado *Ọlọ́wọ̀*.

2. IKIN

Coquinhos extraídos da palmeira do dendezeiro – o *igi ọ̀pẹ* (*Elaeis Guineensis*) ou o *igi ifá* (*Elaeis Idolatrica*) – e escolhidos de acordo com certas reentrâncias localizadas em sua parte aguda, denominadas olhos. Esses caroços são os *èkùrọ́*, mas, quando utilizados para jogo, são chamados *ikin* e devem ter quatro olhos. Nesse caso, não podem ser comidos – *èkùrọ́ aijẹ* –, isto é, as nozes não podem ser comidas. Alguns são identificados como macho ou fêmea, de acordo com o número de olhos, sendo utilizados dezesseis para a prática do jogo, havendo mais um, o décimo sétimo, que atua como líder – *olóri ikin* – ou o vigia do jogo – *odùṣọ́*. Todo *Bàbáláwo* deve ter pelo menos dois conjuntos de *ikin*. Um será enterrado com ele, ao falecer; o outro, herdado por um de seus seguidores. (Ver *Jogo de búzios: um encontro com o desconhecido*, p. 61.)

3. OLÚWO

Grau na hierarquia de sacerdotes de *Ifá*. *Olú* para "senhor"; *awo*, que significa "mistérios que transcendem a compreensão humana". O mesmo que *Bàbáláwo*.

4. ÈṢÙ

Òrìṣà com múltiplas funções, entre elas a de colocar as pessoas à prova. É o fiscalizador do comportamento humano e o informante de *Ọlórun-Olódùmarè*.

5. OBÌ

Noz-de-cola (*Cola acuminata*). Fruto usado tanto para a prática religiosa como para a alimentação, devido a seu alto valor nutritivo. Com apenas alguns gramas reduzidos a pó, permite empreender longas caminhadas e realizar trabalhos pesados sem sentir fome ou cansaço, tendo sido utilizado com frequência pelos escravizados. Já foi usado como moeda corrente e representa a melhor garantia de um juramento feito ou de um compromisso assumido. É encontrado em até quinze cores, sendo o de cor branca – *obì funfun* – dedicado a *Òṣàlá*. Oferecer um *obì* como presente honra e dignifica quem o recebe, devendo ser dado envolto numa folha; na África, utiliza-se a *abóbì dọ̀ọ̀yọ̀*.

6. IGBÁ

Fruto da cabaceira (*Cucurbita lagenaria* ou *Lagenaria vulgaris*). Cortado ao meio, serve de vasilha para alimentos.

7. ÒBẸ

Significa faca; e *abẹ̀*, um tipo de navalha extremamente afiada. *Abẹ̀ fári* significa "raspar a cabeça". *Èṣù* é o dono da faca e a traz escondida na cabeça por baixo de seus cabelos, conforme está dito em um de seus cânticos:

Ṣónṣó abẹ̀	Com a faca no alto da cabeça
Kò lórí ẹrù.	A cabeça não conduz o carrego.

8. ÌGBÍN

Caramujo comestível, utilizado como oferenda por excelência aos *Òrìṣà* da linhagem de *Òṣàlá*, por ser possuidor do sangue branco. Possui características apaziguadoras, extraindo-se de seu interior um líquido denominado *omi ẹ̀rọ̀*, a água que acalma.

9. ỌBA

Significa o rei, o soberano. Atualmente, os reis não governam na Nigéria pós-colonial com a expressividade de outras épocas, mas presidem acontecimentos em algumas cidades yorubás. (Ver, no início desta obra, a relação dos soberanos yorubás.)

11

OS QUATRO ENIGMAS DE IFÁ

Nessa relação de histórias que selecionamos, fica evidente que muitas delas, inseridas no sistema literário e em *Ifá*, não devem ser encaradas em seu sentido literal. Para entendê-las é necessária uma projeção do pensamento para além da situação apresentada. Conforme o ditado yorubá: "*Òwe ni Ifá ipa òmọ̀ràn ni ímọ̀ ọ́.*" ["*Ifá* fala por parábolas, sábio é aquele que entende suas palavras."]

Para comprovar isso, certa vez, *Ọ̀rúnmìlà* resolveu apresentar a seus companheiros quatro enigmas, denominados *àrọ̀*, para mostrar que as mensagens de *Ifá* não deviam ser levadas em conta pelo sentido literal. Contou então que, durante uma de suas viagens, viu uma coisa muito estranha. E todos perguntaram: "Que coisa foi essa que você viu?" E *Ọ̀rúnmìlà* respondeu: "Eu vi seres que, após construírem uma casa, não dormiam dentro dela, mas fora de seus muros."

Todos acharam que ele estivesse brincando, pois como podia alguém construir sua própria casa e dormir do lado de fora? "Isso não faz sentido!", exclamaram. Então ele disse: "Pois bem, se vocês não acreditam, sigam-me." Chegaram a um lugar onde as vespas haviam construído uma colmeia, e apontou para ela: "Quem é o dono desta casa?", perguntou ele. Responderam todos: "É uma casa de vespas." Ele perguntou mais uma vez: "Onde estão elas agora?" Todos responderam: "Do lado de fora da casa." Perguntou novamente: "Existem cômodos dentro desta casa?" Todos concordaram que não havia. "Então, por que elas não estão morando dentro de casa?" Como ninguém soube responder, ele concluiu: "Esses são os seres que construíram uma casa e que estão dormindo do lado de fora de seus muros." E todos concordaram com *Ọ̀rúnmìlà*.

Seguindo com a sua exposição, *Ọ̀rúnmìlà* contou que tinha visto outra coisa muito estranha em sua viagem. Ao ser solicitado a contar, ele disse: "Vi alguém que tinha boca, mas não podia falar." Novamente seus companheiros se surpreenderam e duvidaram. Mas, como estavam interessados em saber, disseram: "Muito bem, quem é essa pessoa que tem boca e não pode falar?" *Ọ̀rúnmìlà*, então, pediu que trouxessem uma mulher. Pediu que tirassem suas roupas e tocou em sua parte íntima, dizendo: "O que é isto?" Eles responderam: "Virgindade." *Ọ̀rúnmìlà* continuou: "Ela não tem boca?" Eles responderam que sim. E *Ọ̀rúnmìlà* disse: "Eis aí alguém que tem uma boca, mas não pode falar." E mais uma vez todos concordaram com ele.

Ọ̀rúnmìlà prosseguiu: "Em minhas andanças, vi muitas coisas estranhas; vi um cão morto que podia comer mais *ẹ̀kọ* do que quando estava vivo." Aí todos começaram a rir, dizendo que essa seria uma situação difícil de provar. Um cão morto comer mais do que quando estava vivo! Como podia isso ser possível? *Ọ̀rúnmìlà*, então, pediu que lhe trouxessem um cão grande e preparassem uma cesta cheia de *ẹ̀kọ*. Um cão que já não comia há três dias lhe foi trazido. Começaram a dar o alimento para o animal e ele comeu até se saciar. Já não queria mais. *Ọ̀rúnmìlà* mandou, então, sacrificá-lo. Feito isso, os companheiros de *Ọ̀rúnmìlà* disseram: "Agora quero ver o cão comer mais *ẹ̀kọ* nesse estado, depois de morto." *Ọ̀rúnmìlà* não se perturbou. Pediu que queimassem o pelo do animal e lavassem sua carcaça. Depois, o cortaram em partes e o cozinharam. Enquanto isso, prepararam outras comidas: *iyán*, *àkàrà*, *ẹ̀kọ*. Estenderam uma toalha no chão, com todas as outras comidas e a carne do cão sacrificado. Todos foram convidados a se banquetear. Comeram à vontade, até se fartarem. *Ọ̀rúnmìlà*, então, falou: "Quando eu disse que um cão morto podia comer mais *ẹ̀kọ* do que um cão vivo, vocês disseram que era mentira. Pois então digam onde está toda a comida que foi preparada?" Eles responderam: "Junto com o cão." E *Ọ̀rúnmìlà* completou: "Assim, ele está comendo mais agora do que quando estava vivo." E todos concordaram com ele mais uma vez.

No quarto enigma, *Ọ̀rúnmìlà* perguntou: "Pode uma cabra morta berrar mais alto do que uma cabra viva?" Todos responderam que era impossível e que dessa vez ele ia falhar. *Ọ̀rúnmìlà*, seguro do que afirmava, pediu que lhe trouxessem uma cabra e que batessem nela com uma vara. Eles bateram e ela berrou, berrou muito. Mas as pessoas que estavam do lado de dentro mal ouviam metade de seus uivos de dor, nem chegando a saber o que se passava. Ele pediu para que batessem nela até matá-la. Em seguida, pediu que lhe removessem o couro. *Ẹ̀ṣù*, que a tudo assistia, ajudou a preparar algumas madeiras em círculo, a fim de esticar o couro da cabra. Pegou algumas cravelhas de madeira e as prendeu ao redor do couro, para esticá-lo. Depois, foi colocado do lado de fora, para secar ao sol.

Enquanto isso, a carne da cabra estava sendo cozinhada e outros faziam um complemento de comida: *ìyán* e *àkàrà*. Quando tudo ficou pronto, comeram e beberam, e todos ficaram plenamente satisfeitos. Quando estavam descansando, *Èṣù* foi até o lado de fora apanhar o tambor que secara com o couro já esticado e começou a tocar em ritmos diferentes. Pessoas que estavam distantes, em outras aldeias, não tiveram dificuldade de ouvir o som de um tambor estranho. Foi quando *Ọ̀rúnmìlà* disse: "Quando falei que uma cabra morta pode berrar mais alto do que uma cabra viva, vocês disseram que era mentira. Aí está a cabra morta, berrando mais alto do que quando estava viva." E completou:

"Kò sí nkan tọ́ nsọ ti kọ̀ jé òdodo." ["Não há nada que *Ifá* diga que não seja verdade."]

CONCLUSÃO

Essa narrativa é um bom exemplo de como funciona o gênero literário denominado *àrọ̀*. Relata-se uma história contendo alguma informação seguida de uma pergunta para que a audiência relacione uma coisa com a outra, o que, à primeira vista, pode parecer fácil. No caso das vespas, a audiência pensou que o fato estava ligado a um ser humano; daí o motivo de não terem acreditado em *Ọ̀rúnmìlà*. Os enigmas de *Ifá* são assim, pois envolvem projeções de características humanas ou não. As palavras devem ser bem associadas. Ao se referir à boca, a resposta foi a virgindade; ao berro da cabra morta, a interpretação foi a parte do corpo utilizada para a percussão do atabaque. O que se pretende também é orientar o consulente de uma mesa de jogo para o fato de algumas mensagens transmitidas serem subjetivas por força de determinadas situações, impedindo que elas sejam absolutamente claras, conforme o texto de *Ifá*:

Èyí ni pé ki eléyiun ní,	Esta história é para o cliente
Kó mọ́ pèé gbogbo nkan ti Ifá	Não dizer que as coisas que *Ifá* fala
nsọ fóun	para ele
Kò tètè ṣẹ	Não se realizam rapidamente
Irọ́ ní npa.	E diga que tudo é mentira.

APONTAMENTOS

1. ÀRỌ̀

São histórias relatadas sob forma poética e que contêm enigmas a serem decifrados pela plateia.

2. Ẹ̀KỌ

Alimento preparado com farinha de milho branco, mais conhecida como farinha de *àkàsà*. O *ẹ̀kọ* coberto com folha verde terá o nome de *àkàsà*. É utilizado em todos os ritos de candomblé, sob diferentes formas, sólida ou líquida.

3. IYÁN

Inhame cozido e amassado no pilão.

4. AJÁ

Cachorro ou cão, havendo um tipo africano desse animal com as mesmas características que conhecemos; utilizado em ritos religiosos para *Ògún*.

5. IFÁ

É a denominação de um sistema de consulta que se utiliza de coquinhos do dendezeiro. É muitas vezes confundido com um *Òrìṣà*.

6. ODÙṢỌ̀

Vigia do jogo. Do yorubá *ṣọ́*, que quer dizer guardar, proteger, vigiar. Também conhecido como *olórí ikin*.

12

ÒGÚN E SEU PODER SOBRE OS METAIS

Os *Òrìṣà* e o povo estavam vivendo na Terra criada por *Òṣàlá*, onde todos exerciam suas tarefas: caça, limpeza da terra para a agricultura, plantação, construção de casas para abrigo de suas famílias. Tudo era feito com muita dificuldade, pois faltavam ferramentas adequadas para o trabalho e, agora, mais ainda, pois as distâncias aumentavam, a cidade crescia para o lado das montanhas, com seus terrenos desnivelados, gigantescas rochas e caminhos inacessíveis.

Olhando o que tinham feito e o que estava por fazer, os *Òrìṣà* discutiam a melhor solução para o problema. Diziam: "Deixe um de nós começar a grande tarefa, derrubando as árvores e limpando a terra. Depois poderemos plantar em nossos campos." Todos concordaram, exceto *Olókun*: "O meu domínio é a água. A terra e as árvores não são meus afazeres."

Ọ̀sányìn, o *Òrìṣà* das folhas, disse: "Eu limparei primeiro os campos." Pegou sua faca do mato e partiu para as árvores, começando o trabalho. Mas a faca era feita de madeira e pedra, logo, ele não conseguia fazer o corte necessário. Após algum tempo de uso, a ferramenta quebrou. *Ọ̀sányìn* retornou e disse para os demais companheiros: "Eu comecei o trabalho, mas a madeira era tão dura que partiu a minha faca."

Òrìṣà Oko, senhor dos campos livres, falou: "A minha faca é mais forte, eu cortarei as árvores e destruirei as rochas." Em seguida, partiu para o trabalho, mas não conseguiu executá-lo como queria, pois sua ferramenta não suportou a árdua tarefa. Disse então: "Aconteceu o mesmo comigo. Minha faca está cega e torcida."

Depois, *Èṣù*, com seu corpo potente, armou-se com suas ferramentas e foi para o meio da floresta. Ali permaneceu por longo tempo e, quando retornou, seu semblante estava amargurado: "Eu limpei a terra e desloquei as rochas, mas o metal de minhas armas não é forte o suficiente para tal empreitada." Um por um, os *Òrìṣà* tentaram, mas não conseguiam fazer o que pretendiam: "Em que espécie de lugar estamos vivendo? Como poderemos sobreviver aqui?"

Até aquele momento, o único *Òrìṣà* a se manter calado tinha sido *Ògún*, que observava todo o movimento sem nada dizer. Somente quando todos já haviam tentado, ele se levantou de onde estava e disse: "*Nísisìyí àsìkò mi ni.*" ["Agora é a minha vez."] Com essas palavras, partiu para o campo. Executou o corte das árvores necessárias para a abertura dos caminhos; com potentes golpes, destruiu as rochas, enquanto outras foram deslocadas para manter a terra livre das pedras. Toda a terra foi arada, amaciada e semeada. Deu novos caminhos, enquanto ia eliminando plantas desnecessárias. *Ògún* trabalhou ininterruptamente até o fim da tarde. Quando terminou sua obra, retornou para junto dos demais *Òrìṣà*, que já o aguardavam. Lá chegando, exibiu suas armas e ferramentas utilizadas. Estavam afiadas e intactas.

Diante do que viam, perguntaram: "Que metal esplêndido é este?" *Ògún* respondeu: "O segredo desse metal me foi dado por *Olódùmarè*. É chamado de *irin*, o ferro." Os *Òrìṣà* olhavam as ferramentas de *Ògún* com muita admiração, dizendo: "Se tivéssemos o conhecimento do ferro, nada para nós seria difícil." *Ògún* observou o interesse de todos, mas relutou em ensinar o seu segredo. "*Olódùmarè* não me autorizou", disse. Mas não se negou a fazer as armas e ferramentas a quem lhe pedisse. Para isso, construiu uma forja em sua casa e passou a fabricar os diversos tipos de armas e instrumentos de trabalho, pois *Ògún*, além de guerreiro, era um grande caçador. A caça até aquela época era efetuada com armadilhas e armas leves, além de contar com muita sorte nas empreitadas.

Contudo, a relutância de *Ògún* continuava a incomodar os demais *Òrìṣà*, que, embora portassem novas armas criadas por *Ògún*, insistiam em conhecer o segredo de sua fabricação. Pensando no assunto, todos tomaram a iniciativa de dar a *Ògún* o título de *Ọṣìnmalẹ̀*, o Chefe das Divindades. Ao considerar tudo isso, *Ògún* concordou com o pedido de todos. Passou a ensinar o processo de fazer a liga dos metais, a criação de armadilhas, ferramentas, lanças, espadas e facas.

Em pouco tempo, todos os *Òrìṣà* sabiam fazer uso do ferro. E vieram pessoas de outras regiões para aprender, e *Ògún* ensinou tudo a todos. Embora *Ògún* tivesse aceitado o cargo de chefia que lhe fora dado pelos outros *Òrìṣà*, ele continuava a ser o grande caçador que era, pois muitos dependiam de sua habilidade para sobreviver. Assim, embrenhava-se floresta adentro a fim de caçar os animais de que tanto gostava. Vestia-se de roupas de couro presas por *màrìwò*, equipava-se com as armas de luta e seguia seu caminho.

A atividade de caçador era muito árdua, obrigando-o a ficar isolado por vários dias, dormindo sobre a terra ou em árvores. *Ògún* abatia muitos animais, em lutas frequentes. Quando voltava da floresta, já estava sujo e com o cabelo embaraçado, e as peles que vestia ficavam rasgadas e manchadas do sangue de sua caça. Seguia o caminho de volta à cidade para reencontrar seus companheiros.

Certo dia, ao verem *Ògún* chegando daquele jeito, os *Òrìṣà* disseram: "Quem é este estranho todo sujo que vem da floresta? Certamente não é *Ògún*, aquele que indicamos para ser o nosso chefe." Eles ficaram descontentes com *Ògún* e continuaram: "Um chefe deveria se manter com dignidade, suas roupas deveriam estar sempre limpas, e seu cabelo, bem aparado. Você está indistinguível do mais humilde caçador de *Ifẹ̀*, e o ar à sua volta está empesteado de carne morta." Dizendo isso, concluíram: "O cargo que lhe demos, nós o tiramos agora. Você não é mais o nosso chefe."

Ògún, ouvindo aquilo, replicou: "Quando vocês precisaram do segredo do ferro, souberam implorar-me para ser o chefe de todos. Agora que já são possuidores do poder, dizem que eu cheiro mal." Dito isso, *Ògún* foi até o rio mais próximo, tirou suas roupas de pele de animal e se banhou. Quando já estava limpo, vestiu suas roupas de *màrìwò*, pegou suas armas e partiu para a cidade de *Ìré*. Construiu uma casa embaixo de uma árvore de *akòko*, lá permanecendo solitário, mas fiel ao compromisso de se manter vigilante nas terras de *Ilé Ifẹ̀*.

CONCLUSÃO

As folhagens do dendezeiro desfiadas e colocadas em cima das portas e janelas são denominadas *màrìwò*, e representam o pacto de proteção de *Ògún* com os seres humanos. (Ver este relato em *Jogo de búzios: um encontro com o desconhecido*, p. 148). Outra história, porém, revela as razões do uso do *màrìwò*:

Ògún foi caçar no mato e retornou com muita caça. Convidou seus amigos para comer e beber juntos. E foi o que fizeram durante um longo tempo, exceto um dos convidados, que se manteve sóbrio. Assim que todos adormeceram, sucumbidos pela bebida, o convidado que pouco bebeu e estava sóbrio começou a levar todas as roupas de *Ògún*, partindo para longe. O dia clareou, os convidados despertaram e foram se retirando. *Ògún* ficou só e constatou que tudo que era seu havia sido roubado. *Ọ̀sányìn*, que passava pelo local, entrou na casa de *Ògún* e viu o que havia acontecido. *Ògún* lhe disse: "Eu fui caçar, quis repartir a caça com todos, bebemos e festejamos, e o resultado foi este." *Ọ̀sányìn* recriminou-o: "Beber mais do que o suficiente só poderia dar nisso. Você perdeu a discrição e ficou fora de sua personalidade. Mas vou dar-lhe roupas de folhagem de palma." E assim fez. *Ògún* vestiu-as, voltou para sua casa, pegou as armas e foi caçar. Trouxe animais, tirou o couro e, depois de prepará-lo, vestiu-o com as folhagens. Quando o povo o viu daquela maneira, lembrou-se das injustiças cometidas com ele. As roupas de *màrìwò* passaram a ser um registro do que aconteceu naquela festa. Nos cânticos de candomblé, esse fato é afirmado:

ẹ màrìwò l'áṣọ	O *màrìwò* é a roupa
ẹ màrìwò	de *Ògún*.
ẹ Ògún o.	

APONTAMENTOS

1. IRIN

É a denominação do ferro. *Bàbá Irin* é o título que *Ògún* recebe por seu poder sobre os metais.

2. ỌṢÌNMALẸ̀

É uma contração da expressão *ọ̀ṣìn* (chefe) e *irúnmalẹ̀* (divindade).

3. MÀRÌWÒ

"Ògún oní màrìwò arọye." ["*Ògún* é o dono das folhas do alto da palmeira."] As folhas do dendezeiro são denominadas *imọ̀ ọ̀pẹ*; somente depois de serem desfiadas mediante um ritual específico é que recebem o nome de *màrìwò*.

Tínrín tínrín tínrín	Bem fininho
Màrìwò	*Màrìwò*
Jókó sán yà le	Sentados, cortamos e separamos
Màrìwò.	O *Màrìwò*.

4. ÌRÉ

Cidade conquistada por *Ògún* e exaltada em seus cânticos. Daí ele ser intitulado *Oníré*, o Senhor de *Ìré*.

5. AKÒKO (NEWBOULDIA LAEVIS)

Planta africana aclimatada no Brasil e que pertence a *Ògún*.

13

ODÙDÚWÀ E A ÁRVORE DE OBÌ

No palácio de *Odùdúwà* havia uma árvore de *obì* plantada há mais de duzentos anos. Dela eram colhidas dezenas de cestos de *obì* para serem vendidos, o que gerava uma boa renda para todos, a ponto de poderem comprar muitos cavalos e construírem outras tantas casas com jardins. Com seus produtos, eles tinham dinheiro para cuidar dos filhos e de todos do palácio.

Porém, era necessário construir novos cômodos no palácio, e o caminho estava sendo impedido pela árvore de *obì*. *Odùdúwà*, então, mandou chamar *Ọ̀rúnmìlà* e perguntou se seria possível mover a árvore para outro local, sem que ela fosse destruída. Fez-se um jogo e *Ifá* respondeu que seria um trabalho muito delicado e cansativo; seria preciso fazer um sacrifício que consistia em duzentos *ọ̀kẹ́* (quatro mil búzios), duzentos *ṣòkòtò*, duzentos *ẹ̀wù*, duzentos outros tecidos e mais cabras, galinhas, cordeiro, *epo*, *ẹ̀kọ́* e *obì*.

Embora tivesse todos os elementos para o sacrifício, *Ọ̀rúnmìlà* estava preocupado. Dirigiu-se, então, até o local para ver a árvore e, em seguida, foi pegar seus instrumentos de jogo para ver o que seria possível fazer.

Como resultado, deu parte dos oferecimentos a *Èṣù*, e lhe disse: "Você me ajudará a fazer um certo trabalho. A árvore que fica nos fundos do palácio de *Odùdúwà* deve ser levada para outro local." *Ọ̀rúnmìlà* foi, então, até *Ṣàngó* e deu também parte da oferenda para ele. Foi até *Ọya* e deu a ela mais outra parte da oferenda. E para todos deu muitos búzios, com as instruções de como deveriam realizar o trabalho. Eles responderam: "*Ọ̀rúnmìlà*, já que nos destes dinheiro, ou seja, os búzios, vá para casa e durma, pois o serviço será realizado por nós."

No meio da noite, *Èṣù* pegou uma enxada e cavou em volta da árvore. Cavou em todas as fendas e cantos; *Ọya* mandou chamar o Vento Fraco e o Vento Forte, que torceram a árvore com muita persistência, desenraizando-a. *Ṣàngó* tratou de puxar a árvore e a colocou cuidadosamente no buraco preparado para ela, fora dos muros do palácio.

Quando rompeu o dia, *Odùdúwà* foi até o local e o encontrou vazio. Satisfeito com o que viu, foi procurar *Ọ̀rúnmìlà*, perguntando como havia feito aquilo de forma tão rápida. *Ọ̀rúnmìlà* respondeu: "Foi um trabalho simples e não se fala mais nisso."

Três dias após o trabalho feito, os filhos de *Odùdúwà* ficaram doentes. Depois ele também não teve mais saúde. As coisas começaram a andar mal no reino de *Odùdúwà*, que não tinha mais paz de espírito. "O que será que está acontecendo?", perguntava-se. Foi procurar alguns sacerdotes de *Ifá*, que informaram que ele havia feito uma coisa proibida: "O que você tirou deve ser colocado no lugar onde estava." *Odùdúwà*, então, dirigiu-se até a casa de *Ọ̀rúnmìlà* e lhe disse: "Você tem que me ajudar novamente." E expôs o assunto.

Ọ̀rúnmìlà ouviu com atenção e assegurou que podia ser feito o que estava pedindo, mas que devia fazer novos sacrifícios, que era quase o mesmo que havia prescrito antes de a árvore de *obì* ser retirada. Apenas a parte monetária foi dobrada, como punição. Com tudo em mãos, *Ọ̀rúnmìlà* convocou *Èṣù* e deu sua parte, assim como também a *Ṣàngó* e a *Ọya*.

A noite chegou, e *Èṣù* cavou em volta da árvore; o Vento de *Ọya* a desenraizou e colocou na posição em que estava anteriormente. *Ṣàngó* pediu, e a chuva começou a cair. A árvore não perdeu uma única folha. Para completar o serviço, cobriram o outro buraco.

Odùdúwà, ao acordar no dia seguinte, viu a árvore de *obì* ereta em seu lugar original. Satisfeito com o trabalho, viu mais tarde tudo voltar à normalidade. Reconheceu, então, que certas coisas não devem ser modificadas se elas estão dando certo da maneira como se encontram.

CONCLUSÃO

O que se deseja ressaltar é que a riqueza e a prosperidade da família de *Odùdúwà* dependiam da mítica árvore de *obì*, que, como tal, não deveria ser removida. O seu valor, porém, é mais do que um mero artigo de comércio. É um importante instrumento de divinização, o qual, quando devidamente manipulado, presta-se a manter contato com divindades e ancestrais. Os rituais de candomblé no Brasil são dependentes do uso do *obì* nos ritos de sacrifício e no ritual de *bọri*. Em obras anteriores, fizemos ampla descrição desse assunto. Essa narrativa foi extraída do *Odù Ifá Ọ̀wọ́nrínsogbè*, que revela para a pessoa que as mudanças que ela está propondo não vão ser tarefa fácil, e talvez não venham a corresponder a seu desejo, além de causarem muitas despesas.

APONTAMENTOS

1. ẸWÙ

É o nome genérico para todos os tipos de vestes usadas pelos homens, equivalentes às camisas. *ẹ̀wù'kùnrin* são as roupas de homem; *ẹ̀wù'bìnrin* são as roupas de mulher.

2. ṢÒKÒTÒ

É o nome genérico para todos os tipos de calça ou calçolão usados pelos homens.

3. Ọ̀KẸ́

Medida padrão na antiga tradição yorubá. Um *ọ̀kẹ̀* equivale a vinte mil búzios.

4. OBÌ

Noz-de-cola (*Cola acuminata*). Uma poesia de *Ṣàngó* retrata a utilidade de seu uso e o de outras plantas:

Igi mẹ́ta là bá ṣe lóore	Devemos fazer o bem a três árvores
ẹ jẹ́ á ṣegi obì lóore	Façamos o bem à árvore da noz-de-cola
Obì níí bẹkú,	É a noz-de-cola que implora à morte,
Obì níí bàrùn	É a noz-de-cola que implora à doença
E jẹ́ à ṣegi ata lóore	Façamos o bem à pimenteira
Bá a bá gbóná	Quando estamos quentes [doentes]
Wọ́n a ní a dínta sí'ọn lójú	Eles diriam: Coloquem pimenta cozida em seus olhos
ẹ dínta sí'ọn lẹ́un...	Coloquem pimenta cozida em sua boca
ẹ jẹ́ á ṣegi òwú lóore	Façamos o bem para o algodoeiro
Èrò to bá règbọ̀nṣẹ̀	Uma pessoa que vai defecar na moita
Kó mọ́ fewé òwú nùdí	Não a deixem usar a folha de algodão para limpar o ânus
Njọ́ a bá kú	No dia de sua morte
Aṣọ níí sin ni...	O pano é a nossa mortalha...

14

POR QUE ỌYA SE TORNOU A DONA DO CEMITÉRIO

Olófin reinava em *Ifẹ̀* e tinha uma filha chamada *Ọya*, que era desejada por *Ìkú*, a Morte. *Ìkú* era muito feio e estava sempre disposto a fazer mal às pessoas. Seu costume preferido era levar qualquer pessoa para o cemitério, de onde ela nunca regressava. Certo dia, ele foi até o palácio de *Olófin* e revelou seu desejo de casar-se com *Ọya*. *Olófin* ficou surpreso com o pedido e lhe fez uma proposta: "Está bem, você poderá se casar com *Ọya*, desde que se comprometa a trazer-me cem cabeças de gado." Esta foi uma maneira de se livrar de *Ìkú*, pois sabia que ele não poderia cumprir o pedido em razão de estar sempre sem dinheiro e nada ter na vida.

Ìkú, que na verdade era muito esperto, percebeu que *Olófin* não tinha intenções de lhe entregar *Ọya*, então pensou em fazer uma contraproposta: "Para que queres cem cabeças de gado se posso fazer-lhe uma oferta melhor? Posso lhe trazer um homem que vale mais do que todas as reses juntas e que vai trabalhar para você o resto da vida." *Olófin* lhe perguntou: "E quem é essa pessoa?" *Ìkú* revelou: "É *Àwòrò*, o conhecedor de todos os poderes do bem e do mal, os que curam e os que matam."

Olófin aceitou o que foi proposto por *Ìkú*, porque sabia que *Àwòrò* era muito religioso e cumpridor de seus deveres, sempre fazendo tudo que os *Òrìṣà* mandavam. Era homem de poucos amigos, entre eles, o *Ọ̀gá* – o mesmo que *Ogan* – e o *Àgbò*, o carneiro. Não bebia nem jogava, e, o mais importante, não tinha nenhuma relação com *Ìkú*. *Olófin* não se preocupou, pois sabia que *Ìkú* não teria como obrigar *Àwòrò* contra a sua vontade.

Ìkú saiu do palácio pensando em como cumprir com o prometido quando no caminho avistou *Àgbò*, o carneiro, vindo em sua direção. Aproveitou a oportunidade, contou-lhe a conversa que havia tido com *Olófin* e lhe fez uma promessa: "Se me ajudares, eu te asseguro que nunca te levarei para o cemitério, ou seja, nunca morrerás." *Àgbò*, apesar de amigo de *Àwòrò*, aceitou a proposta, mas disse que precisaria da ajuda de *Ọ̀gá*, a quem *Ìkú* deveria fazer a mesma promessa. Isso feito, *Ọ̀gá* se comprometeu a ajudá-lo. Eles iriam levar *Àwòrò* ao cemitério naquela mesma noite.

Nesse meio-tempo, *Ọya* tomou conhecimento do acordo entre *Olófin* e *Ìkú*, e resolveu ir até a casa de *Ọ̀rúnmìlà* para uma consulta. E ele lhe disse: "*Ìkú* poderá até conseguir o que deseja, mas a traição dos amigos porá tudo a perder. Você, porém, poderá salvá-lo se for ao cemitério e enfrentar *Ìkú*." *Ọya* temia *Ìkú* e mais ainda o cemitério, mas decidiu não dizer nada.

Naquele momento, *Àwòrò* estava em seu trabalho religioso, realizando suas orações, quando foi orientado a não abrir a porta para ninguém depois de se deitar. Por isso, ao chegar em casa, fechou as portas mais cedo do que de costume, certificando-se de que ficassem bem trancadas. Não levou muito tempo, ele ouviu baterem na porta. Recostou-se na cama perguntando quem poderia ser. *Ọ̀gá* se identificou, dizendo que trazia para ele doce de coco, pois sabia que ele gostava muito daquele doce. Mesmo assim, *Àwòrò* disse que não iria abrir a porta, pois já estava deitado.

Ọ̀gá voltou-se para *Àgbò*, que o acompanhava, perguntando o que fazer. *Àgbò* pegou o doce de coco e, chegando até a porta, disse: "*Àwòrò*, somos seus melhores amigos. Se você não pode sair, abra um pouco a porta para que possamos lhe entregar o doce de que tanto gosta." *Àwòrò* sentiu um desejo muito forte, assim, falou consigo mesmo: "O que pode me acontecer se eu abrir um pouquinho a porta?" Desceu e foi abrir a porta, sendo imediatamente agarrado e levado ao cemitério.

Era uma noite bem escura e todos estavam com medo de entrar, mas não viram outro jeito. Não tinham avançado muito quando diante deles se apresentou *Ìkú* em sua verdadeira forma: todos os ossos à mostra. Era pura caveira. Ao ver o susto nos olhos dos dois, *Ìkú* os acalmou e eles se recompuseram.

Contam que *Àwòrò* estava ali, mas que, no momento de ser entregue a *Ìkú*, surgiu entre os dois *Ọya*, em meio ao ruído de raios, coriscos e ventanias. Os três saíram correndo espavoridos. Aproveitando o momento, *Ọya*, ao libertar *Àwòrò*, disse-lhe: "O doce de coco quase lhe custa a cabeça."

Àgbò, em sua correria, passou pelo palácio de *Olófin* feito um bólido. *Olófin* veio vê-lo passar, suspeitando de que algo de anormal estava acontecendo. Chamou seus guardas e pediu-lhes que trouxessem *Àgbò*. Isso feito, exigiu que contasse o que havia acontecido. Quando *Àgbò* terminou de contar, *Olófin* mandou buscar *Ìkú*, *Àwòrò*, *Ọ̀gá* e *Ọya*. Ao tê-los todos à sua frente, falou-lhes: "*Ìkú*, com sua maneira habitual de conseguir as coisas que de outra forma teria sido impossível, eu te condeno a que, de hoje em diante, não tenhas amigos, nem bens, nem casa, nem nada. Que nunca sejas bem-vindo em nenhum lugar. Que vagues por todas as partes, por toda a eternidade, em sua forma verdadeira."

Olófin continuou seu julgamento: "*Àgbò*, tu traíste o teu melhor amigo por querer a vida eterna; serás o primeiro a morrer quantas vezes um *Òrìṣà* necessitar de ti. Quanto a *Ọ̀gá*, tu és culpado do mesmo delito; portanto, serás condenado a que não descanses nunca e terás que estar à frente em todos os trabalhos que surgirem e sempre que for solicitada a tua presença. A ti, *Àwòrò*, eu não direi nada, pois o susto que passou por não obedeceres ao que os *Òrìṣà* te determinaram já é o suficiente."

Por último, *Olófin* se dirigiu a *Ọya*: "Tu salvaste a vida de *Àwòrò* e demonstraste a falsidade de dois amigos, mas sobretudo perdeste o medo de *Ìkú*. De hoje em diante serás a dona do cemitério e de tudo que estiver dentro dele. *Ìkú*, que quis fazer-te mulher dele, de agora em diante será teu servo e trabalhará para ti eternamente." Dizendo isso, retirou-se satisfeito, certo de ter feito justiça.

CONCLUSÃO

Neste mito são dadas explicações que justificam algumas ocorrências nos ritos religiosos realizados nas comunidades de candomblé.

As dependências do *ilé ibọ akú* (casa de adoração aos mortos) são destinadas à realização de preceitos aos ancestrais expressivos do candomblé. São restritas apenas aos homens, com exceção de *Ọya* e de suas filhas, porque elas têm o poder de controlar os espíritos dos mortos sem temer *Ìkú*, a morte.

A condenação de o carneiro ser sempre o primeiro a morrer está identificada com a determinação de seu oferecimento a um *Òrìṣà*, que poderá ser *Ṣàngó* ou *Yemọja*. E é isto que ocorre na rotina dos ritos de sacrifício: ao se determinar oferecimento de aves e quadrúpedes, será sempre o animal de quatro patas o primeiro a ser sacrificado. As aves farão parte do *ìbọsẹ̀*, sendo destinadas a "calçar" cada pata do animal.

Por outro lado, essa é a tarefa do *Ogan* do Candomblé, que é orientado a sempre ter disponibilidade total em todos os momentos em que houver a necessidade da sua presença. Sua submissão é total a partir do momento em que é iniciado para a função, a ponto de não lhe ser mais permitida sua transferência para outra casa de candomblé, ao contrário das *Ìyàwó*, que têm essa prerrogativa.

APONTAMENTOS

1. OLÓFIN

Título que indica a função de um legislador. Vem de *Oní*, prefixo que indica posse ou comando, e *Òfin*, que significa "lei". *Oní + Òfin = Olófin*. É um título dado a *Olódùmarè*, o Ser Supremo, como o Senhor das Leis Universais e, em outros casos, a *Odùdúwà*, como soberano de *Ifẹ̀*.

2. Ọ̀GÁ

Significa "senhor" ou "mestre" na sociedade yorubá. No Brasil, a grafia foi modificada para *Ogan* – também chamado de Pai –, um cargo masculino nas casas de candomblé e merecedor de todas as distinções.

3. ÌKÚ

A morte, na cultura yorubá, é vista como um personagem masculino (Mito 25).

4. ỌYA

Também conhecida como *Yánsàn*, princesa do reino de *Irá*. *Òrìṣà* de características guerreiras idênticas às de *Ṣàngó*, daí a expressão, "*Ọya ọlọ́kọ̀ àrá.*" ["*Ọya* que possui um marido poderoso."] Sua saudação, *Èpà Heyi!*, é também uma forma de acalmá-la, e sua origem se reporta ao rei *Olúgbìjì*, uma boa pessoa, mas que se encontrava em meio a uma rebelião. Consultando *Ifá*, o rei foi informado de que em sua família existia o culto a um *Òrìṣà* que poderia ajudá-lo. Seu nome era *Ọya*. Foram-lhe feitas oferendas diversas, procurando sensibilizá-la. *Ọya* aceitou tudo e se propôs a destruir os inimigos do rei. Mas um grupo de pessoas, sabendo do temperamento extremamente violento de *Ọya*, pediu-lhe calma e lhe disse: "Se você continuar assim, vai destruir todo o mundo." Em face disso, foi-lhe sugerido que comprasse um escravizado para assessorá-la, alguém que advertisse as pessoas quando elas estivessem correndo perigo de vida por terem infringido as normas de conduta de *Ọya*. Para isso, indicaram, então, um homem chamado *Ehín*, que em yorubá significa "dente". "Este nome é horrível e vou mudá-lo", disse *Ọya*.

Depois disso, sempre que *Ọya* ficava furiosa, as pessoas passaram a chamar por *Heyi*, que, a partir daí, tornou-se a saudação dela. *Èpà* é uma interjeição exclamativa.

5. ÀWÒRÒ

É a denominação usada para um sacerdote; literalmente, *à* (aquele), *wò* (que olha), *orò* (pelo ritual).

15

POR QUE ÈṢÙ VIVE DO LADO DE FORA

A organização do mundo estava sendo feita, pouco a pouco, na medida em que os problemas vinham surgindo. Sempre que *Ọ̀rúnmìlà* comparecia à Terra para checar o andamento das coisas, ele era assediado pelos *Òrìṣà*, pelos seres humanos e até pelos animais com indagações diversas. Ainda não havia sido determinado qual o lugar em que cada criatura deveria viver e o que cada uma deveria fazer dentro do sistema. Era *Èṣù* quem ponderava sobre os problemas e as questões apresentadas. E, assim, sugeriu a *Ọ̀rúnmìlà* que, para cada um, apresentasse uma proposta simples e que cada um, ao responder, determinasse o próprio destino e modo de viver.

Ọ̀rúnmìlà aceitou a sugestão de *Èṣù* e saiu à procura das pessoas e dos animais. O primeiro que encontrou foi a galinha-d'angola, e lhe perguntou: "Você concordaria em usar uma corda em volta do pescoço?" A galinha-d'angola respondeu: "Não, eu não concordo." "Muito bem, você não usará uma corda no pescoço", disse *Ọ̀rúnmìlà*. Muitas outras criaturas foram questionadas com a mesma pergunta, e a resposta foi sempre a mesma. Com isso, perderam a oportunidade de se tornarem unidas. Mas quando *Ọ̀rúnmìlà* fez essa pergunta à cabra, ela respondeu desrespeitosamente: "Você pensa que pode me obrigar a fazer isto?" Imediatamente, a cabra passou a ter uma corda envolta em seu pescoço, assim como seus parentes, a ovelha e o carneiro, passaram a sofrer a mesma humilhação.

Quando se perguntou ao cavalo se ele concordaria em carregar uma carga, ele também replicou de forma grosseira: "Quem pode forçar-me a fazer isso?" Imediatamente surgiram um homem sobre as costas do cavalo e um freio em seus dentes. De acordo com as respostas que as criaturas davam, elas recebiam uma maneira de viver.

Enquanto tudo estava acontecendo, *Èṣù* ia à frente, mais preocupado em tentar confundir *Ọ̀rúnmìlà*, provocando dúvidas e confusão entre as criaturas. Isso estava sendo observado por *Ọ̀rúnmìlà*, que aguardava uma ocasião para dar uma lição a ele.

E foi pensando nisso que *Ọ̀rúnmìlà*, quando encontrou o Homem, foi-lhe dizendo: "Homem, você escolhe a vida do lado de dentro ou do lado de fora da casa?" O Homem respondeu que preferia do lado de dentro, logo, foi decretado que o Homem viveria em casa. Inesperadamente, *Ọ̀rúnmìlà* perguntou a *Èṣù*: "E você, *Èṣù*, do lado de dentro ou do lado de fora?" *Èṣù*, que estava mais preocupado em criar problemas para os outros, ficou assustado com a pergunta inesperada e replicou imediatamente: "Do lado de fora"; quando percebeu o erro, tentou corrigir: "Não, é o contrário, do lado de dentro."

Percebendo o embaraço de *Èṣù* pela forma como havia sido feita a pergunta, *Ọ̀rúnmìlà* disse: "Foi você mesmo que propôs uma resposta direta, conforme combinou comigo; portanto, devo aceitar as primeiras palavras que saíram de sua boca. Daqui em diante, você viverá sempre do lado de fora."

CONCLUSÃO

Èṣù é relacionado à categoria de *Òrìṣà Òde*, ou seja, das divindades que são assentadas do lado de fora da cobertura principal de um terreiro de candomblé, da mesma forma que *Ọmọlu*, *Ọ̀sányìn*, *Ọ̀ṣọ́ọ̀ṣì*, *Ògún* e algumas qualidades de *Yánsàn* e *Ọ̀ṣàlá*. Nas regiões yorubás, *Èṣù* é assentado na entrada das cidades, daí a expressão que define este caso, *Odi Ilé*. As pessoas que chegam pedem licença e deixam uma importância em dinheiro. Há também o costume de se assentar *Èṣù* na entrada das residências.

APONTAMENTOS

1. OKÙN

É a denominação da corda. Nos ritos de sacrifício ao *Òrìṣà*, o animal oferecido é sempre trazido andando sob os olhares respeitosos de todos e puxado por uma corda altamente resistente, enquanto se entoa o cântico:

Mo rúbọ	Eu ofereço o sacrifício
Mo rúbọ ṣẹ́	Em troca
Mo rúbọ	Eu ofereço o sacrifício.

Logo em seguida é dado um ramo de aroeira para o animal comer, pois ele não pode ser sacrificado sentindo fome:

Ẹran Òrìṣà	O animal do *Òrìṣà*
Ló gbe'wé o.	Faz uso das folhas.

Comendo as folhas, ele tem o focinho amarrado com a corda (*dì* significa "amarrar"):

O dì gangan	A corda amarra
O dì gan o.	firmemente.

Posteriormente ao ritual, a corda será retirada (*didẹ*):

Kò sí ni didẹ	A corda foi solta
ọ̀tún alágbè	Pelo *alágbè* [*Ogan*]
Kò sí ni didẹ	Não está mais presa [no focinho]
Okùn.	A corda.

Na última etapa, a corda será cortada em partes curtas e iguais, e seguirá no carrego. (Ver todo o ritual em *As Águas de Oxalá*, pp. 255–258.)

2. ÈṢÙ

É uma divindade única que possui vários cognomes de acordo com os atributos referentes às suas atividades: *Ójíṣẹ*, o mensageiro; *Ẹlébọ*, o transportador dos *ẹbọ*; *ọlọ́na(n)*, o dono dos caminhos; *Akẹ́san*, o que supervisiona as atividades dos mercados do rei; *Òdàrà*, identificado com as coisas do bem; *Ẹlẹ́gbára*, o conhecedor do poder; *Alákétu*, título recebido quando chegou a ser o rei de *Kétu*; *Ìjẹ̀lú*, reverenciado na cidade de mesmo nome; *Lálùú*, reverenciado na cidade de mesmo nome; *Iná(n)*, nome pelo qual é reverenciado no *Ìpàdé*; *Yangí*, nome que o define como o maior de todos, em acordo com a expressão *Ọbà Bàbá Èṣù*, rei e pai de todos os *Èṣù*.

3. ÈṢÙ ỌTÁ ÒRÌṢÀ

Literalmente: *Èṣù*, o inimigo dos *Òrìṣà*, uma alusão ao seu papel de fiscalizador de todas as obras feitas, inclusive as dos *Òrìṣà*, de forma incorruptível. A seguinte expressão revela o fato: "*ọlọ́pa Olódùmarè láilái.*" ["O fiscal de *Olódùmarè* desde tempos imemoriais."]

16

AS GOTAS DE ORVALHO SALVADORAS

Esta história é baseada na delicada interrelação que se observa entre os objetos e as criaturas da natureza, que determinam seu equilíbrio. Inicia-se com um fazendeiro denominado *Kankan*, que resolve fazer um mutirão em sua fazenda recém-construída, convidando criaturas e elementos da natureza para um trabalho manual e, sobretudo, coletivo. Os escolhidos foram o Gafanhoto, a Galinha, o Lobo, o Cão, a Hiena, o Caçador, a Víbora, o Cajado, o Fogo, a Chuva e a Seca. Além deles, seriam convidadas as Gotas de Orvalho. Com a lista definida, *Kankan* foi fazer um jogo para saber como tudo iria transcorrer, assim, foi comunicado de que deveria fazer um sacrifício e não se envolver em qualquer coisa difícil de cumprir.

Em seguida, o fazendeiro foi procurar os escolhidos para a tarefa que se propôs a executar. Foi até o Gafanhoto e disse: "Por favor, vou precisar da tua ajuda daqui a sete dias na minha fazenda." O Gafanhoto respondeu: "Está bem, mas tenho um inimigo. Se queres que eu te ajude, não convides a Galinha para a mesma tarefa." *Kankan* concordou. Saiu dali e foi à casa da Galinha, saudando-a: "Mãe de muitos pintinhos, ajuda-me."

E repetiu tudo para a Galinha, que concordou em ir dentro de sete dias, mas pediu que não convidasse o Lobo, seu maior inimigo. *Kankan* mais uma vez concordou. Saiu de lá e foi direto à casa do Lobo, e falou: "Eu te saúdo, dissimulado marido das galinhas. Gostaria que viesse me ajudar na fazenda daqui a sete dias para roçar a terra." O Lobo agradeceu os elogios e exclamou: "Tu és alguém a quem sempre quis ajudar. Certamente eu irei. Mas existe um problema. Devo dizer que o Cão não gosta de me ver; portanto, peço que não o convide." Mais uma vez o fazendeiro fez a promessa de não convidar um inimigo.

E a rotina continuou. O fazendeiro, desta vez, foi até a casa do Cão e fez a mesma proposta. O Cão respondeu: "Isto é coisa fácil, podes contar comigo. Mas tem um problema, tenho um inimigo que não pode me ver, e é a Hiena. Peço-te que não a convide." Prometendo fazer isso, *Kankan* se retirou. Naquela mesma noite, foi à casa da Hiena e a saudou assim: "Oh! Linda e ligeira criatura. Preciso de teus serviços daqui a sete dias em minha fazenda." A Hiena disse que iria, mas pediu que não convidasse seu inimigo, o Caçador, para a mesma tarefa. Nova promessa foi feita, contrariando as determinações do jogo de *Ifá*. O fazendeiro saiu dali e foi direto à casa do Caçador. Novo pedido e nova concordância, dessa vez com a condição de que ele não convidasse a Víbora, inimiga mortal do Caçador, que fez ainda insultos a ela. Mais uma vez *Kankan* prometeu, indo direto à casa da Víbora. Novo pedido e nova concordância: "Está bem, mas tem uma coisa. O Cajado não gosta de mim." Ao que *Kankan*, o fazendeiro, respondeu: "Tu achas que vou convidar aquele altão ondulado para a tarefa? Eu não o convidarei."

Falou, mas não cumpriu. Assim que se levantou, foi à casa do Cajado e o saudou: "Cajado, tu que matas as serpentes, mas não as comes. Tu me ajudarias num trabalho em minha fazenda daqui a sete dias?" O Cajado concordou: "Mas tem uma coisa. Eu irei desde que não convides o Fogo para a mesma tarefa, pois seu poder me destrói." *Kankan* respondeu: "Aquele vermelho nem sequer é boa criatura. Eu não o convidarei." Partiu, então, para a casa do Fogo e o saudou: "Descendente daqueles que destroem com um calor terrível." O Fogo agradeceu e respondeu:

"Obrigado, mas o que desejas?" O fazendeiro explicou-lhe a finalidade da visita, e o Fogo concordou em comparecer: "Eu atenderei ao teu convite, desde que não convides a Chuva, porque, tão logo começo os rituais tradicionais de minha família, ela não me deixa em paz." Prometendo que cumpriria o pedido, o fazendeiro foi à casa da Chuva. Novas saudações e elogios, e o pedido para ajudá-lo. A Chuva concordou, desde que não fosse convidada a Seca, que não lhe dá descanso quando surge. Com nova promessa, *Kankan* se dirigiu à casa da Seca: "A ti, Seca, que fazes secar rapidamente as águas dos rios, meus cumprimentos." Tendo o fazendeiro dito a que veio, a Seca concordou em colaborar sem nada pedir.

Por último, *Kankan* foi até a casa do Orvalho. Mal sabia que este é que seria o grande salvador de sua obra e tornaria seu sacrifício aceitável às divindades. E o saudou: "Orvalho, descendente da umidade, preciso da tua ajuda." O Orvalho também não disse que tinha inimigos, simplesmente respondeu que iria com toda a certeza e completou: "Que Deus nos poupe mais tempo que isso."

No dia determinado, os convidados foram chegando. O primeiro foi o Gafanhoto, que foi saudado: "Tu que voas com graça sobre a aguarda, sejas bem-vindo com a tua enxada. Entra neste aposento e aguarda um pouco."

Depois de algum tempo chegou a Galinha. O Gafanhoto exclamou: "Oh! Estou em apuros. Eu preveni este homem para não convidá-la." *Kankan*, então, abriu a porta para a Galinha entrar, e esta, quando viu o Gafanhoto, exclamou: "Ah! *Kankan*, este trabalho manual e coletivo será um prazer", e sentou-se um pouco afastada.

Logo depois, chegou o Lobo. Tão logo entrou na casa, avistou a Galinha. Gritou de alegria, dizendo: "Ah, *Kankan*! As coisas serão muito agradáveis hoje."

Chegou o Cão. Quando o Lobo o viu, ficou aterrorizado: "Eu preveni este homem para não convidar este malvado." Quando o Cão entrou na casa e avistou o Lobo, ficou satisfeito e foi sentar-se, conservando a enxada perto de si. Depois foi a vez de a Hiena chegar. O Cão, ao vê-la, disse: "Estou em perigo." E a Hiena pensou: *Ah! Hoje é o meu dia.* Não demorou muito, chegou o Caçador. Encostou a espingarda na parede e, quando olhou para a frente e avistou a Hiena, gritou de alegria: "Hoje as coisas me estão favoráveis."

Nesse momento, chegou a Víbora. O Caçador, aterrorizado, disse: "Hum, essa é muito perigosa. Que situação esse fazendeiro foi me arranjar." E, quando a Víbora viu o Caçador, disse para si mesma: "Na primeira oportunidade vou pegá-lo." Nesse instante chegou o Cajado. Tão logo entrou em casa, avistou a Víbora e ficou olhando para ela como uma possível presa. Mas essa ideia durou pouco, pois logo avistou o Fogo chegando. *Esse* Kankan *fez uma traição comigo*, pensou.

E o Fogo foi se acomodando, mas, quando avistou a Chuva chegar, disse: "Que grande perigo estou passando. O que hei de fazer agora?" Passado algum tempo, chegou a Seca. Foi elogiada e agradeceu. E nada mais foi dito.

Todos se sentaram em círculo na sala. E *Kankan* falou: "Muito bem, vamos indo para o trabalho." E todos o seguiram até a Fazenda. Alinhou-os junto à área que desejava roçar, colocando o Gafanhoto numa extremidade e a Galinha ao seu lado. Colocou o Lobo ao lado da Galinha, o Cão ao lado do Lobo e a Hiena ao lado do Cão. O Caçador ficou ao lado da Hiena, e a Víbora, ao lado do Caçador. Colocou o Cajado ao lado da Víbora e o Fogo ao lado do Cajado. Colocou a Chuva ao lado do Fogo e a Seca ao lado da Chuva. E colocou as Gotas de Orvalho, que haviam chegado naquele momento, na outra extremidade. E todos iniciaram seus trabalhos.

Passaram-se algumas horas e a fome apertou. Todos perceberam que nenhum alimento havia sido preparado. A situação começou a ficar insustentável. E o Gafanhoto bocejou alto, dizendo, desanimado: "Este trabalho manual me deixou faminto." Ao que a Galinha respondeu: "Que situação delicada"; em seguida, atacou o Gafanhoto.

E o Lobo disse: "Eu procurei me conter", já saltando sobre a Galinha, antes de ela cacarejar. O Cão saltou sobre o Lobo, e a Hiena, sobre o Cão. O Caçador, que a tudo assistia, mudou de posição e disparou sua arma. Mas, quando recuou, a Víbora o picou. Antes de a Víbora escapar, o Cajado abateu-se sobre ela com toda a força. E o Fogo brotou da extremidade inferior do Cajado. Não demorou muito e a Chuva começou a cair, apagando imediatamente o fogo. Daí surgiu a Seca.

Todos estavam quase mortos de tanto lutar entre si. Restaram apenas as Gotas de Orvalho, que exclamaram: "Que coisa horrível. Vamos todos perecer assim?" O próprio *Kankan*, causador da confusão, ficou preocupado. As Gotas de Orvalho se moviam aqui e ali. Depois de algum tempo, o Orvalho iniciou um ritual de seus ancestrais tradicionais. Começou a cair, gota a gota, persistentemente.

Todos eles estavam semimortos. Mas quando o Orvalho caiu sobre eles, começaram a se levantar, um por um. E o Orvalho insistiu, agindo como uma substância revitalizante e regeneradora. Assim, todos começaram a louvar os sacerdotes de *Ifá* pela mensagem dada – que não fora atendida. Arrependeram-se de ir ao trabalho coletivo pela falta de afinidade entre todos os participantes. Pode-se concluir esta história citando o próprio texto de *Ifá*:

Ó di pé	O resultado foi que
Ìgbà ti ibí dire tán	Depois de o mal se transformar no bem
Tíriwọ̀wọ̀ ṣè palẹ̀	Depois de o orvalho cair por toda a terra
To di pé nkán wáá dùn.	As coisas voltaram a ser alegres.

CONCLUSÃO

O personagem *Kankan* é o símbolo do mundo manipulado e antagônico, que gera a violência. Toda obra feita através da força origina o ódio, a oposição, o medo e a incerteza do mundo. O que se observou é que cada criatura e elemento da natureza tem o próprio opositor. O Orvalho é o agente pacificador e reparador. Em contraste com a Chuva, o Orvalho é mais delicado e não produz efeitos rudes. Cai quase sem ser notado, até que sejam percebidas as gotículas de água nas folhas e em outros objetos a elas expostos. É um elemento indispensável à vida, com outros elementos pacificadores da natureza, que atuam como agentes de regeneração, possibilitando que a Terra e seus habitantes sejam salvos da ruína total causada pela cobiça, pelo egoísmo e pelo emprego da força bruta. Em síntese, é uma apologia à pacificação e à não violência.

Esta história realça, portanto, a importância da água na vida, que age não apenas como necessidade vital da existência, mas também como substância pacificadora, revitalizante e regeneradora.

Assim, objetos e criaturas da natureza funcionam como projeções da ação e comportamento humanos, para que sejam vistas, de maneira mais clara e imparcial, as ações humanas, seus pensamentos e as situações em que se envolvem.

APONTAMENTOS

1. ỌWẸ̀

É a denominação do trabalho manual e coletivo conhecido como mutirão, sendo um dos aspectos comuns da vida rural e agrícola yorubá, e das demais regiões onde a solidariedade rege o comportamento de uma comunidade.

2. ÌRÌ

É a denominação do orvalho, havendo o tipo *ìrì wọ̀wọ̀*, bem copioso, e outro, *ìrì dìmọ̀*, que cai quase desapercebidamente, sendo notado pelo acúmulo de gotículas de água.

3. ODÙ IFÁ

Esta narrativa foi extraída do *Odù Ogbèdí Méjì*.

4. KANKAN

Em tradução literal, significa "pela força".

17

ȘÀNGÓ E O PODER DO FOGO

Ṣàngó havia conquistado o poder da cidade de *Ọ̀yọ́*, se tornado o terceiro soberano e governando com muita severidade e domínio total sobre seu povo, que não tentava irritá-lo ou ofendê-lo, pois era ele o possuidor do *ẹdùn àrá*, a pedra do raio.

Seu símbolo de poder é o *oṣé*, o machado de lâmina dupla, que o representa pois "sua força é uma arma de dois gumes". Ou seja, o habitante mais afastado de *Ọ̀yọ́* ainda não estava longe da autoridade de *Ṣàngó* ou imune aos seus castigos pelos delitos cometidos. Por esse motivo, o povo o cognominava de *Ọba Jàkúta*.

Embora consciente de seu poder, *Ṣàngó* buscava incessantemente novos meios de se fazer respeitado e temido por todos. Enviava seus mensageiros até os locais mais distantes de seu reino em busca de poções mágicas e amuletos, com o objetivo de aumentar seu poder. Um a um, iam chegando os elementos pedidos, mas sem que satisfizessem os desejos de *Ṣàngó*. Este decidiu, então, pedir ajuda a *Èṣù*.

Enviou um de seus homens de confiança para as terras de *Ìbàrìbá*, onde *Èṣù* se instalara, próximo à região dos *Tápà*. Lá chegando, o mensageiro declarou: "*Ọba Jàkúta*, o grande *Aláàáfin* de *Ọ̀yọ́*, enviou-me aqui para que lhe seja preparado um poder eficaz que cause terror no coração de seus inimigos." *Èṣù* perguntou: "Sim, isso é possível. Mas que tipo de poder *Ṣàngó* deseja?" O mensageiro respondeu: "*Ọba Jàkúta* disse que muitos tentaram lhe dar o poder que ainda não tem, mas que eles não sabem como fazê-lo. Tais conhecimentos pertencem somente a *Èṣù*. Dê o que precisa e ele saberá o que fazer."

Èṣù concordou: "Sim, do que *Ṣàngó* precisa eu sei bem e eu lhe darei. Em troca, quero receber uma cabra como sacrifício. O poder estará pronto daqui a sete dias; porém, você, mensageiro, não deverá ser o portador. Quem deverá vir aqui apanhá-lo é a esposa dele, *Ọya*."

O mensageiro retornou para *Ọ̀yọ* e repassou a *Ṣàngó* o recado de *Èṣù*, que concordou com o que lhe foi dito. Já no sétimo dia, *Ṣàngó* instruiu *Ọya* para ir até onde estava *Èṣù*: "Cumprimente *Èṣù* por mim. Diga-lhe que o sacrifício será enviado. Receba o poder que ele preparou e traga-o para cá rapidamente." Em seguida, *Ọya* partiu.

Chegando às terras de *Èṣù*, *Ọya* o cumprimentou: "*Ṣàngó*, de *Ọ̀yọ́*, enviou-me para apanhar o que foi preparado para ele. O sacrifício que você pediu em troca já está a caminho." Assim, *Èṣù* entregou a *Ọya* um pequeno pacote embrulhado em uma folha silvestre, *ewé ọ̀gbọ́*, e lhe disse: "Tome cuidado com isto. Garanta que *Ṣàngó* beba tudo."

Pegando o pacote, *Ọya* iniciou a jornada de volta. Mas a curiosidade começou a atiçá-la: "O que *Èṣù* fez para *Ṣàngó*? Que espécie de poder pode estar neste pacote tão pequeno?" No longo trajeto de volta, *Ọya* foi pensando no assunto e, em determinado momento, parou e resolveu descansar. Como *Èṣù* havia presumido que ela faria, *Ọya* desembrulhou o pacote para olhar o que havia dentro. E o que viu possuía uma coloração vermelha. Colocou um pouco do poder na boca para testá-lo. Não era bom nem ruim. Ficou pensativa por um instante e depois embrulhou de novo o pacote, seguindo viagem.

Ao chegar a *Ọ̀yọ́*, foi direto para o palácio de *Ṣàngó*. Assim que o viu, entregou-lhe o pacote. *Ṣàngó* o recebeu e perguntou: "Que instruções *Èṣù* deu a você? Como é que eu tenho de usar este poder?"

Ọya disse: "Ele instruiu para ingerir o poder." Nem bem começou a falar, faíscas saíram de sua boca. *Ṣàngó* entendeu que *Ọya* havia testado o poder que lhe havia sido destinado. Sua ira foi violenta. Levantou a mão para bater-lhe, mas ela escapou do palácio. *Ṣàngó* a perseguiu, mas não a encontrou. *Ọya* foi para um lugar onde muitas ovelhas estavam pastando. Correu entre elas, pensando que *Ṣàngó* não a encontraria. Mas a ira de *Ṣàngó* era terrível. Ele lançou seu grito, cujo estrondo ressoou em todas as direções, a ponto de atingir as ovelhas e matar todas elas. *Ọya* escondeu-se, então, embaixo das ovelhas mortas, conseguindo, assim, iludir *Ṣàngó*, que, cansado, retornou ao palácio, onde uma multidão o aguardava. Todos suplicavam pela vida de *Ọya*: "Sua compaixão é maior do que a ofensa sofrida. Perdoe." A ira de *Ṣàngó* se atenuou. Ele enviou seus homens para encontrar *Ọya* e trazê-la de volta.

Ṣàngó ainda não sabia exatamente como *Èṣù* havia lhe destinado o poder. Assim, quando a noite chegou, *Ṣàngó* pegou o pacote com o poder e foi para um lugar alto contemplar a cidade. Lá, colocou um pouco do poder sobre a língua, e, quando expirou o ar, uma enorme chama saiu de sua boca, estendendo-se por toda a cidade. *Ṣàngó* passou a ter o poder sobre o fogo que brotava de sua boca e de suas narinas, e, com isso, passou a intimidar os adversários.

CONCLUSÃO

Em tempos de guerra ou quando certos assuntos desagradavam *Ṣàngó*, ele lançava seus raios e as pedras do espaço, os meteoritos, sempre acompanhados por um clarão brilhante que iluminava o Céu e a Terra. O povo dizia: "É o fogo disparado da boca de *Ṣàngó*."

As ovelhas que morreram enquanto protegiam *Ọya* da fúria de *Ṣàngó* nunca foram esquecidas. Em sua honra, os filhos de *Ọya* passaram a não comer carne de carneiro, como lembrança daquele dia.

APONTAMENTOS

1. INÁ

É o fogo. Elemento que caracteriza o poder de *Ṣàngó*; é lembrado na cor vermelha de suas contas. Pronuncia-se "inan".

2. ẸDÙN ÀRÁ

Equivalente aos meteoritos incandescentes. *Ẹdùn* (machado) e *àrá* (trovão, raio).

3. ÌBÀRÌBÁ

Região constantemente citada nos relatos, habitada por grandes conhecedores da magia natural e da existência de forças que causam e controlam os fenômenos da natureza. Na crença yorubá, a religião e a magia são tão interligadas que se torna difícil dizer quando uma invade o domínio da outra.

4. EWÉ

Significa folha ou erva, e vem do verbo *wé* (embrulhar). Era hábito fazer oferecimentos utilizando folhas para embrulhar.

5. ÌBÍNU ṢÀNGÓ

A fúria de *Ṣàngó*. Seu temperamento é lembrado em muitos cânticos, como o que se segue:

ọlọ́mo kìlọ̀ fọ́mọ rẹ	Advirta o seu filho
ẹ má pèé Ṣàngó gbómọ lọ	Para que *Ṣàngó* não seja acusado de rapto
Bí ó ṣoro,	Quando ele fica feroz,
A sọ̀gi dènìyàn	Transforma a árvore numa pessoa
Bí ó ṣoro,	Quando ele fica feroz,
A ṣènìyàn dẹranko.	Transforma uma pessoa num animal.

18

ÌYÁ MI ÒṢÒRẸ̀NGÀ E A CRIAÇÃO DO MANTO DE EGÚNGÚN

Após a criação do mundo, o Ser Supremo do mundo nagô, *Olódùmarè*, convocou a presença de *Òṣàlá*, *Ògún* e *Odù Lógboje*, também conhecida como *Ìyá mi Òṣòrọ̀ngà*, e determinou que todos deveriam seguir para a Terra recém-criada. *Ògún*, com a missão de abrir os caminhos, e *Òṣàlá*, com a incumbência de realizar todas as obras necessárias para o desenvolvimento do novo mundo, foram na frente. *Ìyá mi* seguiu logo atrás; porém, no meio do caminho, resolveu retornar e se queixar a *Olódùmarè* por não ter tido nenhuma atribuição definida: "Os dois primeiros receberam o poder da guerra e da criação, e eu nada recebi."

Ouvindo com atenção, *Olódùmarè* lhe disse: "Você é a única mulher do grupo, o que a torna a Mãe Universal; por isso, será chamada de *Ìyá Wọ́n*, a Mãe de Todos para a Eternidade. Você dará continuidade ao mundo. Os homens nada poderão fazer na sua ausência." Em seguida lhe fez a entrega de uma cabaça com o poder dos pássaros, tornando-a *Ẹlẹ́iyẹ*, a Proprietária dos Pássaros, e lhe perguntou: "Como você vai utilizar seus pássaros e as forças que eles lhe darão?" *Ìyá mi* respondeu que daria proteção a quem lhe viesse pedir orientações e filhos às mães que lhe viessem fazer oferendas. Mas, se essas pessoas se mostrassem impertinentes e mal-agradecidas, ela tomaria tudo de volta e ainda as perseguiria. *Olódùmarè* lhe dizia, definindo tudo: "Está bem, mas utilize com calma o seu poder, pois será muito grande. Se usar de violência, eu o retirarei", e repetiu: "Você será *Ìyá Wọ́n*, a mãe de todos os homens. Será a você que eles sempre deverão procurar. Sem a sua presença nada poderá ser realizado."

Pela declaração de *Olódùmarè*, *Ìyá mi* passou a ter acesso a todos os lugares mais secretos do culto aos *Òrìṣà*, *Egúngún* e *Orò*. Não havia nenhum lugar em que *Ìyá mi* não entrasse. Era tal o seu poder que até se negava a realizar oferendas com a finalidade de se manter forte e poderosa.

Òṣàlá, que a tudo assistia, ficou contrariado. Foi consultar *Ọ̀rúnmìlà* para saber qual o presságio, pois as coisas não estavam ocorrendo como deviam. A mensagem enviada por *Olódùmarè* dizia o seguinte: "*Ìyá mi* está exagerando e recusa-se a fazer oferendas, esquecendo-se do meu conselho de agir com calma e prudência. A você, *Òṣàlá*, eu entreguei o mundo, e ninguém poderá tirá-lo de suas mãos." *Òṣàlá* informou que *Ìyá mi* ia a lugares em que ele nem ousava entrar, como a Floresta de *Egúngún* e a de *Orò*, observando tudo que ali era feito. *Olódùmarè* o acalmou: "O mundo continuará sendo seu, mas você deverá ter muita paciência porque *Ìyá mi* irá se exceder e, então, ela se tornará sua criada." Em seguida, determinou a *Òṣàlá* que fizesse oferendas de *ìgbín*, o caramujo, e de búzios, sendo-lhe entregue uma vara de madeira denominada *Ìyá mi* ou *an*.

O tempo passou e, certo dia, ela se encontrou com *Òṣàlá* e o convidou a morar no mesmo lugar em que ela vivia. *Òṣàlá* aceitou e, lá chegando, começou a preparar *ìgbín* para comer; ele ofereceu a *Ìyá mi*, que aceitou e afirmou nunca ter comido nada tão delicioso. Em seguida, ele ofereceu, dentro de uma cabaça, a água do cozimento do *ìgbín*. *Ìyá mi* bebeu e passou a se sentir mais calma e de muito bom humor. E falou: "Todas as coisas que eu faço não devo lhe ocultar, já que estamos morando no mesmo lugar." *Òṣàlá* concordou, e *Ìyá mi* lhe mostrou o segredo do manto de *Egúngún*. Foram até a floresta, onde *Ìyá mi* vestiu o manto; porém, ela não sabia como se imitava o som da voz dos *Egúngún*, somente sabia se cobrir com o manto e cantar os *oriki*. Diante disso, os dois voltaram para casa.

Mais tarde, *Òṣàlá* voltou à floresta dos *Egúngún*, indo até o lugar onde estava o manto. Ele o vestiu, mas não sem antes fazer algumas modificações. Acrescentou uma tela na altura do rosto, pois, antes, quando as mulheres usavam o manto, não havia esta abertura. Vestido com o manto de *Egúngún*, *Òṣàlá* pegou o *ìṣan*, a vara que *Ọ̀rúnmìlà* lhe dera durante o *ẹbọ* feito. Saiu da floresta arrastando a vara no chão e, reproduzindo a verdadeira voz de *Egúngún*, foi até onde estavam todas as pessoas que, assustadas, o reverenciaram como um verdadeiro *Egúngún*.

Estando por perto, *Ìyá mi* viu aquele *Egúngún* com o *ìṣan*, ficou assustada e passou a observar o *Egúngún* circular por toda a cidade, seguindo-o de longe. Verificou que o manto era o seu, mas não sabia quem estava dentro. Mas desconfiou de *Ọ̀ṣàlá*, porque não o tinha visto em casa. E disse: "Será que é *Ọ̀ṣàlá*?" Então, enviou seu pássaro, *Èhurù*, para descobrir quem estava por baixo do manto. Assim, o pássaro foi pousar no ombro do *Egúngún* e lá permaneceu.

Depois de fazer o que pretendia, *Ọ̀ṣàlá*, sob o manto de *Egúngún*, voltou à floresta e se despiu, depositando a vara no chão. Recolocou sua roupa branca e voltou para casa. *Èhurù*, o pássaro que a tudo assistia, retornou para a sua proprietária, revelando a ela tudo o que vira.

Quando *Ọ̀ṣàlá* entrou em casa, foi cumprimentado por *Ìyá mi*, que perguntou de onde ele estava vindo. "De fora", disse ele, jogando no chão todas as coisas que havia recebido de presente, dadas pelo povo ao *Egúngún*. *Ìyá mi* ironizou: "Muito bem, então era o meu manto que você estava vestindo. De fato, ele fica melhor em você do que em mim. *Olódùmarè* deu primeiramente a inteligência e o poder de *Ẹlẹ́iyẹ* à mulher, porém, com astúcia, o homem tomou o poder das mãos dela."

A partir dessa data, *Ìyá mi* concedeu o poder dos *Egúngún* aos homens. Por causa de *Ọ̀ṣàlá*, nenhuma mulher nunca mais ousou ficar sob o manto. Mas a amizade de *Egúngún* e *Ẹlẹ́iyẹ* se perpetuou, pois onde estava um, estava o outro. Nenhuma mulher poderá voltar a vestir o manto de *Egúngún*, mas poderá dançar e ir ao encontro dele. Só não poderá entrar no local de culto.

Quanto à mulher, ninguém, nem crianças pequenas nem velhos, poderão lhe faltar com o respeito. Todas as pessoas nascerão da mulher, e, se não forem ajudadas por ela, nada conseguirão. A mulher terá mais poder na Terra, pois colocou todos os seres humanos no mundo.

CONCLUSÃO

É por isso que *Ọ̀ṣàlá* canta no *Odù Ọ̀sá Méjì*, saudando todas as mulheres:

ẹ̀kúnlẹ̀ o, ekúnlẹ̀ f'óbìnrin o	Ajoelhem-se, ajoelhem-se para a mulher
ẹ obìnrin l'ó bi wa, k'awa to d'enia	Ela colocou vocês no mundo, somos seres humanos
ọgbọ́n àiyé t'obìnrin ni, ẹ̀kúnlẹ̀ f'óbìnrin o	A mulher é a inteligência da Terra, ajoelhem-se
ẹ obìnrin l'ó bi wa o, k'awa to d'enia.	Ela colocou vocês no mundo, somos seres humanos.

APONTAMENTOS

1. ÌYÁ MI ÒṢÒRỌ̀NGÀ

Significa "Minha Mãe *Òṣòrọ̀ngà*". É uma forma carinhosa de tratamento; tem um poder muito perigoso e substitui a palavra *Àjẹ́*, "feiticeira". Nos candomblés, é reverenciada no *ìpàdé* de *Èṣù*, conforme o cântico:

Apáki yẹyẹ 'ṣòrọ̀ngà	Dona de asas magníficas *Òṣòròngà*
Apáki yẹyẹ 'ṣòrọ̀ngà	Dona de asas magníficas *Òṣòròngà*
Ìyá mó ki ọ má mà pani	Mãe, eu a cumprimento, não me aflija
Ìyá mó ki ọ, má mà soro	Mãe, eu a cumprimento, não seja cruel
Ba a bá dé wá jú wa ni	Se você chegar junto a nós
Bò mi o.	Proteja-nos [cubra-nos].

2. EGÚNGÚN

Denominação de espíritos que se materializam sob trajes vistosos e coloridos. Daí a palavra ser traduzida como "mascarados", ao contrário da palavra *Éégun*, também utilizada para definir esses espíritos, mas que significa "esqueleto ou osso".

A Sociedade *Egúngún* é restrita aos homens, embora as mulheres tenham cargos no culto. Tanto o local onde são guardados os trajes rituais como o bosque para a realização de oferendas são denominados *Ìgbàlẹ̀*. Segundo um mito, foi a divindade *Amaiyegún* que ensinou o povo a fazer o uso dos trajes que cobrem todo o corpo, sendo proibido tocá-los quando ocorrem as manifestações dessas entidades. Daí a presença de *ọ̀jẹ̀*, os sacerdotes encarregados dessa vigilância.

3. ODÙ LÓGBOJE

Denominação inicial de *Ọ̀ṣọ̀rọ̀ngà*, também chamada de *Ìyá nlá*, a Grande Mãe. Representa o princípio da Mãe Universal e é frequentemente confundida com *Odùa*, forma reduzida de *Odùdúwà*, devido à semelhança entre os nomes. Integra o conjunto de *Òrìṣà* primordiais que conviveram diretamente com *Olódùmarè*. Identifica-se com a fertilidade feminina por seu poder de controlar o sangue das regras das mulheres. *Ọ̀ṣun* é a herdeira do seu poder.

4. ẸLẸ̀IYẸ

A dona do poder dos pássaros. É a forma que as feiticeiras tomam em suas atividades malignas e quando recebem o nome de diversos pássaros: *Àgbìgbò*, *Atioro*, *Ẹ̀lùlú* e *Ẹ̀hurù*. Esses pássaros são acomodados dentro de uma cabaça. Quando há a necessidade de que seja cumprida uma missão, a cabaça é aberta, conforme trecho de um relato do *Odù Ìrẹ̀tẹ̀ Méjì*:

Nígbatí nwọn ba fé rán ẹlẹ́iyẹ yẹn n'iṣé	Quando elas querem enviar um pássaro em missão,
Nwọn o ṣi igbá yen s'ókè	abrem a cabaça
Ẹlẹ́iyẹ yen yio fò jade ninú igbá yẹn	O pássaro voa para fora da cabaça
Yio lọ ṣé'ṣé ti nwọn bá rán an.	E vai cumprir a missão para onde for enviado.

5. ORÒ

Pertence a um conjunto de Sociedades Religiosas, como *Egúngún* e *Agẹmọ*, onde as mulheres não desfrutam de direitos iguais aos dos homens; tais sociedades representam a dominação do homem na cultura yorubá. Entretanto, na Sociedade *Gẹ̀lẹ́dẹ́* o controle é exclusivo das mulheres, embora sejam os homens que usem as máscaras rituais.

6. ÌGBÍN

Um tipo de caramujo comestível de alta importância no culto a *Ọ̀ṣàlá*. Sua simbologia está relacionada à docilidade, tranquilidade e paz. Ele é oferecido nos momentos em que a paz se faz necessária. O líquido extraído de seu interior é denominado *omi ẹ̀rọ̀*, aquilo que amolece e acalma.

7. ÌṢAN

Vara feita de um galho da árvore denominada *Àtòri* (*Glyphaea lateriflora*) ou de nervuras da folha do *igi ọ̀pẹ* (*Elaeis guineensis*), entre nós conhecida como dendezeiro. Tem 1,60 m de altura e, quando não está sendo utilizada, deve permanecer de pé. São os *ọ̀jẹ̀* que se utilizam do *ìṣan* para invocar e conduzir os espíritos *Egúngún*, além de impedir que as pessoas toquem em seus tecidos.

8. AṢỌ EGÚNGÚN

De maneira geral, é o manto que cobre os mais diferentes tipos de *Egúngún*. São extremamente coloridos, e algumas peças que o compõem possuem denominações diversas: *Abala* – longas tiras coloridas –; *Bàntẹ́* – espécie de avental –; *Kàfó* – rede colocada à altura do rosto, que permite a visão, mas esconde a identidade. São portadores de instrumentos e símbolos identificados com os *Òrìṣà* a que estão relacionados.

9. ṢẸ̀ẸGÌ

Palavra que define a maneira de um *Egúngún* se expressar. Uma voz rouca e profunda, não comum aos seres humanos, e parecida com o som produzido por um tipo de macaco africano denominado *Ìjímerè*.

10. ỌTỌ̀ NI ÉGÚN, ỌTỌ̀ NI ÒRÌṢÀ

É uma expressão que significa "*Égún*, diferente de *Òrìṣà*", e que reflete bem a distinção entre ambos nos ritos.

Egúngún ni a nṣe	É *Egúngún* que nós fazemos
Àwa ò ṣe òóṣà	Não fazemos *Òrìṣà*
Kí aláṣọ funfun	Que o dono das roupas brancas
Kúrò ni agbo wa.	Afaste-se de nosso círculo.

11. ÉEGUN E ÒRÌṢÀ

Os *Éegun* estão ligados a determinados *Òrìṣà* e, quando se apresentam, usam símbolos e cores que os identificam:

Olúkòtún – *Òṣàlà*
Agbóulá – *Ṣàngó*
Àjímúdà – *Yánsàn*
Omitodò – *Yemọja*
Atilẹ̀wa – *Ògún*
Bàbá Aro – *Ọ̀ṣọ́ọ̀ṣì*
Bàbá Ayọ́ – *Ọ̀ṣun*
Ọbalọ́jó – *Ọmọlu*
Araigbó – *Ọ̀sányìn*

19

ERINLẸ̀, O CAÇADOR

Na cidade de *Ìjẹ̀bu* vivia um guerreiro chamado *Erinlẹ̀*, insuperável nas caçadas que empreendia em prol do sustento de toda a comunidade. Jamais voltava de mãos vazias e, por isso, era muito admirado e reconhecido pela sua lealdade ao rei da região. Contudo, o sucesso de sua popularidade incomodava algumas pessoas invejosas, que desejavam estar em seu lugar. Assim, uma pequena conspiração começou a ser tramada contra ele, para indispô-lo com o rei.

Em certa ocasião, o grupo se reuniu de madrugada para executar o plano que tinha em mente. Caminhando juntos, seguiram para o local onde o rei deixava suas cabras, suas ovelhas e demais animais. Então roubaram alguns e os levaram para longe. Na noite seguinte tornaram a fazer o mesmo. Novos animais foram roubados pelo grupo que conspirava contra *Erinlẹ̀*. E assim, noite após noite, foram executando seu plano. O *Ọbà*, o rei, começou a notar a falta de seus animais e passou a investigar, pedindo que, se alguém tivesse alguma informação a respeito, que fosse procurá-lo para esclarecer a série de roubos que vinha ocorrendo.

Diante disso, os homens que estavam conspirando contra *Erinlẹ̀* foram até o *Ọbà* e declararam que o autor dos roubos era *Erinlẹ̀*. E disseram mais:

que *Erinlẹ̀* não era o grande caçador que o *Ọbà* julgava. Ele roubava seus animais e depois ia à floresta e os matava, tirando a pele e oferecendo a carne para o povo. Era ele o grande culpado pelos roubos. O *Ọbà* tentou argumentar, por conhecer *Erinlẹ̀*, que só matava animas selvagens das florestas, mas eles ponderaram: "Ele rouba cabras e carneiros, tira sua pele e depois chega dizendo que é carne de antílope, escondendo a pele." E concluíram: "E *Erinlẹ̀* é o grande causador da redução dos seus rebanhos de ovelhas, carneiros e cabras." Ouvindo aquilo, o *Ọbà* mandou chamar *Erinlẹ̀*.

Tendo *Erinlẹ̀* se apresentado diante do *Ọbà* e de seus acusadores, ele ouviu tudo que lhe disseram a respeito da caça aos animais domésticos considerando-os selvagens. O *Ọbà* lhe perguntou: "O que tem a dizer em sua defesa?" E *Erinlẹ̀* respondeu: "Eu não aceito essas acusações, pois ninguém veio até mim dizer que as carnes que eu lhes dava tinham gosto de carne de cabra ou de ovelha. Quantas vezes reparti meus alimentos com todos? Nunca ninguém reclamou de que recebia nem disse que era carne do pasto do *Ọbà*." E finalizou dizendo: "Será que aqui não tem ninguém para me defender; logo eu, que tenho sido leal a todos?"

As pessoas que estavam presentes deram um passo à frente para testemunhar por *Erinlẹ̀*. Disseram que já tinham visto *Erinlẹ̀* chegar das matas inúmeras vezes com animais mortos pela sua lança. Eram antílopes e muita caça selvagem. E concluíram: "*Erinlẹ̀* é verdadeiramente um caçador de caça selvagem."

O *ọba* ouviu aquilo, analisou tudo e disse a *Erinlẹ̀*: "Você, de fato, tem a condição de caçador. Enquanto alguns dizem que você caça apenas animais selvagens, outros dizem que você rouba cabras e ovelhas. A balança está equilibrada. Assim, como posso dizer que você é inocente?" *Erinlẹ̀* respondeu: "Bem, depois de tudo isso, só vejo uma maneira de alguém falar por mim." Em seguida, foi até a sua casa e pegou todas as peles dos animais selvagens que havia caçado em suas diversas empreitadas, pediu a ajuda de seus amigos para carregá-las e voltaram ao palácio.

Na frente de todos, colocou as peles no chão. Lá estavam peles de macacos, leopardos, antílopes e muitas outras. O *Ọbà*, vendo aquilo, disse: "*Erinlẹ̀*, essas peles falam por você. Volte para casa tranquilo. O assunto está encerrado e não mais falaremos nisto."

Erinlẹ̀ foi para casa, mas não estava satisfeito. Pensou: *A desconfiança vai persistir.* Em face disso, nunca mais caçou em terras distantes, nunca mais sentou com seus amigos para comer, mantendo-se afastado de tudo. Realmente, a decisão do *Ọbà* não lhe agradou, pois, se tornassem a desaparecer novos animais dele, todos voltariam a desconfiar de sua pessoa e a dúvida persistiria: *Erinlẹ̀* realmente caça antílopes ou ele caça ovelhas? Com esse pensamento, deixou sua casa e se dirigiu para o rio próximo à sua cidade, onde costumava permanecer em meditação. Em seguida, entrou na água e as forças do rio receberam-no, tornando-o o *Òrìṣà* do rio. O povo de *Ìjẹ̀bu*, ao tomar conhecimento do acontecido, foi para o rio pedir a volta de *Erinlẹ̀*. Mas tudo já estava consumado. Só restou ao povo dar o nome de *Erinlẹ̀* ao rio. Em retribuição aos benefícios recebidos, o povo passou a fazer obrigações e oferendas em sua homenagem, exatamente no ponto em que o rio se tornava mais profundo. Assim, outro nome surgiu para consagrar a divindade: *Erinlẹ̀ Ibúalámọ(n)*.

CONCLUSÃO

Os *Òrìṣà* surgem nos mitos como personagens de histórias que são nossos próprios modelos de vida. O grande valor do mito é a mensagem que ele transmite e que deve ser bem entendida. A desconfiança, como, por exemplo, no caso de *Erinlẹ̀*, que passou a usar roupas de couro como símbolo de sua verdade, comprovando, assim, sua condição de caçador das florestas. Os animais selvagens são a representação da busca por conquistas. As vitórias são objetos de luta e dedicação, ao contrário dos animais domésticos, que representam, neste caso, a vida fácil e ociosa, sem qualquer alternativa. O trabalho, a realização, os empreendimentos feitos com labor e desejo firme expressam o valor de cada um como justificativa de vida.

APONTAMENTOS

1. ERINLẸ̀

Erin significa "elefante". Literalmente, o nome quer dizer "caçador de elefantes". É relacionado na categoria de divindades caçadoras. A importância do caçador na cultura yorubá ultrapassa a sua função específica e busca outros fatores, como a indicação do local de existência da caça produtiva; conhecer os segredos da utilização medicinal das plantas; e decidir sobre a região onde se instalar na comunidade. *Erinlẹ̀* também é conhecido por *Inlẹ̀* e *Ibúalámọ(n).* O rio *Erinlẹ̀* corre em terras de *Ìjẹ̀ṣà*, região onde se desenvolveu o culto a *Ọ̀ṣun.*

2. ÌJẸ̀BU

Cidade localizada próximo a *Òṣogbo* e ao rio *Ọ̀ṣun*. Em outros mitos, a cidade de *Erinlẹ̀* é *Ìlóòbú.*

3. ÀGBỌ̀NRIN

Espécie de antílope conhecido entre nós como veado.

4. IBÚALÁMỌ̀

Este *Òrìṣà*, quando manifestado, usa paramentos feitos de corrente de metal e braceletes em cadeia, nos braços e pescoço. Suas roupas são de couro, usando em suas mãos um *ọ̀fà* (arco e flecha) e um *bílalà* (pequeno chicote de couro trançado), com o qual ele mesmo se agride, mostrando o couro de suas roupas, símbolo de sua verdade. *Ibú* é o local mais profundo de um rio.

20

A ORELHA DE ỌBÀ NO ÀMÀLÀ DE ṢÀNGÓ

Na época em que *Ṣàngó* reinava na cidade de *Ọ̀yọ́*, ele vivia com várias esposas, entre elas, *Ọya*, *Ọ̀ṣun* e *Ọbà*. Todas tinham a afeição de *Ṣàngó* e tudo faziam para lhe agradar. No entanto, *Ọ̀ṣun* tinha o conhecimento da cozinha, e a comida que preparava agradava completamente *Ṣàngó*. *Ọbà* admirava o conhecimento de *Ọ̀ṣun* nos segredos da cozinha, além de invejar sua beleza. Embora não falasse abertamente sobre isso, existia rivalidade e ciúme entre as esposas.

Anualmente, era costume haver um festival em *Ọ̀yọ́* comemorando a época em que *Ṣàngó* havia assumido o governo da cidade. Nesse dia todos trabalhavam sem parar, havia música e dança por toda parte. Exibições de atletas e guerreiros, procissões diversas para homenagear *Ṣàngó*, com tambores e cânticos, e poetas declamando as grandes obras do rei. Eram convidados os chefes regionais e soberanos de outras regiões para participar das festividades. Nesse dia, era costume *Ṣàngó* servir um banquete a todos os seus convidados e oferecer presentes às pessoas.

O tempo desse festival estava em vias de acontecer; por isso, *Ṣàngó* pediu às esposas que cumprissem suas tarefas, advertindo-as para que deixassem de lado as rusgas, pois não queria nenhuma reclamação de seus convidados.

No dia que antecedia a comemoração, *Ọbà*, lembrando-se da advertência de *Ṣàngó*, abandonou seu orgulho e foi se aconselhar com *Ọ̀ṣun*, que estava encarregada do preparo das comidas. E disse: "Tudo que você faz é sempre do agrado de *Ṣàngó*, e, apesar de qualquer coisa que eu faça, não consigo agradá-lo. Mas hoje eu quero fazer tudo diferente. Quero que *Ṣàngó* se sinta feliz e que ninguém o critique. Assim, eu gostaria que você me ensinasse o segredo de se fazer a comida da maneira que *Ṣàngó* mais gosta."

Ọ̀ṣun pensou: *É verdade, devemos fazer tudo para agradar Ṣàngó e seus convidados. Mas por que eu deveria aumentar o afeto de Ṣàngó por esta*

mulher? Por uns instantes, ficou pensativa, mas enfim disse: "Você nunca reparou que eu uso meu penteado baixo para cobrir minhas orelhas? Esta é a resposta para a sua pergunta e o segredo do meu sucesso."

Ọbà ficou sem nada entender e se perguntou o que poderia aquilo influenciar na culinária dela? Mas *Ọ̀ṣun* continuou: "Muito tempo atrás eu cortei minhas orelhas para usá-las como um tempero especial na minha comida. Tudo que preparo para *Ṣàngó* comer eu adiciono parte desse tempero. Esse é o meu segredo, que agora você sabe, mas nunca fale para ninguém."

Ọbà respondeu que nada diria e voltou para seus aposentos, onde começou a preparar um *àmàlà* com quiabos, a comida predileta de *Ṣàngó*. Ela cortou uma orelha e colocou-a no *àmàlà*. Depois cobriu o ferimento com seu penteado, padecendo as dores em silêncio. E pensou: *Agora Ṣàngó não poderá dizer que encontrou defeito em mim, e os convidados não dirão que a esposa de* Ṣàngó *não entende nada de comida.*

Até que chegou o dia do grande festival. Importantes personalidades já estavam reunidas no palácio de *Ṣàngó*. Os convidados encontravam-se acomodados sobre peles de leopardos e leões, numa grande confraternização. Em dado momento, *Ṣàngó* pediu a *Ọ̀ṣun* que trouxesse a comida, que foi servida a todos numa grande gamela. Os convidados comentaram entre si que só na casa de *Ṣàngó* é que se comia uma comida tão deliciosa.

Em seguida, *Ṣàngó* pediu que *Ọbà* trouxesse a comida que ela havia preparado. E ela trouxe o *àmàlà*, o qual serviu a cada pessoa. Todos comeram e não gostaram. Os convidados voltaram-se, um para o outro, dizendo: "É esta a espécie de comida que se faz na casa do grande rei?"

De repente, um dos convidados descobriu dois pedaços de orelha flutuando na gamela. A princípio, pensou que fossem alguns cogumelos. Espantado, deixou sua comida cair no chão e foi embora. Todos viram os pedaços da orelha e deixaram seus pratos de lado, retirando-se revoltados.

Ṣàngó ficou tomado de ódio pelo que estava assistindo. A vergonha e a cólera se apoderaram dele. Mandou chamar *Ọbà* e *Ọ̀ṣun*, pois queria saber como a orelha tinha ido parar na comida. As duas se olharam silenciosamente. *Ọbà* não quis revelar o motivo, mas *Ọ̀ṣun* tomou a frente e foi logo dizendo: "A orelha é de *Ọbà*. Ela a colocou no *àmàlà* pensando em torná-lo mais saboroso." *Ọbà* permaneceu calada e *Ọ̀ṣun* continuou: "Tire o pano que cobre a cabeça dela e veja por si mesmo."

Ṣàngó se levantou, e foi tirar o pano que cobria a cabeça de *Ọbà* e viu ferimentos em lugar de uma das orelhas. *Ọbà* disse: "Eu só queria agradá--lo. Eu aprendi o segredo com *Ọ̀ṣun*, que também arrancou as orelhas dela para usar como ingrediente na comida. *Ṣàngó*, então, descobriu a cabeça de *Ọ̀ṣun* e viu que as orelhas permaneciam lá, perfeitas.

Percebendo que tinha sido enganada por *Ọ̀ṣun* e envergonhada aos olhos de *Ṣàngó*, *Ọbà* nada mais disse e saiu correndo. Foi procurar *Yánsàn*, também conhecida por *Ọya*. Relatou-lhe tudo que havia acontecido. *Yánsàn* ficou com pena dela e resolveu vingá-la na primeira oportunidade.

Nesse meio-tempo, *Ọbà* deixou o palácio de *Ṣàngó* e saiu da cidade de *Ọ̀yọ́* até chegar num grande rio, onde entrou na água e desapareceu, transformando-se num *Òrìṣà*. O rio passou a ter o seu nome: *Ọbà*.

Quanto a *Yánsàn*, ciente de que nos dias seguintes haveria uma grande festa no palácio de *Ṣàngó*, tomou providências para que, quando *Ọ̀ṣun* chegasse como convidada, ela pegasse um determinado caminho para chegar até o palácio. No dia da festa, mandou colocar sobre esse caminho que daria acesso ao palácio brasas incandescentes, cobrindo tudo com areia depois.

Quando *Ọ̀ṣun* chegou, foi conduzida ao caminho preparado e sentiu o calor que lhe queimava a sola dos pés, mas não se perturbou e seguiu assim mesmo até o palácio. Sabia que aquilo era obra de *Yánsàn* e não quis demonstrar, suportando a dor. Manteve-se sentada o tempo todo durante a festa. Foi convidada para dançar; em princípio, relutou, porém não quis revelar o que estava sentindo e teve que dançar com os pés ligeiramente levantados em face da dor.

Ao final da festa, procurou *Yánsàn*, mas esta correu para a floresta. *Ọ̀ṣun* foi atrás. Mais à frente, *Ọ̀ṣun* encontrou *Ògún*, que a impediu de seguir, dissuadindo-a de seu objetivo. Deu-lhe a arma de luta, um alfanje, para que dali em diante ela se protegesse contra qualquer tipo de ataque. A partir daí, passou a se intitular *Ọ̀ṣun ọ̀pàrà*.

CONCLUSÃO

A interpretação deste mito está relacionada ao poder de reprodução da mulher. Nos mitos dahomeanos, conta-se que, quando *Mawu* criou as mulheres, ele pensou onde poderia colocar os órgãos sexuais, e escolheu o lugar das orelhas.

Tanto para o homem como para a mulher, a orelha é o sexo duplo. O pavilhão, o membro viril que defende o conduto auditivo, imagem do sexo feminino. Outros fatos que podemos destacar referem-se aos rituais das mães diante das crianças que nascem mortas, ou que veem morrer seus filhos pouco após o nascimento. Elas cortam o lóbulo da orelha com a parte de uma concha e jogam tudo fora. Admite-se que, depois disso, não apenas o próximo filho viverá, como virá um par de gêmeos ao mundo. (Ver *Ọ̀run-Àiyé: o encontro de dois mundos.*)

A perda da orelha de *Ọbà* foi a forma de revelar que ela não poderia se reproduzir, o que a impediu de se unir a um homem com essa finalidade. Na cultura yorubá, a mulher estéril é vista como um desperdício de vida, ao contrário da mulher fértil, portadora de um valor reverenciado, representado pela continuidade da família (Mito 24).

Um casamento sem filhos é algo malsucedido, ainda que a idade avançada torne o casal mais unido. Na verdade, o sistema de valores yorubá tem por base três coisas: *owó*, *ọmọ* e *àìkú*, respectivamente, dinheiro, filhos e vida longa. A vida longa é importante porque proporciona a oportunidade de tornar possíveis as duas outras.

APONTAMENTOS

1. ỌBÀ

Divindade guerreira que se manifesta com paramentos de luta: escudo, alfanje ou arco e flecha, denominado *ọ̀fà*. Pelo fato, é sincretizada com Joana d'Arc, santa guerreira dos franceses. No mito em questão, a perda de sua capacidade de ter filhos a fez ser desprezada, pois, na sociedade yorubá, a fertilidade e a continuidade, representadas pelos filhos, constituem todo o objetivo de vida. *Ọbà* é um *Òrìṣà*; não confundir com a palavra *Ọbà*, referente a rei, que é escrita sem o acento tonal grave.

2. Ọ̀ṢUN

Ọ̀pàrà é uma das qualidades guerreiras deste *Òrìṣà*, que usa as cores rosa e azul em suas vestimentas e aceita bode castrado em suas obrigações. Seu ritual específico é denominado de *Ìpẹ̀tẹ̀*.

Um outro relato sobre *Ọ̀ṣun*, que revela a sua maneira particular de conseguir o que deseja, reporta-se ao período em que *Ṣàngó* reinava em *Ọ̀yọ̀*. Certa vez, *Ọbalúwáiyé* foi fazer uma visita ao palácio de *Ṣàngó*. Chegando à porta, foi interpelado pelos guardas. Disse que vinha falar com o rei. Os guardas viram sua roupa e foram dizer a *Ṣàngó* que um homem malvestido queria falar com ele. *Ṣàngó* respondeu que não iria recebê-lo, nem procurando saber de quem se tratava. *Ọbalúwáiyé* saiu revoltado e fez cair uma violenta epidemia no reino de *Ṣàngó*, matando centenas de pessoas por dia. *Òṣàlá*, *Nánà* e outras divindades intercederam, mas nada adiantou. *Ṣàngó* não teve alternativa. Procurou *Ọ̀ṣun*, que atendeu seu pedido, dizendo que *Ọbalúwáiyé* faria o que ela quisesse. No dia seguinte, usando seus trajes mais elegantes e suas joias, foi até a porta do palácio de *Ọbalúwáiyé* e fez tilintar seus braceletes, cantando, com voz suave, uma canção que o fez ficar loucamente encantado por ela. Diante de sua inteligência e qualidades finas, sua maneira de ser, alegre e sedutora, *Ọbalúwáiyé* concordou em terminar com a epidemia. (Ver a Nota 7 do Mito 31.)

3. YÁNSÀN

As pessoas iniciadas para este *Òrìṣà* são denominadas *Ọlọ́ya* e têm as características das pessoas solidárias e sempre prontas a ajudar os menos favorecidos. São dotadas de liderança e poder de decisão.

4. ÀMÀLÀ

Comida votiva a *Ṣàngó*, feita de pirão, quiabo, camarão seco e dendê. Nos candomblés ele é oferecido ao *Òrìṣà* todas as quartas-feiras, em ritual solene e de grande significado, por ser *Ṣàngó* o patrono do candomblé no Brasil.

5. OS RIOS ỌBÀ E ỌṢUN

As águas dos dois rios, quando se encontram, são tumultuadas e bastante agitadas em sua confluência, como que em lembrança à disputa entre ambas por *Ṣàngó*.

21

A RIQUEZA DE ỌBÀRÀ

Conta-se que, no início de tudo, *Ọlọ́run*, o Ser Supremo, criou dezesseis *Odù* para reger os destinos de tudo o que existe na Terra. Para cada um deles deu um nome e funções diversas. E designou o *Olúwo* ou o *Bàbáláwo* para cuidar de todos eles, orientando-os e fortalecendo-os através de oferendas e invocações. Por esse motivo, certa vez, os dezesseis *Odù* foram à casa do *Olúwo* para saber como melhorar a sorte e o poder de cada um. De todos eles, somente *Odú Ọ̀bàrà* não compareceu. Sabedor, mais tarde, do ocorrido na reunião, *Ọ̀bàrà* tratou de fazer o seu *ẹbọ*, diferentemente de seus companheiros, que nada fizeram acerca do que o *Olúwo* havia determinado. *Ọ̀bàrà* não tinha uma boa situação, mas assim mesmo fez o *ẹbọ* por conta própria, e tudo transcorreu muito bem.

Era costume os *Odù* comparecerem à presença de *Olófin*, a cada cinco dias, para uma consulta ao jogo, porém nunca convidavam *Ọ̀bàrà*, por ser este muito pobre e olhado com desdém pelos demais. Num desses encontros, o jogo mostrou-se obscuro, nada revelando o que *Olófin* desejava, e, então, todos resolveram se retirar. Na saída, *Olófin*, com desprezo, deu a cada um uma abóbora. Todos estranharam; porém, para não mostrar indelicadeza, aceitaram-nas e foram para as suas casas.

No caminho, um deles se lembrou de passar na casa de *Ọ̀bàrà* para cumprimentá-lo. Outros disseram que aquilo de nada adiantaria, pois ele era muito simples e não havia razão para tanta honraria.

Um deles, mais liberal, tomou a iniciativa e foi procurá-lo. Ao chegar, disse: "*Ọ̀bàrà*, como vai? Será que você tem comida para os meus companheiros de viagem?"

Ọ̀bàrà sempre costumava receber todos muito bem. Não importava a situação em que ele próprio se encontrava. Imediatamente, *Ọ̀bàrà* respondeu que poderiam entrar e comer o que desejassem. E todos entraram, pois estavam com muita fome e porque nada tinham comido na casa de *Olófin*.

Ọ̀bàrà convidou-os a se sentarem na esteira e deu-lhes comida, bebida e várias especiarias. Sua mulher chegou a ir até o mercado para comprar carne e reforçar o almoço. Assim que este ficou pronto, todos comeram à vontade e depois foram se deitar. Ao acordarem, já descansados, despediram-se de *Ọ̀bàrà* e disseram: "Estamos agradecidos pela sua gentileza e delicadeza. Tome estas abóboras para você." E entregaram as abóboras que haviam recebido de *Olófin*.

Mais tarde, *Ọ̀bàrà* foi procurar comida para comer, mas nada encontrou. Sua mulher censurou-o pela sua franqueza e liberalidade para com uma gente que nunca se importava com ele. *Ọ̀bàrà* lhe respondeu: "Eu não faço as coisas por ser tão delicado. Estou apenas cumprindo ordens, pois fui avisado de que, por meio de obséquios e ajuda, minha prosperidade chegaria."

Como estava com fome, ele foi até o quintal apanhar uma abóbora que seus companheiros haviam deixado. Ao tentar cortá-la, achou-a muito dura. Com dificuldade conseguiu abri-la e, então, se deparou com pedras preciosas. No auge da alegria, foi abrir outra, e em todas elas havia pedras preciosas. Apressou-se em mostrar o achado a uma pessoa que entendia bem sobre pedras preciosas, e esta lhe assegurou que eram realmente de valor incalculável. Quando *Ọ̀bàrà* viu que estava rico, comprou um palácio, muitos cavalos e tudo o que sempre havia desejado.

O tempo passou e, como de costume, os *Odù* foram à presença de *Olófin*. Quando estavam à porta de sua casa, ouviram cânticos e toques de tambores vindos da rua. Era uma multidão liderada por *Ọ̀bàrà*, montado num cavalo, e todos numa alegria geral. O alvoroço foi tão grande que chamou a atenção de *Olófin*, que veio ver o que se passava. Ao saber que era *Ọ̀bàrà* que vinha à frente daquela multidão, *Olófin* ligou os fatos e perguntou aos *Odù* o que tinham feito com as abóboras que lhes tinham sido ofertadas. Responderam todos que haviam jogado no quintal de *Ọ̀bàrà*. Então, *Olófin* declarou: "A sorte estava destinada a *Ọ̀bàrà*, que se tornou o mais rico dos *Odù*. As riquezas estavam dentro das abóboras e eram para cada um de vocês, mas vocês as entregaram a *Ọ̀bàrà*."

Ajé, wọlé mi	Riqueza, entre em minha casa
ọlà, jókòó tì mí o.	Honra, sente-se comigo.

CONCLUSÃO

Os *Odù* são os signos de *Ifá* relacionados aos destinos das pessoas. Dividem-se em *Ojú Odù* – os *Odù* principais, sendo um total de dezesseis – e *ọmọ Odù* – os *Odù* menores, em número de 240 –, que surgem a partir da combinação de todos eles entre si (16 x 16 = 256).

Pelo sistema de *Ifá*, os *Odù* possuem diversos caminhos ou capítulos denominados *ẹsẹ*, com parábolas próprias, histórias ou mitos que representam as experiências das pessoas que viveram no passado, de objetos reais e abstratos, e acerca dos quais podem-se tirar deduções para aplicar como respostas às indagações da situação presente. Pelo fornecimento de exemplos sob a forma do que aconteceu e de circunstâncias semelhantes, os relatos adquirem uma significação expressiva.

Pelo sistema do jogo de búzios, o procedimento é menos complexo, sendo esta a maneira mais usada no Brasil. *Ọ̀bàrà* é o *Odù* da sexta casa, sendo uma de suas tendências a que o mito sugeriu neste capítulo: situação de altos e baixos, com momentos de grande prosperidade. (Ver *Jogo de búzios*, p. 38 e p. 98.)

APONTAMENTOS

1. OLÚWO

Designação do sacerdote responsável pela tarefa do jogo de *Ifá*. *Olú* – Senhor –; *awo* – mistério. É o mesmo que *Bàbáláwo*: *Bàbá* – pai –, palavra esta usada como prefixo, indicando conhecimento da função.

2. ẸBỌ

Oferenda, sacrifício, qualquer ato de oferecimento às divindades; vem de *bọ* (alimentar).

3. OLÓFIN

Aquele que determina as leis. *Òfin* significa "lei". Título também usado para designar o Ser Supremo.

4. TÁBÌLÌ

Significa mesa, palavra adaptada do inglês *table*, pelo contato cultural. Na antiga sociedade yorubá, não havia o costume do uso de mesa. Sentava-se no chão, sobre uma esteira. A prática do jogo de *Ifá* ainda é feita dessa maneira, que pode ser vista como lembrança daquela época.

22

A DISPUTA ENTRE ỌRÚNMÌLÀ E OS BÚZIOS

No panteão religioso yorubá, *Ọrúnmìlà* é considerado um grande sábio por seus cálculos sempre exatos em tudo o que diz e prevê. A prática do jogo utiliza diversos instrumentos, como os coquinhos do dendezeiro, o rosário de favas e os búzios. São modalidades diferentes para um único objetivo. Pela sua utilização constante, eles já fazem parte de sua essência divinatória, mas seus poderes de previsão estão condicionados à participação de *Ọrúnmìlà*, o que quer dizer que os búzios, por exemplo, só revelam suas mensagens se forem manipulados por uma pessoa habilitada.

Ocorre que, certa vez, os homens se julgaram tão poderosos quanto *Ọrúnmìlà* na prática do jogo. A história a seguir narrará como isso aconteceu e como *Ọrúnmìlà* teve que se valer de toda a sua sabedoria para mostrar o seu poder. Nessa disputa, os búzios foram representados pelo escravizado que *Ọrúnmìlà* comprou no mercado da cidade. Esta é a história:

Certo dia, quando *Ọ̀rúnmìlà* se dirigia para atender sua clientela, sua mulher lhe pediu que comprasse um escravizado que custasse até dezesseis búzios, visto que, naquela época, os búzios representavam a moeda utilizada. No trajeto até o mercado, *Ọ̀rúnmìlà* passou pela beira de um rio onde várias pessoas estavam pescando. Então, disse que poderia informar exatamente a quantidade de peixes que todos haviam pescado. Os pescadores não acreditaram na possibilidade de ele acertar com tamanha exatidão. Fez-se uma aposta: se acertasse, todos os peixes seriam dele. Feito o trato, *Ọ̀rúnmìlà* afirmou: "Aí tem exatamente 201 peixes." Os pescadores foram verificar e realmente havia 201 peixes. Então disseram: "Pode levar. Todos os peixes são seus." *Ọ̀rúnmìlà* disse-lhes que enterrassem os peixes e marcassem o lugar com folhagens, pois na volta do mercado ele os levaria para casa.

Continuando o seu caminho, mais adiante *Ọ̀rúnmìlà* encontrou várias pessoas fazendo um alçapão, cortando madeira e capim para pegar preás. Então *Ọ̀rúnmìlà* disse: "Eu posso dizer quantas preás vocês já têm mortas." E, como elas duvidaram, fizeram uma aposta sob as mesmas condições anteriores. Tudo acertado, *Ọ̀rúnmìlà* disse: "Aí tem 201 preás." Foram contar e lá estavam as 201 preás. Os caçadores disseram, então, que ele ficasse com as preás. *Ọ̀rúnmìlà*, porém, pediu que as enterrassem e marcassem o local, cobrindo-o com folhas.

Chegando ao mercado, viu um menino, e este se antecipou em sua direção e foi logo lhe dizendo que *Ọ̀rúnmìlà* estava ali para comprá-lo por dezesseis búzios, que era quanto possuía na bolsa. *Ọ̀rúnmìlà* ficou tão surpreso com o que ouviu que comprou o menino e pediu a um barraqueiro para tomar conta do garoto, até ele voltar e levá-lo para casa.

Assim que *Ọ̀rúnmìlà* se foi, o menino contratou alguns carregadores e foi a todos os lugares onde estavam as preás e os peixes enterrados. Levou tudo para a casa de seu amo. Lá chegando, convidou todas as pessoas conhecidas de *Ọ̀rúnmìlà*, assim como músicos para animar a festa. A mulher de *Ọ̀rúnmìlà* ficou surpresa ao ver aquele menino entrar pela casa adentro, dirigindo tudo com a maior desenvoltura, como se conhecesse tudo e todos há bastante tempo.

Chegando ao mercado à tardinha, *Ọ̀rúnmìlà* foi até a barraca onde havia deixado o menino e, como não o encontrou, voltou para casa se lamentando por ter perdido o dinheiro na compra do escravizado que havia sumido. O que iria dizer em casa? Sem menino, ficaria desprestigiado perante sua mulher. E, assim, *Ọ̀rúnmìlà*, muito triste, seguiu seu caminho, lamentando-se todo o tempo.

Ao se aproximar de sua casa, ouviu um ruído de festa. Apareceu, então, o tal escravizado que lhe perturbava o sossego de espírito, acompanhado de muita gente que veio ao seu encontro, dizendo que ele podia ficar tranquilo, pois o menino já havia providenciado tudo. *Ọ̀rúnmìlà*, muito admirado, ficou contente com tudo que viu.

Desde esta data, a fama do escravizado passou a correr todos os lugares, até chegar aos ouvidos do rei. Este mandou marcar uma audiência com *Ọ̀rúnmìlà* porque soube que, mal as pessoas iam chegando à casa de *Ọ̀rúnmìlà*, o menino dizia o nome e tudo sobre elas.

No dia designado pelo rei, *Ọ̀rúnmìlà* chegou ao palácio e deparou-se com uma espécie de disputa entre os dois. O rei havia mandado construir uma casa e colocara dentro dela cem homens, ordenando, em seguida, que cortassem a cabeça deles para que não revelassem o segredo. O rei queria estabelecer um confronto entre *Ọ̀rúnmìlà* e o menino escravizado. *Ọ̀rúnmìlà*, sendo um grande sábio, não podia ficar desmoralizado.

O rei, então, ordenou que *Ọ̀rúnmìlà* dissesse o que tinha dentro da casa. *Ọ̀rúnmìlà* ordenou que o escravizado falasse em primeiro lugar, e então ele disse: "Dentro da casa existem cem homens que o rei mandou colocar para o meu senhor adivinhar." O rei foi logo confirmando. *Ọ̀rúnmìlà*, sem vacilar, completou: "Não, senhor, dentro desta casa existem 201 criaturas justas e perfeitas", desmentindo, assim, o rei e o menino.

Ao ouvir isto, o rei ficou indignado e respondeu-lhe: "Você não sabe nada; foi esse menino que disse a verdade." *Ọ̀rúnmìlà* não se perturbou e falou: "Se eu sou ainda o *Bàbáláwo Àgbọnmìrègun*, daqui a cinco dias virei assistir à abertura a casa. Peço, porém, que ninguém mexa nela e deixe tudo como está até o dia marcado."

Chegando em casa, *Ọ̀rúnmìlà* foi consultar *Ifá* para ver como resolver aquela situação. Ficou determinado que ele fizesse um *ẹbọ* com uma rã. Depois de tudo preparado, deveria cavar um buraco dentro de casa e enterrar tudo. Passados os cinco dias, lá estava *Ọ̀rúnmìlà*, no dia e hora determinados, na presença de todos. Ordenou, então, que abrissem a casa. Os homens foram saindo em fila, e no ombro de cada um havia um filhote de Rã. Perguntavam, então: "Quem é o seu pai?", e os filhotes respondiam: "Rã." E, assim, saíram da casa cem homens, todos com filhotes de Rã no ombro e, no final da fila, saiu também uma grande Rã, que era o pai de todas elas, perfazendo um total de 201 criaturas. O rei perguntou como ele havia feito aquilo, e *Ọ̀rúnmìlà* respondeu: "*Awo*", que quer dizer "mistério"

Com essa demonstração de magia e sabedoria de *Ọ̀rúnmìlà*, o rei pôde ver que ele não adivinhava, mas acertava tudo. E, assim, nunca mais se fez a suposição de que os búzios, ou qualquer outro instrumento para consulta, enxergasse mais do que *Ọ̀rúnmìlà*.

CONCLUSÃO

Esta narrativa está inserida no *Odù Éjì Ọlọ́gbọn*, e tem como personagens a figura de quem joga, representada por *Ọ̀rúnmìlà*; e a dos búzios, representada pelo menino escravizado. A utilização dos búzios por alguém não faz dele forçosamente um emérito "olhador". É necessário um conjunto de situações para determinar a possibilidade de uma tarefa bem-sucedida para a prática divinatória: estudo, competência e, sobretudo, o dom natural para essa função. Os búzios nada revelarão por si só. É preciso saber manuseá-los, conhecer suas regras e ter a sabedoria para interpretar as caídas, ou seja, as configurações.

APONTAMENTOS

1. BÚZIOS

Eram utilizados como moedas, havendo duas denominações para eles: *Owó ẹyọ* – búzios maiores – e *Owó Ẹ̀rọ* – búzios menores –, estes mais indicados para a prática do jogo.

A palavra *Owó* significa dinheiro e é representada na contagem dos números yorubá pela duplicação da vogal inicial, que serve de prefixo aos números, e mais o acento tonal agudo. Por exemplo, *Oókan* é a representação do algarismo 1 e a contração de *Owó kan*, ou seja, uma moeda; *Eéjì*, duas moedas: *ẹẹ́tà*, três moedas, e assim por diante. Embora o uso dos búzios como dinheiro tenha desaparecido, permanece a forma para contar valores e fazer cálculos.

2. SISTEMAS

Há vários sistemas para se fazer a predição, estando ela sempre associada a uma situação que exija decisões importantes:

Dída obì – jogo do *obì*, uma semente (*Cola acuminata*) que deve ter quatro gomos, cujas posições, para cima ou para baixo, fornecem as respostas;

Orógbó – semente ovalada (*Garcinia gnetoides*), apropriada para o culto a *Ṣàngó*;

Érìndílógún – jogo dos dezesseis búzios, conchas marinhas, sendo que um de seus lados deve ser aberto manualmente, para uma perfeita probabilidade de caída entre o lado aberto e o lado fechado;

Ọ̀pẹ̀lẹ̀ – são oito meias sementes (*Elaeis idolatrica*) presas, intercaladas por um cordão de mais ou menos um metro, sendo que o lado côncavo representa um sinal, e o lado convexo, dois sinais. Para cada lado de quatro sementes, haverá a mensagem de um *Odù* a ser interpretado em conjunto.

Ifá – utiliza-se de dezesseis coquinhos do dendezeiro (*Elaeis guineensis*); esse coquinho, porém, precisa ter quatro "olhos". Só pode ser utilizado por homens. Nesse sistema, haverá o traçado dos sinais do *Odù* na bandeja de *Ifá*. O pó vegetal extraído da casca da árvore *Ìròsùn* (*Baphia nitida*) serve para marcar os traços e é denominado *ìyẹ̀ròsùn*. Também pode ser usado o pó do bambu corroído pelo cupim, ou a farinha de inhame.

A palavra *Ifá* vem de *fá* (raspar), que se refere ao ato de passar os dedos na bandeja salpicada de pó a fim de traçar os sinais do *Odù*.

3. ELÉGÉDE

É a denominação da abóbora, uma das principais *kizilas* do candomblé; também conhecida como inhame vermelho.

23

O EXÍLIO DE ṢÀNPỌ̀NNÁ

Após a criação do mundo, os *Òrìṣà* passaram a se fixar nas regiões criadas por *Ọ̀ṣàlá*, trabalhando todos juntos nos campos e, dessa maneira, demonstrando aos homens os benefícios do trabalho em comunidade. Eles criaram o jogo do *ayò* ou *wazi*, podendo, assim, se divertir nas horas de folga. Introduziram no mundo algumas cerimônias que se realizam no *ọ̀run*. Inventaram tambores e outros instrumentos musicais, aperfeiçoando-se em danças e canções. E a vida corria dessa forma.

Em determinado dia, mais precisamente na época da colheita do inhame, os *Òrìṣà* celebravam um festival que marcava o trabalho da colheita. Estavam reunidos na praça principal da cidade e festejavam com um jogo em que se utilizavam arbustos apanhados nos campos de colheita.

Os *Òrìṣà* comiam e bebiam vinho de palma – *ẹmu* –, dançavam e cantavam alegremente. Somente *Ṣànpọ̀nná*, para quem havia sido dado o segredo da varíola, não dançava. Ele tinha uma perna defeituosa e, para andar, utilizava-se de um pequeno cajado – *ọ̀pá*.

Assim, sentado calmamente, observava todos se divertirem; porém, como os demais, de vez em quando tomava um pouco de vinho de palma.

E a festa seguia com todos bebendo muito, rindo, brincando, cantando a altas vozes e com os ânimos cada vez mais agitados.

Em meio a tudo isso, alguém reparou *Ṣànpọ̀nná* sentado, sozinho, e perguntou em voz alta: "Por que *Ṣànpọ̀nná* está calado, não canta nem dança conosco?" Os demais começaram a gritar, incitando-o a se levantar e a juntar-se a eles. "Venha, venha...", diziam, puxando-o e tentando levantá-lo. Mas *Ṣànpọ̀nná* se mantinha onde estava, porque se sentia envergonhado de sua perna defeituosa.

Todos, então, continuaram dançando e bebendo cada vez mais. Até que começaram a provocá-lo: "Levante-se, você parece um antílope morto." *Ṣànpọ̀nná* já não estava suportando mais as provocações. Com a ajuda de seu cajado, levantou-se. Ajustou a sua roupa comprida, cobrindo, desse modo, a perna defeituosa; cautelosamente, juntou-se aos demais no meio da roda, começando a dançar. Mas sentia-se inseguro porque havia bebido muito. Os outros *Òrìṣà* também estavam do mesmo jeito e, não podendo controlar seus movimentos, começaram a empurrar uns aos outros, o que fez com que *Ṣànpọ̀nná* caísse no chão. Ao depararem com ele, viram a sua perna defeituosa exposta e começaram a rir e a gritar: "*Arọ! Arọ!*", que significa "coxo", "perna defeituosa". E se juntaram para ridicularizá-lo, cantando versos ofensivos a ele.

Ṣànpọ̀nná, caído e irritado, lutava para se levantar em meio à risada geral. Mesmo caído, conseguiu alcançar o seu cajado e começou a ferir, com a ponta dele, as pessoas que o estavam ridicularizando, transmitindo-lhes o seu perigoso e mortal veneno.

Os *Òrìṣà*, que ainda estavam dançando, não haviam percebido o que estava acontecendo, e somente quando sentiram a ponta do cajado de *Ṣànpọ̀nná* arranhar a sua pele é que começaram a se recompor e a sair correndo em todas as direções. E com isso a festa terminou, permanecendo apenas *Ṣànpọ̀nná*.

Todos se dirigiram apavorados para suas casas, e cada um que havia sido tocado pelo cajado começou a se sentir mal. Seus olhos ficaram vermelhos, nasceram feridas em sua pele e o corpo se transfigurou com inúmeras pústulas.

As notícias sobre o que se passou chegaram até *Ọ̀ṣàlá*, que, irritado, disse: "Os *Òrìṣà* que envergonharam *Ṣànpọ̀nná* não deveriam ter agido de tal forma. Mas ele também não deveria ter feito justiça por suas próprias mãos, pois a justiça está afeita a mim. Aqueles que o ridicularizaram estão sendo punidos pela varíola. E porque ele se tornou o juiz dos próprios acontecimentos, também deverá ser punido."

Ọ̀ṣàlá se vestiu com suas roupas brancas. Na mão, carregava parte de seu longo manto ornamentado com búzios, enquanto seguia para a casa de *Ṣànpọ̀nná* a fim de julgá-lo. Quando este o viu aproximar-se, correu para o bosque e se escondeu atrás de um arbusto.

Informado do fato, *Ọ̀ṣàlá* determinou: "*Ṣànpọ̀nná* foi para o bosque. Muito bem. Lá ele vai permanecer, a partir de agora, longe de toda a comunidade."

Dessa época em diante, *Ṣànpọ̀nná* nunca mais viveu entre os outros *Òrìṣà*, e, sim, sozinho. Apesar disso, cresceu o respeito por ele, que nunca mais foi ridicularizado, servindo o fato de lição para todos. Por esse motivo, o povo da região passou a denominá-lo *Ilẹ̀gbóná*, "a terra está quente", numa alusão ao calor típico da enfermidade humana.

CONCLUSÃO

Ṣànpọ̀nná é o nome primordial da divindade que também é conhecida pelos nomes *Ọmọlu* e *Ọbalúwáiye*, denominações mais usuais no Brasil. Identifica-se com as doenças, e seu nome pode ser assim traduzido: *Ṣàn* – untar, sujar (com doenças) –, *pa* – matar, afligir – e *ènìà* – qualquer pessoa. É originário da cidade de *Tápà*, irmão de *Ṣàngó* e conhecedor da maneira de transmitir ou curar doenças. Seu principal flagelo é a varíola, pois representa a maneira de marcar as pessoas sem usar a faca. Por esse motivo, o milho aberto em flores (pipoca) constitui o seu principal oferecimento. Conforme a região africana em que seu culto sobreviveu, ele recebeu outros nomes. Entre o grupo jeje-mahi, é denominado *Sapata*, com divindades correlatas: *Dazoji*, da disenteria e dos vômitos; *Ahosu Ganwha*, da inchação; *Adan Tagni*, da lepra; *Aglosunto*, das chagas. Nessa região, o milho representa a erisipela; a maçã, o escorbuto; e o feijão, a varíola.

Ṣànpọ̀nná é descrito como armado com um coldre de flechas envenenadas e várias pequenas cabaças como recipientes, tanto para remédios curativos como para transmitir doenças com fins punitivos, conforme o texto:

Ọbalúwáiyé, ajàgi oògùn	Aquele que tem medicamentos poderosos
Oni-wọ̀wọ̀ àdo.	Em pequenas e diversas cabaças.

Quando uma pessoa adoece, há uma maneira especial de dizer: "*Ilẹ̀gbóná(n) nbáa já.*" ["A terra quente o está afligindo."] Se a pessoa morre vítima de qualquer uma das aflições impostas por ele, não se diz "*Ò kú*" ["Ele morreu de maneira comum"], e sim "*Ọ̀ba gbé e lọ*" ["O rei o levou embora"].

Em seu estágio africano, seu culto sofreu diversas restrições, sendo mesmo proibido em algumas regiões. O surgimento de epidemias fez com que muitos soberanos mudassem de opinião e o aceitassem como divindade. A morte do rei *Kpengla*, causada pela varíola, foi determinante para a aceitação do culto. Seu sucessor concordou com a condição de que seu templo fosse construído fora dos muros da cidade. Alegou que dois reis não podiam reinar numa mesma região.

APONTAMENTOS

1. IṢU

Inhame. Sua colheita é uma festa agrícola e religiosa, quando divindades e ancestrais são reverenciados pela fartura obtida.

2. ẸMU

Vinho de palma. É extraído de duas palmeiras: *igi ọ̀pẹ*, o dendezeiro; e *igi ọ̀gọ̀rọ̀*, a palmeira que produz a ráfia denominada palha da costa, usada nos paramentos deste *Òrìṣà*. O líquido é extraído do caule próximo ao cacho dos coquinhos de dendê. São feitas uma ou duas incisões no caule, ao qual prende-se um tubo que vai canalizar o líquido até um recipiente. Nas primeiras horas, o vinho é doce, para depois ficar azedo e muito mais alcoólico por meio da fermentação. Nessa fase é que recebe a denominação de *ẹmu*.

3. Ẹ̀PÁ

É o cajado desta divindade, feito da árvore *atori* (*Glyphaea lateriflora*) por ser madeira forte e flexível. *ọ̀pá ìtilẹ̀* é a sua denominação; possui marcas vermelhas e brancas, que simbolizam as cores da doença.

4. ṢÀṢÀRÀ

Emblema significativo de *Ọmọlu* ou *Ọbalúwáiyé*, feito de um conjunto de nervuras de palmeira presas em forma cilíndrica, lembrando uma vassoura para varrer as doenças. Também é denominado *ìléwọ́*, sendo costume colocá-lo atrás das portas como forma de proteção, conforme o cântico:

Bi alẹ́ balẹ́	Se a noite chega
ṣàṣàrà gbá ilé	O *ṣàṣàrà* guarda a casa
Fún wa o.	Para nós.

5. ARỌ

Significa coxo, manco. *Yarọ* quer dizer "aleijado".

6. ỌMỌLU

Ọmọlu e *Ọbalúwáiyé* são denominações diferentes de uma mesma divindade, e representam os títulos de exaltação aos seus atributos. São posicionados nas casas de candomblé do lado de fora da parte principal da casa. Tudo que é feito para esta divindade faz-se no tempo. *Olúbájẹ* é o seu principal ritual. Tem características muito pessoais; por exemplo: não admite o uso da faca no momento do sacrifício animal. Em solo africano, uma folha do dendezeiro é enrolada no pescoço do animal, que é abatido mediante uma única pancada.

O fará l'opa ma'bẹ rùn rẹ̀	Ele rala o pescoço do animal
L'opa ma'bẹrùn rẹ̀	Para não usar a faca
O fará olórí pa ké' rùn awo	Essa forma de cortar
Pani ké ju wa.	Ele guarda segredo.

Sobre esse assunto, há um mito que envolve *Nánà*, mãe de *Ọmọlu*. Conta-se que os *Òrìṣà* estavam reunidos, discutindo sobre os poderes que possuíam. *Ògún* estava sendo elogiado graças aos seus instrumentos de corte, por dar condições a todos de realizarem os sacrifícios. *Nánà* disse que não renderia homenagens a *Ògún* e, ao ser desafiada, passou a utilizar facas de madeira afiada para os sacrifícios animais.

24

ṢÀNGÓ E A TRAIÇÃO DO CARNEIRO

Ọ̀ṣàlá vivia em seu palácio em *Igbó*, onde, entre outras atividades, mantinha e tratava de um pássaro chamado *Ekin*. Essa convivência íntima permitia que o pássaro tomasse conhecimento das práticas mágicas e de como elas eram feitas por *Ọ̀ṣàlá*. Sendo o *Ekin* muito amigo do Carneiro, ele lhe contava o que acontecia no interior do palácio e, depois, o Carneiro saía pelo mundo afora espalhando tudo que o *Ekin* lhe havia contado. *Ọ̀ṣàlá*, ciente do fato de que seus segredos estavam se tornando públicos, reuniu todos os *Òrìṣà* num Conselho e disse: "Está havendo traição em meu palácio. E preciso procurar o culpado para puni-lo."

Ekin, sabedor das determinações de *Ọ̀ṣàlá*, fugiu e revelou à sua mulher o que estava se passando. Ela o orientou a procurar um *Bàbáláwo*. E foi o que ele fez e, assim, o jogo revelou o seguinte: durante dezesseis dias ele não deveria sair de casa em hipótese alguma, nem mesmo chegar até a janela. Deveria viver, nesse período, em total reclusão.

Diante disso, *Ekin* e sua mulher seguiram para um bosque bem longe da cidade e lá permaneceram, conforme determinação do jogo.

Enquanto isso, o Conselho de *Òrìṣà* determinou que *Ṣàngó* seria encarregado de procurar o *Ekin*, que era, no dizer de todos, o único culpado, pois vivia no palácio e de tudo sabia. Convocou, então, *Àgbò*, o Carneiro, à sua presença, por sabê-lo amigo de *Ekin*, e determinou que fosse buscá-lo. Prontamente, o Carneiro aceitou a incumbência. Pegou duas gamelas, uma cobrindo a outra, colocou dentro *obì*, *orógbó* e mais alguns alimentos prediletos de *Ekin*. Prendeu a gamela em suas costas e tomou a direção do bosque.

Lá chegando, gritou três vezes para *Ekin*, que do alto se pôs a observar. Vendo que era o seu amigo, o Carneiro, disse a sua mulher que iria até ele ver o que queria. Ela, porém, alertou-o, lembrando a recomendação do jogo. Mas ele respondeu: "O Carneiro é meu amigo; vou ver o que ele deseja. O que tem de mau nisso?"

Então, abriu a janela e se pôs a caminho. Nesse espaço de tempo, o Carneiro levantou a gamela de cima como se fosse uma tampa de alçapão para pegar passarinho. Ao chegar, *Ekin* viu as frutinhas e mais o *ìgbín*, assim, voou para pousar no interior da gamela e comê-los. Fazendo isso, ele ficou preso. O Carneiro logo pôs-se a caminho do palácio de *Òṣàlá*, levando *Ekin* para ser entregue a *Ṣàngó*.

Enquanto tudo isso estava acontecendo, *Yánsàn* ficou sabendo da verdade entre o *Ekin* e o Carneiro, e se penalizou com a situação de *Ekin*. Chamou *Ọ̀ṣun* e lhe contou tudo. As duas resolveram, então, soltar *Ekin*. Combinaram que, quando o Carneiro chegasse num descampado, *Yánsàn*, a Senhora dos Ventos, sopraria forte pela frente do Carneiro. Forçosamente, ele abaixaria a cabeça para vencer a ventania, o que lhe facilitaria destampar a gamela. Enquanto *Ekin* estivesse fugindo, *Ọ̀ṣun* jogaria uma de suas pulseiras dentro da gamela.

E assim fizeram com *Ekin*, que fugiu e voltou para o bosque. Quando cessou a ventania, o Carneiro continuou trotando e ouvindo dentro da gamela o barulho da pulseira de *Ọ̀ṣun*, pensando ser o *Ekin* preso.

Chegando finalmente ao palácio de *Òṣàlá*, todos já sabiam do ocorrido pelas próprias palavras de *Yánsàn* e de *Ọ̀ṣun*. Mesmo assim, *Òṣàlá* perguntou três vezes se ele estava trazendo *Ekin*, e o Carneiro respondeu afirmativamente todas as três vezes. Então, *Òṣàlá* determinou que ele apresentasse a *Ṣàngó* e aos demais *Òrìṣà* ali presentes o *Ekin*, para que o culpado fosse punido.

Ṣàngó perguntou de novo ao Carneiro se ele trazia mesmo *Ekin* preso dentro da gamela, e ele insistiu em responder que sim. Em seguida, a gamela foi aberta e só apareceu a pulseira de *Ọ̀ṣun*. *Ṣàngó* se encheu de ira e perguntou onde ele havia andado. Atônito, o Carneiro disse que havia trazido *Ekin*, mas não sabia dizer como ele havia fugido, nem como tinha ficado em seu lugar a pulseira de *Ọ̀ṣun*.

Ṣàngó, então, revelou que o castigo que estava reservado para *Ekin* era o de ser sacrificado, mas, diante do fato, o Carneiro é que seria sacrificado.

Para isso, solicitou a concordância de todos os demais *Òrìṣà*. A primeira a se levantar, aprovando, foi *Yánsàn*, sendo logo seguida por *Ọ̀ṣun* e pelos demais. Com a decisão de todos, *Ṣàngó* arrastou o Carneiro para fora do palácio, pegou um *ẹdùn àrá*, a pedra do raio, e bateu três vezes com ela na cabeça do Carneiro, entregando-o, a seguir, a seus auxiliares para que o preparassem devidamente.

A partir desse ato, o Carneiro passou a ser o alimento preferido de *Ṣàngó*, ao contrário de *Yánsàn*, que passou a abominá-lo.

CONCLUSÃO

Percebe-se aí claramente a função explicativa dos mitos. Ao usarem um objeto ou criatura da natureza, os mitos geralmente dão ênfase ao seu uso ou à sua importância na história. Ao se dar atributos humanos aos objetos ou coisas da natureza, expressam-se vários sentimentos característicos dos seres humanos. Todos são cuidadosamente humanizados: animais, natureza, Deus, os *Òrìṣà* e, tendo sido humanizados, eles podem ser avaliados da mesma maneira que o homem.

APONTAMENTOS

1. IGBÓ

Cidade onde reinava *Ọbàtálá* quando da invasão de *Odùdúwà*, localizada próximo a *Ilé Ifẹ̀*.

2. ÀGBÒ

O carneiro; *àgùtàn* é a ovelha. O carneiro é o animal preferido de *Ṣàngó*. A forma de seus chifres é que o relaciona com as diferentes qualidades do *Òrìṣà*.

3. GAMELA

Espécie de prato fundo feito da madeira extraída da gameleira (*Ficus doliaria*). A gamela se identifica plenamente com o culto a *Ṣàngó* e é utilizada para preparar suas oferendas. *Ṣàngó* tem relação com as divindades ligadas ao culto das árvores, como *Ìrókò* (Mito 27).

4. AFẸ́FẸ́

É o vento de que *Yánsàn* se serve para atingir seus objetivos.

5. ẸDÙN ÀRÁ

É a pedra do raio. Ela é colocada na boca do carneiro, a qual, por sua vez, é amarrada de modo que o animal não possa abri-la. É nesse momento que todos os participantes tocam a sua cabeça na do carneiro que irá morrer, numa troca de vidas. Ele morrerá no lugar das pessoas. Faz-se o jogo do *orógbó*, perguntando-se a *Ṣàngó*: "*Inú rẹ dùn ba ti ṣe é yí?*" ["Você está satisfeito com a oferenda?"]

25

IYEWA ILUDE A MORTE E SALVA ỌRÚNMÌLÀ

Certa noite, *Ọ̀rúnmìlà* teve um sono intranquilo e sonhou que deveria ter cuidado, pois a Morte estava ansiosa à sua procura para matá-lo. A fim de que isso não acontecesse, ele deveria oferecer um grande rato, *Èkúte*, em sacrifício a *Èṣù*, com muitos búzios. E isso foi feito.

Alguns dias depois, quando *Ọ̀rúnmìlà* se levantou bem cedinho, ao sair de casa para lavar o rosto, ele avistou a estrada ao longe e viu a Morte – *Ìkú* – envolta em sua roupa vermelha, com um bastão na mão e se aproximando com muita pressa.

Ọ̀rúnmìlà correu, então, para a casa de *Èṣù*, local onde tinha sido depositado o sacrifício. Lá havia sido feito um grande buraco pelo rato gigante, que ia até o lado de fora da casa. E foi por ali que *Ọ̀rúnmìlà*, fugindo da Morte, passou correndo sem parar pelo mato.

Quando a Morte chegou, ela olhou de alto a baixo. Procurou por todos os cômodos, pensando no que poderia ter acontecido ao homem que vira junto à porta alguns momentos antes. Dirigiu-se até os fundos da casa e viu as pegadas de *Ọ̀rúnmìlà*. Pensou: *Foi por aqui que ele fugiu. Vou atrás dele.*

Enquanto isso, mais à frente, *Ọ̀rúnmìlà* não parava de correr. Chegou a um rio e, quando ia atravessá-lo, encontrou *Iyewa* junto à margem lavando roupa em cima de uma bacia de madeira. Ao vê-lo, ela disse com espanto: "Pai, o pequeno com a mente cheia de sabedoria, o que aconteceu? Sei que não costuma correr assim." *Ọ̀rúnmìlà* respondeu que estava numa situação desesperadora porque a Morte o estava perseguindo. *Iyewa* pensou por alguns instantes e pediu para *Ọ̀rúnmìlà* aguardar e parar de correr.

Iyewa pegou a grande bacia de madeira, retirou as roupas que estava lavando e pediu que ele se deitasse no chão. Em seguida cobriu-o com a bacia e sentou-se em cima, continuando a lavar a roupa.

A Morte surgiu muito apressada, com moscas esvoaçando em volta. Saudando *Iyewa,* perguntou-lhe em que direção *Ọ̀rúnmìlà* tinha seguido. *Iyewa* respondeu: "Ainda que ele esteja rastejando, nessas alturas já deve ter atravessado mais de quarenta rios." Mas a Morte insistiu para que ela mostrasse a direção, e *Iyewa* apontou: "Foi por ali." A Morte agradeceu e retomou a perseguição.

Assim que a Morte desapareceu no caminho, *Iyewa* tirou a bacia e disse que não iria mais lavar roupa, para que *Ọ̀rúnmìlà* a seguisse até sua casa. E completou: "Ela [a Morte] é um ser perverso e o teria matado." *Ọ̀rúnmìlà*, então, seguiu-a até sua casa. *Iyewa* lhe deu um cômodo para descansar e estendeu uma esteira no chão para ele se deitar. Em seguida, foi cozinhar inhame e uma sopa de carne de *èkúte* com favas de alfarroba, alimentos prediletos de *Ọ̀rúnmìlà*. Depois de comerem, dirigiram-se a seus aposentos para descansar.

Iyewa não tinha marido, e todos os seus desejos eram desperdiçados por não ter alguém ao seu lado. Ela era uma criatura de compleição leve, corpo carnudo e bem-feito. *Ọ̀rúnmìlà* havia percebido isso e, então, já com as energias restauradas, ficou tomado de desejo, esquecendo os perigos que o haviam levado até *Iyewa*.

Depois de algum tempo, queixou-se de frio, e *Iyewa* perguntou se ele queria um cobertor. Ele respondeu que, se pudesse se deitar perto da porta do quarto dela, seria melhor para ele. E foi o que fez. Mal se deitou junto à porta, começou a se comportar como um sonâmbulo. Foi se arrastando até chegar perto de *Iyewa*, que fingia dormir. Começou a tirar-lhe a roupa e ela não esboçou reação. Como *Iyewa* não tinha filhos e também não estava grávida, ela cooperou com *Ọ̀rúnmìlà*, mantendo relações com ele, pois esse também era o seu desejo.

Na manhã seguinte, depois de preparar-lhe uma refeição, *Iyewa* lhe disse para voltar para casa, pois a Morte já havia partido, e assegurou--lhe que ela nunca ia a uma mesma casa duas vezes seguidas sem que passasse algum tempo. E, pela posição que ambos tinham na sociedade, o que se deu entre eles acabou se tornando uma experiência passageira, de um único dia.

No mês seguinte, *Iyewa* percebeu que não havia ficado menstruada. Imaginou que algo estava errado. Depois de algum tempo, quando as pessoas a encontravam na rua, expressavam sua surpresa, dizendo: "Nós nos regozijamos com você. Deus lhe concederá um parto tranquilo." *Iyewa* sentiu-se feliz, pois a falta de filhos não a tornava benquista diante de todos. Pegou, então, algum dinheiro, comprou algumas galinhas e cabras, juntou inhame e partiu para a casa de *Ọ̀rúnmìlà* para fazer um oferecimento aos seus instrumentos de *Ifá* em sinal de agradecimento.

Começou a agir seriamente, rezando e prestando obediência, até que, no nono mês, ouviu-se o choro de um novo bebê. *Iyewa* teve uma criança. Cerimônias e festejos foram realizados, com todos se rejubilando, reverenciando um aspecto muito importante na vida conjugal africana, pois os filhos constituem parte de seu sistema de valores. Uma vida sem filhos é vista como perda, desperdício e desapontamento. Fertilidade e continuidade representadas pelos filhos são o objetivo da vida.

Por essa razão, era comum ouvir *Ọ̀rúnmìlà* dizer: "*Iyewa, kọ̀ mọ̀ mọ̀ jẹ́ nkú nù.*" ["Iyewa me salvou de morrer."] Enquanto Iyewa, por sua vez, dizia: "*Kọ̀ mọ̀ mọ̀ jẹ́ njágàn.*" ["Ele me salvou de não ter filhos."]

CONCLUSÃO

Neste mito, *Ọ̀rúnmìlà*, mais uma vez, torna-se o personagem representante das forças divinas, encarnando a figura do *Bàbáláwo* em sua missão de proteger as pessoas, orientando-as e sugerindo meios de impedir que as ações do mal as desviem dos rumos de seu destino. O outro personagem é a Morte, uma das principais antagonistas do homem. Assim, este mito pode ser analisado sob três aspectos:

1 O estado de guerra entre os agentes do mal contra o *Bàbáláwo*, que, através de seu jogo, dá a devida orientação aos homens de bem para uma desejada vida de sucessos. Por esse motivo, ele se expõe aos agentes do mal, que podem ser relacionados como: *àrùn*, doenças; *ọfọ̀*, perdas e confusões; *ọ̀ràn*, desgraças; *èwọ̀n*, prisão; *Àjẹ́*, bruxas; e *Ìkú*, a morte. Esses poderes malévolos são conhecidos coletivamente como *Ajogun*, guerreiros contra o homem. (Ver *Ọ̀run-Àiyé*, p. 166 e p. 191.)

2 Para evitar que o mal o atinja, o *Bàbáláwo* recorre à proteção de sacrifícios e oferendas votivas. O buraco feito pelo rato, para que *Ọ̀rúnmìlà* pudesse fugir da Morte, revela a importância das oferendas prescritas pelo jogo na solução dos problemas. Preservar a vigilância de seu trabalho é uma das recomendações essenciais para aquele que se propõe a efetuar a prática do jogo divinatório.

3 *Iyewa* conseguiu ter um filho e ficou eternamente agradecida a *Ọ̀rúnmìlà*, sublinhando um aspecto bem conhecido da importância dos filhos na vida conjugal africana. O relato do relacionamento entre os dois é muito bem retratado no *Odù Ìndingbè* e do qual transcrevemos parte:

Ọ̀rúnmìlà ba báyewa lọọ ilé	*Ọ̀rúnmìlà* então seguiu *Iyewa* até sua casa
Ó tẹ́ní fún un	Ela estendeu uma esteira para ele no chão
Ó fí Ọ̀rúnmìlà si yàrá kan	Ela acomodou *Ọ̀rúnmìlà* num quarto
Iyewa kóó yàrá kan	E foi para o seu próprio quarto
Ò sùn	A fim de dormir
Okó le dàìn	Seu pênis tornou-se túrgido
Té e fọọ́ sóorunpá	Começou a se fazer de sonâmbulo
Bẹ́ẹ̀ ló se wọ́ wọ́ọ́ wọ́	Assim, foi se arrastando
Béè ló se kan Iyewa	Até chegar-se para *Iyewa*
Obìnrin ṣa pirọrọ mọ́lẹ̀	Ela fingiu que dormia
O di Ọ̀rúnmìlà	*Ọ̀rúnmìlà* começou a tirar-lhe a roupa
ọ̀ fọhùn mọ́	Novamente, ela nada disse
Ọ̀rúnmìlà lọ́ mọ́ Iyewa	*Ọ̀rúnmìlà* agarrou-se a *Iyewa*
Ó bẹ̀rẹ̀ si iṣẹ́ẹ̀ ṣe	E começou a agir sobre ela
Ó si ṣe é bẹ́ẹ̀	E ele assim o fez
Ilẹ̀ẹ̀ si e mọ́.	Até a manhã seguinte.

APONTAMENTOS

1. MORTE

É denominada *Ìkú,* sendo que, na mitologia yorubá, trata-se de um personagem masculino. Embora inevitável e imprevisível, pode sofrer alterações conforme as possibilidades, através da intervenção de *Ọ̀rúnmìlà* e dos *Òrìṣà* junto a *Olódùmarè*, conforme o texto:

Àìdé Ìkú l'à mbọ Ọ̀ṣun	Se *Ìkú* não chegar, adoremos *Ọ̀ṣun*
Àìdé Ìkú l'à mbọ Òrìṣà	Se *Ìkú* não chegar, adoremos *Òrìṣà*
Bi Ìkú ba dé, Ikú ò gbà ẹbọ	Se *Ìkú* realmente chegar, não adianta *Ikú* receber sacrifício.

2. ÈKÚTE

É traduzido em inúmeros textos como rato, sendo, na verdade, um tipo de roedor africano. No Brasil, é substituído pelo preá ou pelo porquinho-da-índia. Sua ligação com *Ọ̀rúnmìlà* vem pelo fato de ele guardar os frutos do dendezeiro em sua toca, a fim de se alimentar nos momentos de dificuldade para sair.

3. IYEWA

É um *Òrìṣà* que dá nome a um rio africano que corre paralelo ao rio *Ògùn*. É visto no Brasil como a fêmea de *Òṣùmàrè*, sendo que, em seu assentamento, coloca-se um metal que simboliza uma cobra. Segundo um mito, *Iyewa* certa vez foi lavar roupa no rio. Ao acabar, estendeu-a para secar no matagal. Nesse meio-tempo, veio uma galinha ciscando e, com as patas, sujou toda a roupa estendida, tendo *Iyewa* que lavar tudo de novo. Com isso, a galinha foi amaldiçoada por *Iyewa*: ela haveria de ficar com as patas espalmadas, e nem *Iyewa* nem seus filhos haveriam de comê-la. A partir daí, a galinha passou a ser um dos tabus deste *Òrìṣà*. A palha da costa é um dos elementos mais usados na simbologia deste *Òrìṣà*, que carrega uma pequena espada, e o *àdó*, uma cabaça revestida de palha da costa que é agitada, lembrando o som do chocalho da cobra.

4. ÌLOYÚN

Gravidez. A maternidade é uma fonte de orgulho e alegria. Uma vez constatada, inicia-se todo um processo de orientação sobre o que a mulher deve comer, como dormir, e assim por diante. Todas essas precauções são tomadas para que nada contrarie e afete a criança. O seu papel de mãe pode ser bem avaliado através de algumas formas de cumprimentos e homenagens:

Ìyá arúgbó	Venerável senhora
ẹkú ìkúnra o	Nós a cumprimentamos pela gravidez
Orí yíò wálẹ̀ láyọ̀ o	A cabeça [da criança] virá intacta
A ó gbòhùn ìyá	Nós escutaremos o choro da mãe
A ó gbòhùn ọmọ o.	Nós escutaremos o choro do bebê.

O relacionamento entre mãe e filho vem a ser uma fonte de treinamento, quando a criança é amada e embalada. O ato de carregar o bebê sobre as costas mostra a força do relacionamento entre mãe e filho. A educação e o aprendizado abrangem diversos fatores que vão desde honrar o nome da família, o desenvolvimento linguístico, o encorajamento até suportar as fases boas e ruins, conforme o ditado:

Ìgbà kì í tọ́ lọ bi òrére	Tempo e estações climáticas
Ayé k'í tọ́ bi ọ̀pá ìbọn.	Não permanecem sem mudanças.

5. ÀLÁ

Significa sonho, vem do verbo *lá* – sonhar. A importância do sonho é devidamente registrada na narrativa. Embora seja um método menos comum da adivinhação, o *Bàbáláwo* pode descobrir a vontade de um *Òrìṣà* ou de uma outra divindade, e até de espíritos ancestrais, através dos sonhos. Eles podem surgir nos sonhos para aconselhar ou questionar, utilizando formas alegóricas que devem ser interpretadas. Voar como um pássaro indica superação de intrigas; escalar um prédio, usando uma escada ou não, indica conquista de posição importante. Entre os yorubás, acredita-se que os sonhos podem ser induzidos através de algumas técnicas, como, por exemplo, fazer incisões perto dos olhos e esfregar neles uma determinada mistura, tomar banho de folhas ou colocar um amuleto debaixo do travesseiro.

Nos ritos de iniciação dos candomblés, o sonho de uma *Ìyàwó* é considerado uma mensagem do *Òrìṣà* e, portanto, é sempre devidamente interpretado.

26

ỌṢUN, ỌYA, YEMỌJA E A DIVISÃO DOS BÚZIOS

Certo dia, *Ọya*, *Ọ̀ṣun* e *Yemọja* resolveram ir juntas ao mercado de *Ọ̀yọ́* fazer compras. Lá chegando, tomaram conhecimento das novidades trazidas pelos mercadores, como tecidos, contas e especiarias diversas.

Nesse instante, *Èṣù* chega ao mercado trazendo uma cabra. Ele para, observa de longe as três mulheres conversando animadamente e resolve fazer uma prova entre elas, o que constitui uma de suas características. Aproxima-se de *Ọya*, *Ọ̀ṣun* e *Yemọja*, dizendo: "Eu devo deixar a cidade para um importante negócio com meu amigo *Ọ̀rúnmìlà*. Assim, eu lhes peço que vendam a minha cabra, e em troca eu darei a vocês metade do que for apurado. Como o preço são vinte búzios, eu darei dez para vocês e dez ficarão para mim." Elas aceitaram e *Èṣù* partiu. Logo a cabra foi vendida por vinte búzios. Elas separaram dez búzios para *Èṣù* e começaram a dividir os dez restantes entre si.

Yemọja iniciou a divisão. Ficaram três búzios para cada uma delas, mas sobrou um. *Ọya*, então, tomou a iniciativa. Fez três pilhas, em cada uma colocou três búzios, porém sobrou um. Depois disso, foi a vez de

Ọ̀ṣun, mas também continuava sobrando um. E as três começaram a discutir acerca de quem poderia pegar a porção maior.

Yemọja dizia: "É justo que a mais velha deva pegar a porção maior. Portanto, eu ficarei com o búzio extra."

Ọ̀ṣun replicou: "Não, onde eu nasci, nas terras de *Ọ̀ṣogbo*, diz-se que o mais novo é sempre tratado com mais generosidade. Assim, o búzio extra deve ser meu."

Até que *Ọya* tomou a palavra: "O assunto está em disputa. Tem-se dito que, nesses casos de disputas entre os mais velhos com os mais novos, a maior porção deverá ir para aquele que está entre os dois lados.

Em *Irá*, de onde eu vim, é assim que se faz. Portanto, o búzio que está sobrando deve ser meu."

E a discussão se acentuou. Como não conseguiam chegar a uma conclusão, pediram a um homem do mercado para fazer a divisão dos búzios. Ele pegou os búzios, separando-os em três pilhas iguais, mas o décimo búzio ficou em sua mão. Com outra tentativa, ele disse: "Como pode o dez ser dividido em três partes iguais? Sempre sobra um. Quem merece ficar com ele? De acordo com o que eu tenho ouvido, é a pessoa mais velha que merece ficar com ele, porque é a mais antiga no mundo e, consequentemente, a que tem sofrido mais do que as outras. A minha conclusão é a de que o búzio deve ser dado à pessoa mais velha dentre vocês."

Ọya, que era a segunda mais velha, e *Ọ̀ṣun*, a mais nova, rejeitaram seus conselhos e se recusaram a dar a *Yemọja* a parte maior.

Outra pessoa foi convidada para fazer a divisão dos búzios. Começou a contá-los e disse: "Não existe maneira de fazer esta divisão. Sempre sobrará um búzio na divisão. Quem deve ficar com ele? Penso que, numa situação desta natureza, a pessoa mais nova é que deve ser a favorecida, porque os jovens estão no mundo há pouco tempo e têm recebido menos benefícios que os outros. Os mais novos são empurrados de lado nos grandes movimentos, os caçadores jovens andam sempre atrás, e as esposas mais jovens têm a vida mais árdua. Por isso, quando surge uma divisão desigual, a pessoa mais jovem merece a vantagem."

Yemọja, a mais velha do grupo, e *Ọya*, a do meio, não concordaram. Disseram: "Nós nunca ouvimos tal afirmativa. Não podemos aceitar isto."

Um outro homem foi chamado entre aqueles que estavam no mercado. Contou os búzios, separou três a três, deixando o último búzio à parte, e falou: "Diz-se que a pessoa mais velha deve pegar a porção extra, enquanto outros dizem que é o mais jovem que deve receber a porção maior. Assim, creio que nem para a mais velha, nem para a mais nova, mas sim para aquela que estiver entre as duas. *Ọya* é mais velha que *Ọ̀ṣun* e mais nova que *Yemọja*. Deste modo, ela apresenta as condições ideais. Deem a ela o búzio extra."

Mas *Yemọja* e *Ọ̀ṣun* não aceitaram seus conselhos e se recusaram a dar o búzio para *Ọya*; assim, o assunto continuou sem solução até que a discussão entre todos se tornou mais acirrada.

Nesse instante, chegou *Èṣù*. Aproximou-se das três e perguntou onde estava a parte dele da venda da cabra. Elas lhe entregaram os dez búzios e, ao mesmo tempo, pediram o seu conselho para a divisão dos búzios entre elas, em partes iguais.

Èṣù ficou alguns instantes pensativo e, depois, tomou em suas mãos os dez búzios, separou três e deu para *Yemọja*, mais três e entregou a *Ọya*, e os outros três deu para *Ọ̀ṣun*. Ficando com o décimo búzio em sua mão, *Èṣù* se ajoelhou e fez um pequeno buraco no chão, colocando nele o búzio. Depois o cobriu com a terra e disse: "Este búzio é para os Ancestrais, os *Onílẹ̀*. No *ọ̀run*, era assim que fazíamos. Sempre que alguém recebia algo bom, devia se lembrar daqueles que o haviam antecedido. Quando as colheitas são trazidas dos campos, a primeira divisão deve ser dada sempre para os Ancestrais. Quando se realiza uma festa, uma porção deve ser separada para os Ancestrais. Quando se faz um sacrifício para os *Òrìṣà*, uma parte dele deve ser separada para os Ancestrais. Assim é também com o dinheiro. Quando ele vem até nós, devemos dar parte aos Ancestrais. Esta era a maneira que fazíamos no *Ọ̀run* e que deveria ser feita também aqui na Terra. Vocês deveriam ter se lembrado disso em vez de disputar o búzio que sobrava da divisão."

Yemọja, *Ọya* e *Ọ̀ṣun* ouviram atentamente o que *Èṣù* acabara de dizer e admitiram que ele estava certo, concordando, cada uma, em aceitar os três búzios. Por causa do que aconteceu no mercado de *Ọ̀yọ̀*, o povo, daquele dia em diante, passou a dar uma parte para os Ancestrais todas as vezes que faziam as colheitas novas ou recebiam fortunas inesperadas.

CONCLUSÃO

Agradecer àquilo que se recebe é uma das características desta história, que revela a religião como o elemento central na vida do povo yorubá. Há a consciência de que é Deus quem está no controle de tudo, mas são as divindades intermediárias que permitem o acesso a Ele. Os *Òrìṣà* e os Ancestrais são seus representantes junto aos homens, e os portadores de agradecimentos, pedidos e oferecimentos que lhes são destinados.

APONTAMENTOS

1. YEMỌJA

Também conhecida como *Yemanjá,* divindade das águas e filha de *Olókun.* Usa roupas brancas e azuis, e contas transparentes. *Oguntẹ* – uma das qualidades de *Yemọja* – veste verde-claro.

2. Ọ̀ṢUN

Divindade das águas doces dos rios, numa representação figurada de seu poder de fertilidade. O *ìkódídẹ,* a pena vermelha usada nos ritos de iniciação na testa da *Ìyàwó,* é uma representação do sangue menstrual feminino. Em um de seus *oriki,* isso é destacado:

Ọ̀ṣun mo pè ọ́	*Ọ̀ṣun,* eu a chamo
Yèyé oní kìí ayaba lódò	Mãe graciosa, rainha do rio
Mo pẹ̀ ọ́ àìkú	Eu lhe peço vida longa
Mo pẹ̀ ọ́ si ọrọ̀	Eu lhe peço riqueza
Mo pẹ̀ ọ́ sọ́mọ.	Eu lhe peço filhos.

Nos candomblés, o pedido de filhos é enfatizado neste cântico:

Odò'Ọ̀ṣun máa bẹ́	Pedimos e fazemos obrigação no rio
Alá orò (ọmọ ara orò)	Para termos filhos.

E completam, afirmando:

Yèyéye o	Mãe graciosa
Olóri o.	Dona de minha cabeça.

3. BÚZIOS

Conchas marinhas utilizadas como dinheiro. (Ver Nota 1 do Mito 21.)

4. BÀBA ÀGBA

Ancestrais. Nas comunidades de candomblé, os ancestrais são vistos como *Egúngún*; porém, não lhes são feitos rituais específicos para esta modalidade de culto. São entronizados e cultuados no *Ilé Ibọ Akú*, casa de adoração aos espíritos dos mortos, onde não há manifestações. São ainda reverenciados em nome de sete representantes da ancestralidade durante a cerimônia do *Ìpádé*, sob a denominação de *Èsà*. (Ver *Ọ̀run-Àiyé*, p. 300.)

5. ONÍLẸ̀

São os Senhores da Terra, conforme a crença de que o solo é morada de divindades. Nos ritos de candomblé, os primeiros líquidos e oferendas são destinados a estas divindades. Eis um relato da colheita do inhame na cidade de *Ìtèbú-Mánúwà*, que pode ilustrar o assunto:

Os inhames são trazidos e faz-se com eles um monte – *ebè nlá*. Com a chegada dos inhames, todos gritam "*Ìgbódò rè é, pòókẹ ẹ!*" ["Eis o inhame novo, parabéns!"]. As pessoas confraternizam, cantando:

Egúngún wa	Nossos antepassados
Yànà wá nèní	Por favor, venham hoje
Jéwá mẹmu	E bebam vinho de palma
Egúngún Bàbá	Antepassados! Pais!
Yànà wá o	Venham por favor
Jẹwá gbobì pa	Que possam aceitar e cortar o *obì*
Egúngún wa	Nossos antepassados
Yànà wa.	Por favor, venham.

Os antigos membros da Sociedade *Ògbóni* veneram a terra, acreditando que ela é superior em poder a qualquer *Òrìṣà*. Eles dizem que a terra pode engolir os seres humanos e a veneram como a mais antiga das três grandes forças: terra, água e céu. Destacamos um trecho da forma de veneração:

Ilẹ̀, mo pè ọ o	Terra, eu lhe peço (3x)
Jẹ̀kí ntẹ̀ ọ gbó	Deixe-me andar sobre você até a velhice
Jẹ̀kí ngbó jẹ̀kí ntò	Deixe-me viver até uma idade avançada
Jẹ̀kí njẹ mùtùn lórí rẹ	Deixe-me comer bem sobre a terra.

6. ỌJÀ

Mercado. É o ponto de encontro entre as comunidades e bastante citado nos textos de *Ifá*. *Èṣù* é visto como *ọlọ́jà*, o Dono do Mercado.

> A feira africana é o lugar de agrupamento ideal, onde o controle social pode ser exercido de forma eficaz. É na feira que o rei torna públicas suas decisões e onde as mulheres, nas cerimônias, mostram ao povo as magníficas riquezas reais... É onde se fica sabendo das novidades de outras terras; é lá que a mãe apresenta o recém-nascido, que a mulher elegante desfila suas túnicas caras, cujo corte ou colorido vai determinar a nova moda, as músicas mais recentes; é o centro de informações e difusão de notícias, transações comerciais. (VERGER; BASTIDE, 1992.)

27

AS FEITICEIRAS EM CONFLITO COM ỌRÚNMÌLÀ

Esta história pertence a um tempo em que não havia a separação física entre o Céu e a Terra. A ida e vinda das divindades era acontecimento normal, e elas se encontravam num pórtico que dava a devida passagem entre os dois planos de vida. Entre aqueles que faziam o mesmo percurso, estavam as *Àjẹ́*, as feiticeiras. Enquanto as divindades vinham trajadas com suas belas vestimentas identificadas com as cores que as simbolizavam, as *Àjẹ́* viviam nuas. Em razão disso, ao chegarem no ponto de ligação entre os dois planos, sentiam-se envergonhadas da própria nudez e não seguiam adiante.

Então, decidiram pedir a cada *Òrìṣà* para lhes dar uma parte de suas vestes. A *Égun*, que estava chegando naquele momento, pediram: "Por favor, empreste-nos algumas de suas roupas coloridas para nos cobrir." *Éégun*, ciente do perigo que elas representavam, disse-lhes que não poderia e pediu que se afastassem.

As *Àjẹ́*, então, se voltaram para *Òṣàlá*, que estava chegando, e lhe disseram: "Por favor, ceda-nos uma parte de seus mantos brancos para nos cobrirmos até chegar à Terra." *Òṣàlá* já as conhecia pelo poder do mal que praticavam, o que o impediu de fazer qualquer acordo com elas, e, assim, negou-lhes ajuda.

Recebendo a negativa de todos os *Òrìṣà* que estavam presentes, avistaram *Ọ̀rúnmìlà* chegando e se dirigiram até ele. Usando outra artimanha, disseram: "*Ọ̀rúnmìlà*, por favor, deixe-nos montar em suas costas até chegarmos à Terra?" *Ọ̀rúnmìlà* explicou que, como não tinha nenhum osso no corpo, não poderia sustentá-las. Elas insistiram e suplicaram tanto que *Ọ̀rúnmìlà* acabou concordando. Então, colocou o *Àṣẹ* de *Èṣù* em sua boca, abrindo-a de tal forma que permitiu que as feiticeiras penetrassem nela. E foi assim que ele as transportou para a Terra.

Aqui chegando, pediu que elas se retirassem, porém se recusaram. Disseram que onde estavam era o lugar ideal para permanecerem. *Ọ̀rúnmìlà* implorou muito, pois elas haviam se instalado dentro do seu estômago. Como argumento para que saíssem, lembrou-lhes que iriam passar fome e, assim, teriam que sair. Então, elas responderam: "Seus intestinos e seu fígado serão o alimento para nós." Começaram, então, a abocanhar *Ọ̀rúnmìlà*.

Percebendo que sua vida corria perigo, *Ọ̀rúnmìlà* correu para procurar os sacerdotes de *Ifá*, que lhe pediram que fizesse uma oferenda de uma grande cabra e usasse seus intestinos com *epo* e *ẹ̀kọ* e levasse tudo para o local onde havia deglutido as *Àjẹ́*. Lá chegando, deveria abrir a boca e pronunciar as seguintes palavras: "*Hàà, ẹ jáde lọ*!" ["Saiam, vão embora!"]

Fazendo o que foi orientado, as feiticeiras começaram a sair, uma a uma, tendo *Ọ̀rúnmìlà* comprimido o estômago para ver se não havia ficado nenhuma. Em seguida, pegou o seu barrete e saiu correndo para casa.

Deitou-se um pouco para descansar e logo depois começou a dançar, louvando os sacerdotes de *Ifá* e cantando uma canção que dizia: "*Orí mi ni ọ gbà lọ́wọ́ ẹlẹ́iyẹ*" ["Somente o meu *orí* me salvará das mãos das feiticeiras."]

CONCLUSÃO

As *Àjẹ́* representam a negação de tudo o que acalenta os seres humanos, enquanto os *Òrìṣà* são tidos como os guardiães desses seres humanos; como se pode perceber, há um conflito marcante entre os dois. Esse choque de interesses determina que qualquer pessoa ameaçada pelas *Àjẹ́* deverá apelar para o seu próprio *orí*, ou seja, para a sua cabeça.

Caindo esse caminho num jogo, ele estará indicando que a pessoa precisará ter cautela ao ser condescendente com as pessoas, porque alguém lhe pedirá algo que a deixará em dificuldades.

APONTAMENTOS

1. ẸLẸ́IYẸ

Significa a dona dos pássaros, a forma que as *Àjẹ́*, as feiticeiras, assumem para realizar o que pretendem, sempre à noite. Por esse motivo, as pessoas que saem à noite, como medida de precaução, passam a mão na cabeça para evitar que elas pousem.

2. ÀṢẸ

Neste caso, representa o poder divino para feitos sobrenaturais. Toda vez que as divindades desejam realizar algo de muito poder, consultam *Èṣù* para consegui-lo.

3. EÈSÈ

É um tipo de oferenda feita especialmente para as feiticeiras e que contém o fígado e os intestinos de animais, adicionando-se a eles *ẹ̀kọ* e azeite de dendê. É o que as *Àjẹ́* gostam de comer, sobretudo porque o azeite de dendê é o substituto do sangue. Acredita-se que, quando uma pessoa está sofrendo de mal intestinal ou do fígado, ela esteja sob o ataque das *Àjẹ́*.

4. ẸKỌ

Massa de milho branco em forma de pudim, presente em todas as oferendas.

28

A RIVALIDADE DE ÒGÚN E ṢÀNGÓ PELO AMOR DE Ọ̀YA

Ọya tinha o costume de sair todas as manhãs levando o que colhia para vender no mercado. Eram cocos, laranjas, mangas, mel de abelha e frutas típicas da região. Costumava cantar cantigas com sua voz doce e acariciadora, fazendo com que todos comprassem seus produtos. *Ọya* era muito linda, alta e tinha um corpo bem-proporcionado, além de uma pele que brilhava intensamente no calor do sol.

Ògún costumava frequentar o mercado, especialmente para admirar *Ọya* com olhos de enamorado. Resolveu fazer-lhe uma coroa com raios e ornamentos de metal e, em seguida, declarar seu amor por ela. Ao final do dia, terminou o trabalho e a coroa se tornou a mais linda que já havia sido feita em todo o reino de *Olófin*. A parte de baixo era toda de cobre polido, e a parte alta, adornada com sete raios de uma liga de metal que só *Ògún* conhecia.

Ṣàngó também admirava *Ọya* e viu o que *Ògún* havia confeccionado. Foi até o mercado e contou a ela que *Ògún* a desejava como sua mulher, e que para isso havia feito uma coroa com sete raios. Acontece que *Ṣàngó* também estava enamorado de *Ọya* e, como não era rico, não se atrevia a dizer-lhe nada, pois tudo que possuía eram seis búzios e seis pedras de raio que guardava desde criança.

Ọya, que também era chamada de *Yánsàn*, respondeu que correspondia ao seu amor e que não lhe importava se ele era ou não rico. E mais, disse a *Ṣàngó* que falasse naquela mesma noite com *Olófin* para que ele desse seu *Àṣẹ* e o poder para que ela pudesse ter muitos filhos. *Ṣàngó* ficou contente e foi para casa se preparar para a visita a *Olófin*.

A conversa havia sido ouvida por *Ògún*, que ficou furioso, pois não permitia que um pobre sujeito como *Ṣàngó* lhe tirasse a mulher que desejava. Pensou e fez. Foi à casa de *Oṣó*, o feiticeiro, a quem contou tudo por que estava passando. *Oṣó* lhe disse que seria necessário fazer um *ẹbọ* e pediu-lhe diversas coisas, entre elas um *idà*, espécie de alfanje, dizendo-lhe que voltasse tranquilo para casa, pois naquela noite *Ṣàngó* não iria falar com *Olófin*.

Tão logo *Oṣó* teve tudo em seu poder, dirigiu-se ao lugar em que vivia *Ṣàngó*, levando o alfanje embrulhado. Bateu na porta, uma, duas, três, quatro vezes. *Ṣàngó*, que estava se vestindo, relutou em ir abri-la, pois sabia que, quando se bate numa porta quatro vezes, ela não deve ser aberta. Mesmo assim, acabou cedendo. Foi até lá e perguntou o que *Oṣó* queria em sua casa. Este lhe respondeu: "Venho fazer-lhe um grande favor." *Ṣàngó* respondeu: "Você, fazer um favor para mim? Duvido muito." E o diálogo continuou: "Sim, é verdade mesmo. Venho lhe avisar que *Ògún* me procurou para fazer um feitiço a fim de que você não se case com *Ọya*." *Ṣàngó* respondeu: "E por que você vem me contar isso?" *Oṣó* lhe disse: "Acontece que *Ògún* me deu pouca coisa para fazer esse trabalho; então, se você me fizer um favor muito grande e me der mais do que ele, eu nada lhe farei, e *Ọya* será sua."

Ṣàngó ficou pensativo e concluiu que algo estava sendo tramado contra ele. Havia traição pelo caminho. Mas *Oṣó* insistiu, dizendo-lhe que, se ele não aceitasse, perderia *Ọya*. Apesar de sentir que havia maldade em tudo o que estava sendo dito, falou mais alto o seu desejo por *Ọya*. Perguntou, então, a *Ọṣó* o que deveria fazer, pois era pobre e não poderia pagar-lhe os serviços. *Ọṣó* lhe fez uma proposta: "Como você sabe, estou velho e enfermo; portanto, não posso ir até a floresta e recolher ervas e raízes para os meus trabalhos. Você é jovem e forte. Tome este alfanje e traga esta lista de coisas de que eu necessito." *Ṣàngó* pegou o alfanje, desembrulhou tudo e saiu para a floresta.

Tão logo chegou a seu interior, agachou-se para cortar algumas raízes. Ao se levantar, o alfanje que estava usando para cortar as plantas se transformou em madeira, e toda a floresta escureceu subitamente. Como *Ṣàngó* nada temia, posicionou-se para lutar e gritou: "*Kò sẹ́ni ti Olúkòso ò lè pa*", que significa: "Não há ninguém que *Ṣàngó* não possa destruir." As árvores e os arbustos se movimentavam e cercavam *Ṣàngó*, que se utilizava do alfanje, agora transformado em madeira, dando golpes fortes em tudo que se colocava à sua frente.

Nessa luta com forças estranhas, *Ṣàngó* sentia, em alguns momentos, as forças lhe faltarem, para em seguida novas energias se apossarem dele, concedendo-lhe mais força em seus golpes. Assim transcorreram várias horas de luta, até que ele chegou a uma clareira da floresta onde passava um rio. Lá, os arbustos que procuravam aprisioná-lo ficaram imóveis. *Ṣàngó* aproveitou e lançou-se às águas, bebendo e lavando da melhor maneira as feridas da luta.

Ao sair das águas, sentiu suas forças renovadas. Ouviu uma voz de mulher que vinha do meio do rio: "Eu sou a dona das águas. Meu nome é *Ọ̀ṣun* e salvei-lhe a vida. Em troca, você deverá, também, salvar uma vida. Caminhe sempre naquela direção e você chegará ao seu destino." Logo em seguida, tudo voltou a ficar em silêncio.

Ṣàngó tomou o caminho que lhe foi determinado. Não havia caminhado muito quando viu um homem no chão, aparentemente ferido. Recostou-o numa árvore e preparou-lhe um cataplasma à base de ervas sobre as partes feridas que sangravam. Depois, sentou-se ao seu lado e foi trocando o cataplasma alternadamente, até que, por fim, o homem se recuperou. Ao vê-lo, perguntou-lhe quem era e também se apresentou. E continuou: "Eu me perdi nestas matas e o encontrei no caminho, bastante ferido. Mas diz-me, o que aconteceu com você?"

E o homem falou: "Eu moro aqui na floresta desde que me entendo por gente. Como vivo no meio das folhagens das árvores, às vezes eu caio quando durmo. Parece que foi isso que aconteceu. Eu estou agradecido pelo que você fez. Muitos vêm aos meus domínios, apanhando o que necessitam, mas você foi o único que me ajudou. O que poderei fazer por você?"

Ṣàngó contou-lhe tudo que havia ocorrido com ele. Quando terminou o seu relato, o homem falou: "Meu nome é *Ọ̀sányín*, eu sou o dono da floresta e de tudo que se vê ao redor, de tudo que aqui cresce e vive. Vim ao mundo por ordem de *Olódùmarè* e tenho o *Àṣẹ* dele. Quem de mim necessita, aqui me tem; porém, a partir desta hora, você será o primeiro a quem servirei."

Ọ̀sányìn continuou a falar: "Como tudo que é de madeira me pertence, o alfanje que lhe deram e com o qual você lutou seguirá para sempre sendo de madeira para você. Tudo que for seu será sempre de madeira. Nada será de ferro para você, pois o ferro pertence a *Ògún*. E, para que nunca mais seja enganado e saiba o que tramam seus inimigos, toda manhã faça uma cruz com esta infusão de ervas que lhe dou agora sobre as suas mãos, nos olhos e na língua. Não permita que ninguém toque nesta vasilha ou a destampe, pois, se isso ocorrer, a pessoa tomará conhecimento do que ela contém e que, por ora, só você sabe." Dizendo isso, indicou o caminho de volta: "Vá em paz, minha casa é a sua casa."

Ṣàngó tomou o caminho indicado e, tendo chegado em casa, encontrou *Dàda*, preocupado com a sua ausência. Entre outras coisas, *Dàda* lhe disse que *Olófin* havia entregue *Ọya* a *Ògún*, que, por sua vez, estava se vangloriando de haver enganado *Ṣàngó* e vencido a luta pelo amor de *Ọya*. *Ṣàngó* se enfureceu e disse: "*Ọya* há de ser minha, e *Ògún* nunca me vencerá." *Dàda* respondeu: "*Kábíyèsí, Kábíyèsí.*"

O tempo passou e *Ṣàngó* tornou-se mais poderoso. Mostrava-se bastante presunçoso, pois sabia que era mais jovem, e *Ògún*, bem mais velho. Era muito alto, com músculos bem torneados em proporção à sua estatura. Olhos grandes e expressivos. Alegre, grande dançarino, lábios carnudos, ampla cabeleira e um sorriso que permitia ver seus dentes brancos e perfeitos. Sem dúvida, era o filho mais bonito de *Olófin*.

A rivalidade entre *Ògún* e *Ṣàngó* continuava. E, sempre que *Ògún* pretendia fazer alguma coisa, *Ṣàngó* sabia de tudo com antecipação. Por mais que *Ògún* planejasse, *Ṣàngó* sabia de todos os seus movimentos, o que fez *Ògún* suspeitar de que *Ṣàngó* possuía um poder oculto que lhe dava vantagem sobre o rival. Por mais que pensasse, não conseguia adivinhar.

Certo dia, *Ṣàngó* vinha montado em seu cavalo, quando o encontrou, vindo em direção contrária, também em seu cavalo e com *Ọya* ao lado. *Ṣàngó*, ao vê-lo, deteve-se a certa distância, olhando para *Ọya*.

> *Ògún* perguntou: "Por que atravessas o meu caminho?"
>
> *Ṣàngó* ficou calado, sem tirar os olhos de *Ọya*.
>
> *Ògún* insistiu: "O que faz em meu caminho? Por que olha tanto para a minha mulher?"
>
> *Ṣàngó* permaneceu calado, sem se mover do lugar onde estava.
>
> *Ògún*, já exaltado, ordenou: "Mando que saia do meu caminho ou não responderei pelo que eu fizer."
>
> Então, *Ṣàngó* respondeu: "Você ficou com o que era meu e isso eu não admito."

Ògún, fitando *Ṣàngó*, desafiou-o: "Eu sou maior que você e bom guerreiro; portanto, não tenho medo. O que você pensa que era seu, nunca foi." E, fitando *Ọya*, que estava atenta à discussão, completou: "Eu tenho o intento de mantê-la comigo a qualquer custo. Assim, retire-se de minha presença antes que eu saque a minha arma."

Ao ver *Ògún* partindo em sua direção, *Ṣàngó* fingiu que estava se retirando, porém, rápido como era, voltou-se imediatamente e, com a sua arma, deu um golpe violento na cabeça de *Ògún*, que, tomado de surpresa, caiu ao solo, semi-inconsciente. Em seguida, pegou *Ọya* pela cintura e a colocou em seu cavalo, partindo velozmente.

Não tardando muito a recuperar-se, *Ògún* empreendeu uma perseguição a *Ṣàngó* e a *Ọya*. Quando ambos já estavam ao alcance de sua vista, *Ògún* começou a atirar flechas. *Ṣàngó* compreendeu que o peso de duas pessoas retardava a marcha de seu cavalo e que *Ògún* não tardaria a alcançá-los. Ao mesmo tempo, não podia deter-se para enfrentar *Ògún*, pois ele estava bem mais armado. Então, recordou o que *Dàda* certa vez lhe dissera a respeito do poder dos Ancestrais. Fez, então, uma rápida invocação mágica e começaram a surgir atrás de *Ṣàngó* labaredas que fizeram deter a marcha de *Ògún*. Com essa vantagem, *Ṣàngó* decidiu parar no alto de uma colina e observar *Ògún* e seus companheiros, que procuravam desvencilhar-se das chamas que os cercavam.

Mas *Ṣàngó* sabia que *Ògún* era bom rastreador e que não tardaria a vir em seu encalço. Pediu permissão a *Ọ̀sányìn* e começou a cortar alguns arbustos e a cobrir a trilha que estava tomando. A cada arbusto e galho que cortava, outros iam surgindo no solo, de modo que, não tardou muito, os rastros estavam inteiramente cobertos, e *Ògún* teve de desistir da perseguição. Dessa maneira, *Ṣàngó* pôde chegar a sua casa com *Ọya*.

Dàda, ao ver *Ṣàngó* chegar com a mulher de *Ògún*, tentou recriminá--lo, porém, conteve-se, pois gostava muito de *Ṣàngó*. Se aquele era o seu desejo, ele também aceitaria.

Enquanto isso, *Ògún*, ao ver-se impedido de chegar até *Ṣàngó*, indignou-se: "Você escapou com a minha mulher. Jamais haverá paz entre nós. Onde quer que nos encontremos, de dia ou de noite, haverá luta." E voltou para casa a fim de articular um novo combate.

Já em casa, *Ṣàngó* acomodou *Ọya*, e a primeira coisa que fez foi adverti--la, da mesma forma que havia feito com *Dàda*, para que não tocasse na cabaça com penas que estava na parte mais alta da casa, e mais, que procurasse não passar por baixo dela.

Os dias se seguiram, mas a guerra entre *Ògún* e *Ṣàngó* estava declarada. *Ṣàngó* se utilizava da proteção que *Ọ̀sányìn* havia lhe dado. Todas as manhãs, quando saía, a primeira coisa que fazia era ir até a cabaça, destampá-la, molhar os dedos e fazer uma cruz nos olhos, nas mãos e na língua.

Como era feito todos os dias, isso acabou despertando o interesse de *Ọya* em querer saber o que continha aquela vasilha que dava tanto poder a *Ṣàngó*. *Ọya* sabia que *Ògún* era mais guerreiro que *Ṣàngó*. Isso a deixava intrigada a ponto de pensar numa maneira de descobrir o seu conteúdo.

Como *Dàda* estava sempre em casa, *Ọya* não tinha como descobrir. Porém, houve um dia em que *Ṣàngó* saiu mais cedo e *Dàda* ainda se encontrava dormindo. Ela aproveitou a oportunidade, pegou a cabaça de *Ọ̀sányìn*, destampou-a e mergulhou o dedo, levando-o à boca para provar o gosto. Mal havia terminado de fazer isto, começaram a sair de sua boca labaredas de fogo. Aterrorizada, saiu correndo para os fundos da casa e lá ficou até a hora em que *Ṣàngó* chegou. Ele chamou por *Ọya*, que não lhe respondeu. Ao olhar para a cabaça, viu que ela estava fora da posição que havia deixado. Sentiu que algo tinha acontecido. Procurou *Ọya* pela casa e encontrou-a abaixada num canto. Começou a discutir com ela, que não lhe deu importância e respondeu: "Eu sou sua mulher e tenho o direito de saber tudo sobre você, da mesma forma que você sabe tudo sobre mim. O que você tem a fazer é ganhar a luta com *Ògún* para que eu possa sair de casa, passear de vez em quando e não estar todo o tempo trancada nesta casa."

Ṣàngó replicou: "E você pensa que uma luta com *Ògún* é fácil de ganhar? Com a sua curiosidade, você cortou o meu *Àṣẹ*."

"Deixa de bobagem. Eu nada mais fiz do que molhar um pouco a minha língua. Nada mais do que isto", respondeu *Ọya*. E continuou: "Eu não temo nada e, para mostrar-lhe isso, amanhã não ficarei em casa. Irei com você ao campo de luta."

Ṣàngó disse que não permitiria. Mas *Ọya* não respondeu; apenas deu um leve sorriso.

Ògún, dessa vez, havia se preparado melhor para a luta com *Ṣàngó*. E, pela manhã, como *Ṣàngó* não havia tocado na cabaça de *Ọ̀sányìn*, pensando que o *Àṣẹ* havia se perdido, ele não sabia o que o aguardava na batalha.

Dirigindo-se para o campo de luta, *Ògún* o estava esperando. A luta se iniciou, levando várias horas, e *Ṣàngó* se defendia como podia. *Ògún* conseguiu rodear *Ṣàngó* com seus aliados e ficou satisfeito com o tão esperado triunfo que tinha em mãos.

Ọya, que a tudo assistia de uma parte mais alta, próxima de onde estavam lutando, começou a gritar para prevenir *Ṣàngó*. Em lugar de palavras, saíam de novo grandes labaredas de sua boca. Aproveitando-se da confusão entre os homens de *Ògún*, ela saiu rápido do lugar onde estava para ficar ao lado de *Ṣàngó*, obrigando todos a bater em retirada, confusos e atordoados.

Ṣàngó, depois de tudo, tentou chamar a atenção de *Ọya* por sua desobediência. Porém, ela começou a rir, e ele também. E *Ọya* falou: "O lugar de uma mulher é ao lado de seu marido, nos bons e nos maus momentos. Eu sempre estarei ao seu lado, ajudando-o em todas as lutas que tenha que enfrentar." E foram para casa, felizes e rindo de tudo que havia acontecido.

CONCLUSÃO

Essas relações de lutas e disputas entre divindades podem ser consideradas transposições de acontecimentos de cunho histórico para o mundo religioso, com personagens similares. A busca do poder e de conquistas é relembrada em cânticos e movimentos de dança bem interpretados em momentos especiais. A postura de *Ọya* em mitos anteriores a evidencia como uma mulher ligada a *Ṣàngó* em todas as situações.

As qualidades humanas atribuídas aos *Òrìṣà* têm o objetivo de expressar os sentimentos característicos dos seres humanos, que, assim, podem ser devidamente avaliados. Deve-se considerar que esse sistema de atribuições não é feito aleatoriamente, mas dentro de regras que vão definir a personalidade das pessoas quando iniciadas ou não para um determinado *Òrìṣà*.

Essa história possui uma interpretação ritualística nas comunidades de candomblé, nas festas em homenagem a *Ṣàngó*, denominadas *Ajere*. Prepara-se uma pequena panela de barro contendo carvão em brasa incandescente. *Ṣàngó* efetua passos de dança com a panela na cabeça, ocorrendo, assim, uma disputa pela sua posse entre *Ṣàngó* e *Yánsàn*, que passam a panela de uma cabeça para a outra. Somente os dois *Òrìṣà* conseguem tocar na panela de barro devido à sua quentura. Essa festividade possui data fixa: 29 de junho.

APONTAMENTOS

1. ỌṢÓ

É a palavra que define o feiticeiro, pelo lado masculino, nada tendo a ver com as *Àjẹ́*, as feiticeiras, que pertencem à Sociedade *Ìyá mi Ọ̀ṣọ̀rọ̀ngà.*

2. ÀṢE

O conceito de *Àṣẹ* pode ser definido de três formas: como palavra, ele representa o "Que assim seja"; como matéria, representa as forças e o poder; e como fluido mágico, que não tem forma, mas é sentido, dando vida e forma a tudo o que existe (Ver *Ọ̀run-Àiyé*, p. 276.).

3. Ọ̀SÁNYÌN

Divindade das folhas, raízes e ervas medicinais. Sua cor é o verde e sua cerimônia específica é denominada *Sàsányìn*, quando, então, são efetuados cânticos de exaltação ao poder das folhas. Sem elas, nada se faz no Candomblé, conforme a expressão "*Kò sí ewé, kò sí Òrìṣà*", que significa "Sem folhas não há *Òrìṣà*", e assim confirma o cântico:

Fiwájá, fẹ̀hìnjà Colha folhas aqui, colha folhas ali
Ewé à jẹ́ oògùn á jẹ́ As folhas serão eficazes, o remédio será eficaz
Fọ̀túngún Esmague as folhas com a mão direita,
Fòsigún Esmague as folhas com a mão esquerda
A wá rúbọ, ẹbọ dà nó o. Façamos sacrifícios e eles serão aceitos.

4. ỌYA

Também chamada de *Yánsàn*, é uma divindade guerreira, chegando até a superar *Ṣàngó*, conforme relata uma de suas evocações.

Tani ò mọ̀ pe Ọya rorò j'ọkọ lọ? Quem não sabe que *Ọya* é mais brava que o marido?
Ọya ròrò jù Ṣàngó lọ. *Ọya* é mais brava que *Ṣàngó*.

29

POR QUE SE LAVAM AS PATAS DO GALO ANTES DE ELE MORRER

Em tempos remotos, existiu, num local próximo à cidade de *Ọ̀wọ̀*, uma mata sagrada denominada de *Elékute*, e suas árvores gigantescas, arbustos e folhagens eram utilizadas para cerimônias e sacrifícios. Os sacerdotes utilizavam máscaras e vestimentas especiais para manuseá-las, exercendo seus costumes. Por ser tão sagrada, os mais velhos da cidade tomaram medidas especiais para preservar a mata de uma destruição. Era costume os fazendeiros queimarem seus campos antes de plantar suas sementes. A preocupação de que isso poderia atingir *Elékute* fez o conselho dos mais velhos dar a penalidade de morte a quem queimasse a mata sagrada.

Entre os homens do conselho, encontrava-se uma pessoa chamada *Àkùkọ*, palavra que, futuramente, viria a significar "galo". Era de uma família bem conhecida e muito respeitada por suas boas ações e generosidade para com todos. Seus campos eram bem conservados, mesmo dividindo a responsabilidade pela defesa da cidade.

Certo dia, *Àkùkọ* estava andando por um caminho do outro lado da cidade quando observou dois meninos pequenos chorando juntos.

Àkùkọ perguntou o que havia acontecido. No início, eles ficaram receosos de falar, mas, diante da insistência, resolveram contar o que havia acontecido: "Estávamos indo para *Ọ̀wọ̀*, para a fazenda de nossos pais, levando cinzas para que eles pudessem ter fogo. De repente, um vento forte bateu em cima da gente, soprando as cinzas para dentro da mata de *Elékute*, provocando uma queimada. Agora nós seremos punidos."

Àkùkọ ouviu atentamente e ficou preocupado. "Eles não tinham a intenção de queimar a mata sagrada", falou consigo mesmo, mas isso não seria levado em consideração porque a penalidade não isentava ninguém, nem mesmo crianças. E concluiu: "Será que estes meninos poderão suplicar sua inocência?"

Após ter pensado muito, disse a eles que, quando voltassem à cidade, não comentassem nada com ninguém. Pediu que lhe entregassem o que havia restado das cinzas e continuassem em direção à fazenda de seus pais. Em seguida, *Àkùkọ* voltou para a cidade.

A essa altura, a notícia de que a mata de *Elékute* havia sido queimada já tinha chegado aos ouvidos de todos. *Àkùkọ* foi até a casa do chefe da comunidade e disse: "Aconteceu uma coisa lamentável. Eu estava carregando cinzas para meus campos e um vento forte soprou as faíscas para a mata de *Elékute*. Eu não tinha a intenção de prejudicar a cidade." O chefe respondeu: "Isso é um assunto muito sério." Convocou, então, todos os conselheiros para uma reunião, relatando o ocorrido. Os conselheiros disseram: "Deixem o próprio *Àkùkọ* falar."

Tomando a palavra, *Àkùkọ* declarou: "Todo o povo de *Ọ̀wọ̀* conhece a minha família. Nós nunca causamos qualquer dano à comunidade e ajudamos a todos que algum dia precisaram de nós. Eu estava saindo para os campos com as cinzas quando um vento soprou de cima, espalhando as cinzas. Eu sou o senhor dos ventos? Não, claro que não. O vento soprou as cinzas, carregando-as para a mata. Eu já fiz alguma coisa contra o bem-estar de *Ọ̀wọ̀*? Vamos esquecer este acontecimento e continuar a nossa vida."

Um dos mais velhos replicou: "Calma, vamos devagar. Deixe-nos considerar melhor o assunto." Discutiram a situação e chegaram à conclusão de que queimar as matas sagradas havia sido um crime sério. Decretou-se, então, que quem quer que fosse deveria morrer pela forca. "Você, *Àkùkọ*, não estava na reunião quando isto foi decidido? Agora você diz para esquecermos tudo? Você carregava as cinzas, mas era sua a responsabilidade de que nenhuma faísca escapasse. Quando concordamos sobre a penalidade, falou-se que a punição seria somente para uma espécie de pessoa e não para outra?"

Alguns ponderaram a favor de *Àkùkọ*: "Devemos considerar que *Àkùkọ* tem sido generoso em nossa cidade. Muitos já receberam sementes de seu celeiro para plantar nos campos. Quem não tem bebido vinho de palma com *Àkùkọ*? E ele não tem distribuído donativos nos festivais? Quando o inimigo nos ataca, ele não pega suas armas e nos defende? O que existe para falar dele são somente as faíscas que flutuaram ao vento para a mata de *Elékute*. Propomos considerar esta questão com moderação."

Diante dessa exposição, tomaram uma decisão. Em consideração ao bom nome de *Àkùkọ*, estabeleceram uma multa de 2.400 búzios, que deveria ser paga até o quinto dia da semana seguinte. Caso contrário, ele seria enforcado. *Àkùkọ* ficou confuso: "Onde poderei obter tantos búzios assim? Nem um *Ọba* teria condições de pagar semelhante multa."

Não tendo alternativa, saiu à procura de parentes e amigos. Alguns lhe deram todo o dinheiro que tinham; a outros pediu empréstimos. Houve aqueles que se recusaram, achando que ele deveria ser enforcado. Diziam: "Só porque você é de boa família não quer dizer que não deve pagar pelo seu crime."

No quinto dia do prazo determinado, *Àkùkọ* foi até o chefe: "Minha família me deu toda a riqueza que possuía. Meus amigos também, mas não é o suficiente." O chefe respondeu: "Neste caso, a sentença é a morte." Ao ouvi-la, o povo agarrou *Àkùkọ*, amarrou-lhe os braços para trás e o conduziu até o local da execução, que ficava do outro lado do rio.

Àkùkọ percebeu que o povo o queria morto e disse: "Todos vocês esqueceram a generosidade de meu pai e de meu avô?" Eles responderam: "Não implore por sua vida. Seja corajoso e enfrente a morte." E o diálogo se estabeleceu durante todo o trajeto: "Eu vejo que vocês desejam mesmo a minha morte. Mas escutem o que tenho a lhes dizer. Eu sempre quis coisas boas para *Ọ̀wọ̀*, e em troca estou recebendo isto de vocês. Se me executarem, uma grande desgraça cairá sobre *Ọ̀wọ̀*. Não haverá colheitas nos campos e a cidade não prosperará mais. As mulheres não terão mais filhos. Se eu morrer, vocês serão os primeiros a morrer na próxima luta contra os inimigos."

Diante dessas palavras, o povo respondia: "Você está falando demais. Suas maldições não têm sentido. Enforquem-no!" O volume de pessoas acabou se tornando um grande cortejo, tendo à frente tocadores de atabaques, que cantavam canções que diziam: "Enforquem *Àkùkọ*, enforquem *Àkùkọ*."

O povo gritava e *Àkùkọ* dizia mais uma maldição: "Se eu morrer, o rio correrá para cima e retornará ao lugar em que ele nasceu." O povo gargalhava, dizendo: "Os rios nunca correm para cima." E, para não mais ouvir *Àkùkọ* falar, amarraram-lhe um pano na boca.

O cortejo alcançou o rio e, ao atravessá-lo, fizeram-no pela parte mais rasa. Foi quando *Àkùkọ* parou por instantes e lavou suas mãos e seus pés. O povo admirou-se com aquilo, mas continuou a arrastá-lo até o local da execução. Lá chegando, *Àkùkọ* foi enforcado em uma árvore. O povo dizia: "Bem, o assunto está encerrado." E logo retornaram para suas casas.

Mas o caso não se encerrou aí, pois a maldição de *Àkùkọ* sobre a cidade continuava viva. Algum tempo mais tarde, os guerreiros de *Ọ̀wọ̀* foram travar luta contra o inimigo. *Oge*, o chefe dos tocadores de atabaques que tinha dito "Enforquem *Àkùkọ*", foi o primeiro a morrer. Nos campos da cidade, as colheitas começaram a diminuir. Os homens de *Ọ̀wọ̀* tornaram-se impotentes, e a população foi diminuindo. A cidade que era próspera tornou-se seca e sem vida. As famílias ficaram pobres. E o mais incrível foi que o rio de *Ọ̀wọ̀* passou a correr para cima, conforme a maldição de *Àkùkọ*. Foram feitos sacrifícios e oferendas, implorando a inversão do curso do rio, mas os pedidos não foram atendidos.

Com respeito a *Àkùkọ*, ele reencarnou como um galo. Mesmo hoje, após muitas gerações, toma-se grande cuidado ao se lavar as patas do galo antes de ele ser abatido. Isso é feito em memória do enforcamento de *Àkùkọ*, que, antes de atravessar o rio, lavou suas pernas.

CONCLUSÃO

O oferecimento de um galo nos ritos de sacrifício se destina, de maneira geral, aos *Òrìṣà* que indicam atividades de luta e ação. *Èṣù*, *Ògún* e *Ṣàngó* costumam receber essas aves, cujas tonalidades das penas procuram ser identificadas com as cores dos *Òrìṣà*. Se forem oferecidos com um animal de quatro patas, galos e galinhas serão considerados *Ìbọ̀sẹ̀*, ou seja, eles "calçarão" as quatro patas do animal. *Bọ̀* (calçar) e *ẹsẹ̀* (pés).

APONTAMENTOS

1. ÀKÙKỌ

É a denominação do galo; *adìẹ* significa "galinha", e *àgbébọ̀*, "a galinha que já botou ovo". Na linguagem yorubá, quando a palavra não define um sexo, a diferenciação é feita utilizando-se as palavras *akọ* (para macho) e *abo* (para fêmea). *Akọ ajá*, por exemplo, é "cachorro"; e *Abo ajá*, "cadela".

2. OS ANIMAIS POSSUEM A SEGUINTE SIMBOLOGIA

Ìgbín – caramujo

É relacionado à docilidade e à tranquilidade. Seu movimento vagaroso, cuidadoso e firme o impede de choques e confusões.

Adìẹ – galinha

Proteção, cuidado e prosperidade. As penas de seu corpo são formas de proteção pelo fato de esta ave acomodar seus pintinhos debaixo das asas:

Igbá gbogbo	Toda cabaça
Bò a iyẹ ẹiyẹ	Cobrimos com as penas da ave
Ko Ko lówó.	Juntando como se fossem dinheiro.

Ẹiyẹlé – pombo

Sua forma de voar revela elegância, dando um sentido de honra, prosperidade e longa vida.

Àjàpá – cágado

Representa o nascimento de uma pessoa nos ritos de iniciação.

Àkùkọ – galo

Segurança, defesa e anúncio de coisas boas.

Èkúté – preá

Representa um *não* à morte.

30

O BANQUETE DO REI

Certa vez, um dos *Ọba* que reinava na cidade de *Ọ̀yọ́* instruiu seu criado a ir ao mercado e encontrar a melhor de todas as comidas para ser servida em uma grande festa que estava sendo preparada.

O criado tomou o caminho e chegou ao local onde estavam sendo abatidos alguns bois. Examinou todas as partes do animal que lhe foram oferecidas e optou pela língua. Feita a compra, retornou ao palácio.

Tão logo chegou, o *Ọba* foi verificar o que o seu criado havia escolhido como alimento principal para a festa. Surpreso com o que viu, perguntou: "Por que você escolheu a língua, quando existem coisas melhores para serem servidas? Eu pedi para você trazer o que havia de melhor."

O criado, então, respondeu: "Grande *Ọba*, a língua é, a meu ver, a coisa mais importante do mundo. Não é verdade que com a língua um homem pode falar? Com a sua língua ele pode instruir seus criados, aconselhar os filhos a viverem uma vida saudável. Com a língua, um *Ọba* comanda um reino e conclama seus exércitos para as batalhas. Com a língua, dois amigos dialogam, um *Bàbáláwo* comunica as mensagens de *Ifá*, o poeta recita versos, o conselheiro aconselha os governantes e a mulher canta para seu recém-nascido. De todas as comidas, a língua é certamente a mais notável."

O *Ọba* ouviu tudo com atenção e pensou: *Esse criado é muito observador. O que ele diz é verdade. Mas vou testar a sua sabedoria.* Falou, então, para o criado: "De fato, acho que você tem toda razão. Mas agora eu preciso de mais alguma coisa. Volte ao mercado e traga para mim a pior de todas as comidas."

O criado ouviu aquilo, deixou o que tinha trazido na cozinha do palácio e, outra vez, tomou rumo em direção ao mercado. Lá comprou, novamente, uma língua e voltou. Procurou o *Ọba* e lhe fez a entrega daquilo que considerava a pior de todas as comidas.

O *Ọba*, olhando para a língua que o criado trouxera, perguntou-lhe: "Por que você trouxe a língua novamente? Ela é a melhor de todas as comidas, isso eu já sei. O que eu quero é a pior de todas." O criado replicou: "Grande *Ọba* de *Ọ̀yọ́*, a língua é tanto a melhor quanto a pior comida." O *Ọba* continuou sem entender nada: "Agora, como pode ser a pior se também é a melhor?"

E o criado respondeu: "A língua é uma coisa boa, mas também é uma coisa ruim. Com a língua, um homem malicioso fala coisas nocivas, faz disse me disse e traz desgraça a uma comunidade. Com a sua língua, um criado pode desrespeitar a autoridade de seu senhor. E não é o patrão que usa a sua língua para dizer palavras ásperas aos seus criados? Com a sua língua, a esposa desperta a discórdia e desfaz um lar. Um conselheiro usa a língua para dar conselhos ruins a um *Ọba*. E é o *Ọba*, com a sua língua, que ordena a seus guerreiros que partam e encontrem a morte. E não é um executante que usa sua língua para ordenar a morte de uma pessoa? Sim, grande *Ọba*, senhor e rei de toda *Ọ̀yọ́*, a língua é realmente a pior de todas as comidas."

O *Ọba* tornou a refletir sobre o que tinha ouvido, não encontrando nada para recriminá-lo. Pelo contrário, levou em consideração o seu senso de observação e a inteligência com que o assunto havia sido encarado. Imediatamente, o *Ọba* destituiu o seu criado da função que exercia e o nomeou chefe de uma comunidade próxima à cidade, a fim de que ele colocasse em prática toda a sabedoria que possuía.

CONCLUSÃO

Esta é uma narrativa que corre entre o povo yorubá, servindo até como parábola, podendo muito bem ser aplicada a qualquer tipo de sociedade. Entre alguns, a figura do *Ọba*, o rei, não é senão a de *Ọbàtálá*, e a do criado seria a de *Ọ̀rúnmìlà*, que responde às perguntas com a sabedoria que lhe é peculiar, mostrando seus conhecimentos sobre as coisas do mundo.

APONTAMENTOS

1. AHỌN

Língua. *Ahọn abo màlúiọ* quer dizer "língua de vaca".

2. ỌRÚNMÌLÀ E ỌBÀTÁLÁ

As tradições orais registram um relacionamento muito chegado entre estas duas divindades. Conta-se que *Ọrúnmìlà* gostava de beber vinho de palma; porém, certa vez, durante um festival, conforme o costume, ele tinha de comprar duas cabaças novas: uma para *Ọbàtálá* beber água, e outra para si mesmo, para beber vinho de palma. Ocorre que *Ọrúnmìlà* não podia ficar durante muito tempo sem beber, pois tinha sido criado com esta bebida, que era o leite dos seios de sua mãe, e então declarou:

Nwọn ò bi ìyá mi ni ilé Ifọ́n	Minha mãe não nasceu em *Ifọ́n*
Nwọn ò bi baba mi ni Èrìngbọ̀n	Meu pai não nasceu em *Èrìngbọ̀n*
Ninú ọ̀pẹ ni mo jẹ, ninú ọ̀pẹ ni mo mu	Da palmeira eu como, da palmeira eu bebo

Àánú baba nlá, ba't'Òrìṣà ni mo ṣe	Pela compaixão pelo venerável pai de todas as divindades
Ti mi ò mo ẹmu.	Eu me abstenho de beber vinho de palma.

Esse aspecto de solidariedade entre *Òrìṣà* é evidenciado nos ritos de candomblé por ocasião das cerimônias a *Òṣàlá*, quando todas as oferendas feitas com azeite de dendê são suspensas, por ser um tabu deste *Òrìṣà*, motivo pelo qual se utiliza, então, o azeite doce.

31

A AMIZADE DE ÈṢÙ E ỌRÚNMÌLÀ

Como se pode explicar que *Ọ̀rúnmìlà*, o filho mais velho de *Olódùmarè*, o Ser Supremo, possa ser um amigo ardoroso de *Èṣù*, que continuamente o atormentava, assim como os demais *Òrìṣà* e os seres humanos? Tanto um como o outro são o oposto na tarefa a que lhes é destinada.

Ọ̀rúnmìlà traz o conhecimento dos desejos de *Olódùmarè* aos homens, enquanto *Èṣù* se encarrega de levar as palavras dos humanos para *Olódùmarè*. O caráter de *Ọ̀rúnmìlà* é calmo, enquanto o de *Èṣù* é semelhante ao fogo ardente.

Através do uso dos coquinhos do dendezeiro, *Ọ̀rúnmìlà* transmite aos homens as intenções de *Olódùmarè* e o significado do destino de cada um. *Èṣù*, por sua vez, trabalha para mudar os significados das intenções de *Olódùmarè*, pondo o homem em constante prova.

Ọ̀rúnmìlà facilita os caminhos para os homens, enquanto *Èṣù* se mantém à espreita para tornar as coisas incertas.

Apesar de tudo isso, os dois têm uma forte amizade, posta à prova através de inúmeras passagens. A seguir, relato uma delas:

Em certa ocasião, *Ọ̀rúnmìlà* retornava de uma viagem ao lado de outros companheiros, mas todos ainda estavam a alguma distância de suas casas. Enquanto seus companheiros nada traziam nas mãos, *Ọ̀rúnmìlà* vinha com a sua sacola – *àpò Ifá* –, na qual se encontravam os elementos utilizados em sua prática divinatória: a bandeja do jogo – *ọpọ́n Ifá* –, a sineta para invocação – *ìrọ́kẹ́* – e os dezesseis coquinhos para a prática do jogo – *ikin*.

Esses elementos da prática do jogo de *Ifá* estavam sendo cobiçados pelos demais companheiros de viagem de *Ọ̀rúnmìlà*, na tentativa de conhecer o segredo de sua sabedoria. Um deles, então, disse: "*Ọ̀rúnmìlà*, você deve estar cansado. Deixe que eu carrego a sua sacola de adivinhação." Um outro replicou: "Não, por favor; ao contrário, sou eu quem deve carregar a sacola." E todos iam argumentando sobre quem deveria carregá-la. Por último, *Ọ̀rúnmìlà* falou: "Não, não se preocupem. Deixem eu terminar a minha jornada. Não estou cansado, logo, é natural que somente eu deva carregar a minha sacola de *Ifá*."

Quando *Ọ̀rúnmìlà* chegou em casa, pensou seriamente no incidente, ficando na dúvida se os seus companheiros eram, de fato, amigos verdadeiros. E traçou um plano para tirar a sua dúvida. Distribuiu mensagens por toda parte, anunciando que tinha morrido. Depois, ficou escondido dentro de sua casa, de forma que, sem ser visto, pudesse observar todas as pessoas que chegassem. E assim esperou.

Passado algum tempo, um de seus companheiros veio de outra cidade expressar sua tristeza. E perguntou a *Yébìírú*, mulher de *Ọ̀rúnmìlà*: "Onde está o corpo de meu bom amigo?" Ela respondeu da forma como havia sido instruída por *Ọ̀rúnmìlà*: "O meu bom esposo já está enterrado." E o homem continuou: "Sim, sua morte é dolorosa para mim, pois éramos amigos muito próximos. Várias vezes eu lhe dei dinheiro, que ele rejeitava para evitar retribuir-me. Contudo, disse que, quando morresse, deixaria sua sacola com os segredos de *Ifá* para mim."

"Isto indica que você era, na verdade, um de seus melhores amigos", disse *Yébìírú*. "Mas que desgraça, a sacola dele, com todos os elementos de *Ifá*, desapareceu." Ao ouvir isso, o homem ficou desapontado e aborrecido, e assim se retirou da casa.

Outro homem veio chegando e chorando alto: "*Ọ̀rúnmìlà*, meu melhor amigo, por que você morreu? Estou desesperado, mas, conforme lhe prometi, vou tomar conta de sua sacola e de todos os conhecimentos da sua arte de adivinhação."

A esposa de *Ọ̀rúnmìlà* respondeu: "Seria bom se você pudesse tomar conta e cuidar das coisas do meu marido. Porém, aconteceu uma desgraça. As coisas de *Ifá* que estavam dentro de sua sacola desapareceram. O que dizem é que ele vinha sentindo a morte se aproximar e enviou suas coisas para *Ọlọ́run*, o Ser Supremo, de quem recebeu o poder da adivinhação." O homem se surpreendeu e saiu revoltado sem falar mais nada.

Outro mais veio chegando e dizendo que *Ọ̀rúnmìlà* lhe havia prometido dar todos os elementos de que se utilizava para as consultas sobre a verdade da vida. E assim, uma a uma, vinham chegando pessoas interessadas em receber os conhecimentos dos poderes de *Ọ̀rúnmìlà*. E as respostas eram sempre as mesmas. Até que chegou *Ẹ̀ṣù*.

Lamentando-se do ocorrido, disse: "Que conforto existe para uma pessoa que perdeu um amigo? Eu ando sobre o caminho de *Ọ̀rúnmìlà*, eu entro em sua casa, mas *Ọ̀rúnmìlà* não está aqui. E eu sei que não o verei outra vez. Para você, que é sua esposa, a tristeza é certamente imensa. Em cada dia da vida de *Ọ̀rúnmìlà*, você preparava a comida dele e dizia para si mesma: 'Esta é a comida de *Ọ̀rúnmìlà*.' E agora o que você pode dizer? Somente isto: 'Uma vez eu tive a honra de cozinhar a comida de *Ọ̀rúnmìlà*.' Mas agora ele se foi."

A esposa de *Ọ̀rúnmìlà* respondeu: "Sim, a tristeza é imensa, mas você, que era companheiro dele em vida, eu gostaria de saber se ele lhe devia algum dinheiro ou prometeu deixar a você alguma herança. Se prometeu, eu pagarei em seu nome."

"Não, ele não me devia nada e não me prometeu nada. Pelo contrário, era eu quem lhe devia dinheiro. Depois de retornar para casa eu lhe enviarei o dinheiro, ainda que seja muito tarde para que ele o receba em suas próprias mãos."

Mas *Yébìírú* insistiu: "Eu entendo, mas, certamente, ele deve ter prometido deixar algo para você. Talvez seus instrumentos de adivinhação, através dos quais os desejos de *Ọlọ́run* podem ser revelados."

"Não", disse *Èṣù*. "Para ele era muito conveniente fazer tal coisa. A grande verdade é que o segredo da vida não está em seus instrumentos de adivinhação, mas na mente do próprio *Ọ̀rúnmìlà*."

Ouvindo isto, *Ọ̀rúnmìlà*, que estava o tempo todo observando, deixou o lugar onde estava escondido e entrou na sala, dizendo: "Você, *Èṣù*, é de fato o meu verdadeiro amigo."

Desse modo, passou a se dizer em todas as terras yorubá que não há amigos mais próximos um do outro do que *Ọ̀rúnmìlà* e *Èṣù*.

CONCLUSÃO

Apesar da profunda sabedoria, conhecimento e autoridade de *ọ̀rúnmìlà*, às vezes ele fica na dependência do poder de *Èṣù*, por ser este o Guardião do *Àṣẹ*, representação da autoridade e do poder divino com o qual *Olódùmarè* criou o Universo e manteve suas leis físicas. Ele é mais chegado a *Ọ̀rúnmìlà*, mas o relacionamento entre os dois nem sempre é cordial, e isso porque *Èṣù*, como fiscalizador universal, é imprevisível e não pode, por consequência, ser aliado permanente de ninguém. Há, inclusive, um ditado que diz: "Todos os *Òrìṣà* precisam de *Èṣù*, mas ninguém quer tê-lo ao seu lado." Sobre a questão da amizade, observe este conceito yorubá:

ọ̀rẹ́ ò gba ẹlẹ́ta	A amizade não admite três pessoas
Eléjì lọ̀rẹ́gbà	A amizade admite duas pessoas
Bí inú bá konú ọ̀rẹ́	Se as pessoas forem sinceras, a amizade
gbà ẹ́rindínlogun.	poderá admitir dezesseis pessoas.

Ọ̀rúnmìlà representa o princípio da sabedoria e de todo o sistema oracular. Sendo uma divindade primordial, ele foi dotado de várias atribuições, como a de movimentar-se livremente entre o Céu e a Terra – *Gbaíyé gbọ́run*; conhecer o destino de todas as pessoas – *Elérìí Ìpìn*; e acompanhar *Ọbàtálá* na criação e ordenação da Terra – *Alátùúnṣe Àiyé*. Seus afazeres são aquilo que coloca o mundo em ordem. Uma das razões do nome *Ọ̀rúnmìlà* pode ter origem na expressão: "*Ọlọ́run mọ̀ ẹni ti o là*" ["Só Deus sabe quem vai prosperar"], numa alusão ao reconhecimento e à submissão ao Poder Supremo.

A frase final de *Èṣù*, ao dizer que não está nas peças do jogo de adivinhação o conhecimento, e sim na mente de quem o utiliza, merece uma reflexão. Não basta ter ou herdar os búzios; é preciso ter competência e estudo para saber utilizá-los. Não são os búzios e nem qualquer forma de aparato visual que fazem da pessoa um *Bàbáláwo*. Na maioria das vezes, são meios para iludir as pessoas (Mito 22).

APONTAMENTOS

1. ÀPÒ IFÁ

Uma espécie de bolsa ao estilo de uma sacola que os sacerdotes de *Ifá* trazem pendurada no ombro. Por isso, são denominadas *Akapò* e dessa forma se destacam, pois nenhum sacerdote de *Ifá*, o *Bàbáláwo*, que se preze sai sem levar sua bolsa no ombro. A razão disso é que, na sociedade yorubá, qualquer um pode parar o *Bàbáláwo* e pedir-lhe que faça a divinização, seja o lugar que for. Sempre paciente, jamais deverá recusar o pedido nem escusar-se sob a alegação da falta dos instrumentos à mão.

2. IFÁ

Denominação de um sistema de jogo oracular que emprega coquinhos do dendezeiro, sendo, portanto, enganoso chamar de *Ifá* outros sistemas de jogo (Ver em *Jogo de búzios*, p. 62, o procedimento do jogo.).

3. ỌPÓN IFÁ

Bandeja de madeira entalhada nas bordas com imagens diversas; dentre elas, a de *Èṣù*. Na bandeja coloca-se o pó da divinização – *Ìyẹ̀ròsùn* –, para serem riscados os sinais dos *Odù*. Pessoas menos entendidas utilizam a bandeja para a prática do jogo, o que é incorreto.

4. ÌRỌ̀KẸ́

É a sineta com que o *Bàbáláwo* saúda as divindades e as caídas do jogo. É feita, geralmente, de marfim trabalhado.

5. ODÙ

Conjunto de histórias encerradas no sistema de *Ifá*. Todas as pessoas possuem o seu *Odù*, que se identifica com as nuances de seu destino.

6. DÍDÁ ỌWỌ́

Emprego das mãos para manipular os instrumentos de divinização.

7. ÈTÌTẸ̀ ALẸ̀

Impressão das marcas de *Ifá* no pó da bandeja.

32

OS TÍTULOS DE ÒGÚN

Ògún vivia com sua mãe, *Yemọja*, em um castelo nas profundezas do mar. Cansado dessa vida, resolveu sair em busca de outra que se adaptasse ao seu temperamento. Pediu licença a ela e partiu. Já em terra, caminhava por meio de florestas quando sentiu fome. Sentou-se embaixo de uma árvore, quando viu animais correndo. Logo fez uma lança de madeira e caçou o seu primeiro animal. Após prepará-lo da forma como gostava, ele se alimentou e sentiu suas forças se revigorarem. Por esse ato de caça, recebeu o título de *Ògún ọlọ́dẹ*, e ensinou essa função ao seu irmão *Ọ̀ṣọ́ọ̀sì*, porque seu temperamento não permitia ficar esperando pelos animais.

Seguindo o seu caminho, *Ògún*, mais adiante, tropeçou numa pedra, que nada mais era do que um minério de ferro. Pegou-o e viu que era consistente e ideal para servir como sua arma de luta. Preparou uma forja e modelou o minério em forma de espada. Produziu também outras ferramentas que serviam para um trabalho melhor na lavoura. A este minério *Ògún* deu o nome de *Irin* – "ferro" –, e por isso ficou conhecido como *Bàbá Irin*.

Eis que eclode uma guerra, e os *Òrìṣà* necessitam de ajuda. *Ọ̀rúnmìlà* pede que *Ṣàngó* chame seu irmão mais velho para derrotar os inimigos, pois ele tem os segredos da guerra e também das armas. *Ògún* reluta, mas acaba cedendo aos pedidos de *Ṣàngó*. Na guerra, *Ògún* se destaca pela bravura, liquidando os inimigos com sua espada e saciando sua sede com o sangue de seus adversários. Logo a notícia se espalha, e o povo, ao ver *Ògún* retornando, passa a chamá-lo de *Ògún Aiaká Gbamu ẹ̀jẹ̀*, que significa: "*Ògún* recebe e toma sangue."

Com a vitória de *Ògún*, ele é chamado para outra tarefa: dessa vez, a tomada da cidade de *Ìré*. *Ògún* teve de destruir primeiro as sete cidades que cercavam e defendiam o povo de *Ìré*, o que o fez ser chamado de *Ògún Méjèèjè*, e, mais tarde, ao entrar vitorioso na cidade, foi aclamado como *Ògún Oníré*.

Deixando seu filho, *Ògúndahunsi*, no governo das novas terras conquistadas, *Ògún* retorna à sua cidade e passa a trabalhar com muita atividade em sua forja, sempre acesa, pois tinha que fabricar mais armamentos e ferramentas de trabalho para atender aos pedidos vindos de todas as regiões. *Ògún* se vestia com um avental de couro quando estava em seu trabalho na forja dos metais, e o povo passou a chamá-lo de *Ògún Alágbẹ̀dẹ*, o ferramenteiro, o Senhor da Forja. E ele respondia cantando:

Ògún Àgbẹ̀dẹ kóyá kóyá	Você saia rapidamente
Ògún Àgbẹ̀dẹ̀ kóyá kóyá	Você saia rapidamente
Njó njó ara là'ye	Para não ser queimado
Ògún Àgbẹ̀dẹ kóyá kóyá.	Que eu não me queimo.

Essa demonstração de arte no manuseio do fogo com o objetivo de fazer a liga dos metais necessários o faz dizer diversas vezes a expressão *Orò mi'ná(n)*, que quer dizer: "Meu ritual é o fogo."

Os pedidos passaram a ser tantos, devido às vitórias obtidas com sua espada invencível, que *Ògún* chamou seu irmão *Èṣù* para ajudá-lo nas tarefas. Só que *Èṣù* começou a criar problemas, e *Ògún* teve de acorrentá-lo às pernas deste. Devido a isso, *Èṣù* só ia aonde *Ògún* fosse. Acontece que *Ògún* foi chamado para comparecer a dois lugares diferentes, no mesmo dia e na mesma hora. Então, *Ògún* pediu que *Èṣù* fosse a um deles e que se fizesse passar por ele. Combinou que, quando batesse palmas, *Èṣù* deveria voltar rapidamente. Assim, *Ògún* partiu para um lado e *Èṣù* para o outro. O povo, pensando que *Ògún* estava em dois lugares ao mesmo tempo, denominou-o *Ògún Alámějì*.

Depois de algum tempo, quando *Ògún* estava seguindo para outro trabalho, os cães que existiam na região começaram a avançar sobre ele, latindo sem parar. Furioso, *Ògún* bateu palmas, mas *Èṣù* não apareceu. *Ògún*, então, pôs-se em fuga em direção à montanha, com os cães o perseguindo. *Ògún*, cada vez mais furioso, começou a dilacerar e matar os cães com os dentes. E o povo, vendo aquilo, exclamou: "*Ògúnjá!*", uma forma reduzida da frase "*Ògún jẹ aja*", que significa: "*Ògún* come o cachorro."

Cansado da luta, *Ògún* resolveu partir. Passando pelas terras de *ẹ̀fọ̀n*, deitou-se às margens de um rio e adormeceu. Porém, foi acordado, mais tarde, pelo canto de uma bela mulher que estava nas águas se banhando. *Ògún* se encantou pela bela senhora, e, ao perguntar seu nome, ela respondeu: "Meu nome é *Ọ̀ṣun*." *Ògún* passou a viver e a trabalhar ao seu lado, nas águas doces dos rios. O seu metal passou a ser amarelo, e tudo que ele faz passa a ser dessa cor. *Ọ̀ṣun* tinha um filho chamado *Lógun ẹ̀de* e que *Ògún* passou a criar. Com essa convivência com *Ọ̀ṣun*, passou a ser chamado de *Ògún Wari*.

CONCLUSÃO

A multiplicidade do panteão de divindades pode ser explicada através deste relato. A fusão de culturas e os feitos heroicos proporcionaram cognomes e títulos anexados às divindades, motivando individualizações. Foram criados, assim, novos *Òrìṣà* atrelados ao *Òrìṣà* principal. (Ver *Ọ̀run-Àiyé* p. 93.)

APONTAMENTOS

1. ORÍ ÒKÈ

O alto da montanha, onde *Ògún* costumava permanecer em seus momentos de solidão. Dali ele partia para as suas conquistas: "*ọjọ́ti Ògún nti orí òkè bọ̀, aṣọ Iná(n) l'o mu bo ara ẹ̀wù ẹ̀jẹ̀ l'o wọ̀.*" ["No dia em que *Ògún* estava descendo a montanha, ele vinha vestido de fogo e usava um traje de sangue."]

2. ALÁDA MÉJÌ

O dono das duas espadas. É outro título de *Ògún* e que revela o seu conhecimento na criação de todos os tipos de ferramentas para todas as finalidades, como bem revela a simbologia de seu assentamento. A expressão seguinte bem evidencia o fato: "*Ògún aláda méjì o nfi ọ̀kan ṣá'ko, o nfi ọ̀kan yè ọ̀nà.*" ["*Ògún*, o dono de duas espadas, com uma ele prepara a fazenda, com a outra ele desimpede a estrada."]

3. IRIN

Denominação do ferro. Metal utilizado nas ferramentas que *Ògún* criou para a execução das obras do mundo recém-criado por *Ọbàtálá*. Por esse motivo, teve o direito de vir à frente das demais divindades, sendo assim denominado de *Òrìṣà Asiwajú* (Mito 12).

4. ÌKỌLÀ

Como artista, é *Ògún* quem dá o toque final ao trabalho criativo de *Ọ̀ṣàlá*. Após este haver acabado a moldagem do homem físico, é *Ògún* quem assume o trabalho da circuncisão.

5. ÌBÚRA

Juramento, promessa. É ainda o metal de *Ògún* utilizado nas cortes de justiça, para as pessoas que não são cristãs nem maometanas. Assim, fazem o juramento de "dizer a verdade e nada mais do que a verdade", beijando uma peça de ferro, geralmente um facão. Esse acordo feito perante *Ògún* é considerado extremamente sério.

6. MÉJÈÈJÈ

Significa, literalmente, todos os setes. O radical *éje* representa o numeral sete, advindo daí outras denominações: *èkéje*, sétimo; *níméje*, sete vezes; *méjeméje*, sete de cada vez; *ìjéje*, sete dias atrás. Essa qualidade de *Ògún* é conhecida popularmente como *Ògún Méje*.

7. Ọ̀ṢUN

Devido à sua grande beleza, todos a desejavam. *Ṣàngó* brigou por ela, que o deixou porque ele bebeu uma bebida que era tabu para ela. Viveu com *Ṣànpọ̀nná*, mas *Ọ̀sányìn* a tomou dele, graças aos seus poderes. Pediu para ele fechar os olhos e, quando os abrisse, não mais se lembraria de *Ọ̀ṣun*. Ela também viveu com *Ọ̀rúnmìlà*, tendo se tornado sua *Apẹ̀tẹ̀bí*, até que, ao voltar de uma viagem, ele encontrou *Ọ̀ṣun* jogando para *Ọya*, *Ṣàngó* e *Èṣù*.

33

POR QUE O POMBO É UM PÁSSARO DOMÉSTICO

Os pássaros das mais variadas espécies habitam lugares diferentes e são motivos de exaltação devido a suas virtudes e poderes. Entre eles podemos destacar os pombos, pássaros domesticados com morada próxima aos seres humanos. Conta-se que a pomba se tornou um pássaro domesticado após ter gêmeos, ajudada que foi pelo *Odù Éjì Ogbè*.

Tudo começou numa certa época em que a pomba vivia chorando por não ter filhos. Naquela época, não a chamavam por esse nome. Ela era *ẹiyẹko*, que significa "pássaro do mato", porque vivia exatamente nas matas e longe das pessoas.

Por ter a mesma mãe que o pombo, ela vivia chorando por não ter filhotes. Todos os demais pássaros tinham seus filhotes, exceto a pomba.

Devido a esse fato, ela resolveu procurar *Éjì Ogbè*, que a orientou a levar duas bananas-da-terra iguais, dois ratos do mato, dois peixes, dois ovos de galinha, e fazer uma oferenda.

A pomba preparou tudo e aguardou um tempo. Quando chocou seus ovos, nasceram dois filhotes. Então, ela os levou a *Éjì Ogbè* e lhe agradeceu, pagando-lhe uma taxa habitual em retribuição pela orientação. Propôs, ainda, a fim de demonstrar sua gratidão, que *Éjì Ogbè* construísse um ninho para ela do lado de fora de sua casa, onde ela viveria. E passou a dizer a todos: *Mo bímọ méjì mo di ẹiyẹ ilé.* ["Dei à luz dois filhotes e me tornei um pássaro doméstico."]

Éjì Ogbè, vendo a felicidade da pomba com seus dois filhotes, concluiu que ela era realmente apropriada para ter em casa. Então, ordenou que ela fosse chamada de *ẹiyẹlé*, que significa "pássaro da casa". E mais, disse que um dos filhotes deveria ser oferecido em sacrifício. Mas a pomba se recusou a entregar um de seus filhotes, pois gostava de ambos. *Éjì Ogbè* refletiu sobre o assunto e concordou, mas ordenou que, sempre que a pomba tivesse cria, ela deveria ter dois ao mesmo tempo. E isso permaneceu até os dias atuais.

Ni Èjì Ogbè bá fi Aṣẹ si i pé	Foi assim que *Èjì Ogbè* ordenou que
Méjìméjì ni ẹiyẹlé ó máa bi	A pomba deveria ter dois filhotes
Nígbàkú gbà ti ẹiyẹlé ó bàá pamọ.	Sempre que fosse chocar seus ovos.

CONCLUSÃO

Ẹiyẹlé é a denominação dada aos pombos pela sua condição de viverem junto dos homens. É uma palavra derivada de *ẹiyẹ* (pássaro) e *ilé* (casa). Ela é notável por seu voo sereno, seu asseio na aparência e sua elegância de movimento. Representa honra e prosperidade, boa sorte, longevidade – tudo o que se espera receber quando oferecida em sacrifício. Um cântico lembra tudo isso:

Yiyẹni íyẹ Ẹiyẹlé	O pombo será sempre próspero
Dídèni ídẹ àdàbà l'órùn	A pomba terá sempre paz
Á yẹ mi o	Que eu seja próspero
Á sàn mi o.	Que tudo seja bom para mim.

Em qualquer ocasião em que as oferendas sejam feitas para o *orí*, mais do que nunca o pombo deve ser oferecido.

APONTAMENTOS

1. ÉJÌ OGBÈ

É o primeiro *Odù* na escala de *Ifá* e considerado o maior de todos. Rege a cabeça dos seres humanos e de todos os animais. Pelo sistema de jogo de búzios, é denominado *Éjì Onílẹ̀* e está localizado na oitava escala, dividindo o jogo.

2. ÀDÀBÀ

É uma pomba silvestre africana que, no Brasil, foi substituída pela juriti nos oferecimentos a *Ọ̀ṣun*, pois ela não aceita pombo. Um de seus cânticos lembra isso:

Àdàbà orò ma fẹ́	Ela quer *àdàbà* para fazer o ritual
Ò fẹ́'lé (ẹiyẹlé)	Ela não quer pombo.

3. GÊMEOS

Os gêmeos estão ligados a *Ibéji*. Era costume antigo, por ocasião do nascimento de gêmeos, um deles ser sacrificado por julgarem uma anomalia dois seres iguais, até que a colonização inglesa pôs fim ao costume. Quando um dos gêmeos morre, não se diz que morreu, mas que foi ao mercado comprar roupa. Faz-se uma estátua que representa o gêmeo morto. Quando algo é comprado para o gêmeo que está vivo, uma miniatura deve ser comprada para aquele que morreu.

4. ORÍ

Significa cabeça, e pode ser dividida em *Orí ode* – a cabeça física – e *Orí inú* – a cabeça interior, para onde são destinados os elementos dados no ritual de *Bọrí*.

34

O SIGNIFICADO DA PALAVRA ÌYÀWÓ

Vivendo no espaço celestial denominado de *ọrun*, *Ọ̀rúnmìlà* certa vez desejou personificar-se em ser humano. Para isso, desceu à Terra e se vestiu com folhas de bananeira, de forma a se tornar maltrapilho. Dirigiu-se à cidade de *Ìwó* e lá viu o rei da região em todo o seu esplendor e glória, com muitos assistentes em sua corte e muitos chefes ao seu redor.

Chegando à cidade vestido como estava, sentou-se em frente ao palácio do rei e se serviu com as sobras de comida que tinham sido descartadas depois da festa. Quando o rei viu aquilo, considerou *Ọ̀rúnmìlà* um ser estranho e ordenou que lhe fosse preparado um prato de comida. Agradecendo, *Ọ̀rúnmìlà* disse que desejava dormir na cidade. A fim de se livrar do estranho, o rei ordenou aos seus servidores que preparassem um lugar para ele com toda a roupa de cama salpicada com fiapos, extraídos de uma planta, que provocavam comichão. *Ọ̀rúnmìlà* dormiu sobre os fiapos e, quando começou a sentir comichões, correu até o rio mais próximo para se banhar.

Logo cedo, pela manhã, ele foi até o rei e disse que tinha tido um bom sono. Dizendo isso, jogou no chão o seu *ọ̀pẹ̀lẹ̀* e fez uma previsão para o rei. Disse que ele teria um reinado longo e próspero. Posteriormente, continuou com seu estranho comportamento, comendo sobras de alimentos e fazendo previsões para as pessoas.

No seu terceiro dia na cidade, as pessoas se reuniram ao redor de *Ọ̀rúnmìlà*, e dentre elas estava a princesa, a filha do rei. Passando à frente das demais pessoas, disse alto e bom som que havia decidido se casar com *Ọ̀rúnmìlà*. Todos ficaram horrorizados com a decisão, mas a moça mostrava-se determinada.

O rei tomou conhecimento do desejo da filha e mandou chamá-la. Ela disse ao pai que, caso se casasse com um príncipe ou com outra pessoa da corte, eles não teriam por ela nenhum respeito especial. Mas, se ela se casasse com aquele homem pobre, eles a considerariam em alto grau.

Seu pai, o rei, refletiu e concordou com o casamento. Então, dividiu seus bens em duas partes e deu uma a *Ọ̀rúnmìlà*, que levou a noiva para fora da cidade, tornando-se possuidor de muitos escravizados, muitos cavalos e outros bens devido aos presentes de seu sogro. *Ọ̀rúnmìlà* foi para uma cidade próxima e lá se instalou.

A partir daí, as pessoas passaram a admirar *Ọrúnmìlà*, vivendo em esplendor, prestando-lhe diversas homenagens. Quando as pessoas lhe perguntavam quem era a sua esposa, ele respondia que era *Ìyàwó*, ou seja, "a humilhação que ele sofreu em *Ìwó*". Explicando: *Ìyà* significa "humilhação" em yorubá; e ele foi humilhado em *Ìwó*. As duas palavras juntas formam *Ìyà – Ìwó*, e, por extensão, *Ìyàwó*, que passou a ser, então, a denominação de esposa.

CONCLUSÃO

A palavra *Ìyàwó* significa esposa. Nos primórdios do candomblé no Brasil, quando a iniciação era restrita às mulheres, foi essa a denominação escolhida para definir as pessoas recém-iniciadas. Posteriormente, com a participação de homens nos ritos de iniciação, a palavra *Ìyàwó* continuou a ser utilizada tanto para homens como para mulheres. Na antiga sociedade yorubá, o sistema patriarcal admitia ao homem ter várias mulheres, assim definidas: *Ìyálé*, a mãe da casa e a mais velha; *Ìyàwó*, a esposa mais nova; *Òbotun*, que significa, literalmente, "vagina nova", ou seja, a recém-casada.

APONTAMENTOS

1. ÌWÓ

É uma cidade próxima a *Ìbàdàn*, e seu soberano é denominado *Olúùwó*.

2. Ọ̀PẸ̀LẸ̀

Corrente intercalada com oito meias sementes para a prática de consulta. Sua diferença em relação ao sistema de *Ifá*, que se utiliza dos dezesseis coquinhos do dendezeiro, é que, enquanto no sistema de *Ifá* são necessárias oito jogadas – e, para cada uma delas, riscar os traços para encontrar o *Odù* da consulta –, o *ọ̀pẹ̀lẹ̀* necessita apenas de uma jogada para encontrar este mesmo *Odù*, sem precisar riscar os traços do *Odù*.

3. ÌKÓBÌRINJỌ

Poligamia. Era muito comum na antiga sociedade yorubá, mas ainda hoje é aceita em algumas regiões. Se a esposa não pudesse engravidar ou gerasse apenas filhas, o homem tinha direito a outros relacionamentos. O interesse dos homens em ter filhos era justificado pelo desejo de perpetuar seu sobrenome. A preferência para as relações era por mulheres que não se enquadravam no estereótipo da pobreza. Tradicionalmente, crianças não namoravam e os casamentos eram arranjados por intermediários. Com a infiltração ocidental, os modelos culturais estão sendo modificados.

COMPLEMENTO

A DESCARACTERIZAÇÃO DO CANDOMBLÉ: UMA AVALIAÇÃO DA ATUAL SITUAÇÃO RELIGIOSA

Em nossa obra *Ọ̀run-Àiyé: o encontro de dois mundos*, fizemos uma observação nas conclusões finais do livro acerca dos problemas atuais para o futuro do candomblé. Na oportunidade, referimo-nos aos estudos que o culto mereceu ao longo dos anos por escritores brilhantes em suas áreas científicas, mas que não foram felizes nas observações pertinentes à religiosidade afro instalada em nossa terra. A religião nem sempre foi bem retratada quando estudada por observadores de fora do seu meio. Carneiro, Bastide e, sobretudo, Verger, para citarmos os participantes de um determinado período, executaram bem suas obras, graças a uma participação maior nas comunidades onde foram iniciados ou às quais, pelo menos, tiveram um acesso franco e aberto. No entanto, a grande maioria dos estudiosos, pertencente a outras crenças, se deixou levar por conceitos pessoais motivando interpretações injustas e sem embasamento científico. Isso concorreu para se entender o Candomblé como qualquer coisa, menos uma religião organizada com seus conceitos de crença perfeitamente definidos.

Essa situação conduziu a tantas outras, que serão devidamente relacionadas mais adiante, a ponto de gerar encadeamento que permitiu verificarmos que o candomblé não tem nenhuma forma de resistência diante desses absurdos, como se ele fosse "terra de ninguém". Excluindo as comunidades seguidoras de padrões tradicionais e devidamente conhecidas por esse motivo, a maioria se deixou levar por uma onda de modismos e mudanças sem qualquer critério, a ponto de *Ogans* se arvorarem à condição de *Babalorixás*. É necessário haver uma reapropriação da religião, impedindo, assim, que continuem a usá-la indevidamente, por não estarem integrados a ela. É um processo de reconquista e, portanto, uma tarefa dolorosa. Vive-se uma época de contestações, de apuração de responsabilidade e avaliações. O Brasil está sendo passado a limpo e se encontra numa fase de conhecimento. O candomblé precisa criar a consciência do desafio e da não omissão para ser devidamente reconhecido como referência de religião brasileira.

A partir desse pensamento, elaboramos um ensaio sobre as mudanças e transformações disciplinadas de que o candomblé necessita, em face da forma desorganizada e comprometedora como elas vêm ocorrendo. Para essa avaliação da atual situação do candomblé, dividimos o estudo da seguinte forma:

- O que foi idealizado pelos que instituíram o candomblé;
- As razões das transformações ocorridas;
- A quem coube a responsabilidade pelas mudanças;
- O que deve ser revisto e discutido.

A relação dos itens acima visa facilitar a localização do assunto e não reflete, necessariamente, o seu grau de importância. As informações relacionadas foram selecionadas mediante entrevistas, depoimentos, declarações espontâneas de iniciados e não iniciados, e observações pessoais. Finalmente, deve-se considerar que a finalidade deste trabalho visa retratar o quadro atual do candomblé, sem ofensas, críticas nem citações a quem quer que seja.

O QUE FOI IDEALIZADO PELOS QUE INSTITUÍRAM O CANDOMBLÉ

O início da implantação do candomblé pode ser assim resumido: os ancestrais afro-brasileiros, cientes de sua permanência no Brasil pelos laços familiares aqui criados, começaram a se organizar, criando um modelo de culto com práticas a serem seguidas e outras devidamente abolidas por não se adaptarem à forma cultural do território, pois sabiam que o candomblé seria reduto de negros, brancos e mestiços de diferentes posições sociais. E como ele seria praticado em solo brasileiro, passaria a assumir seus próprios dogmas e liturgia. Foi um trabalho em que a oralidade procurou construir toda uma tradição própria.

Observaram-se as tradições africanas que não se ajustavam aos novos critérios. Essas foram preservadas na memória coletiva, mas sua prática foi deixada de lado. Todo este processo instituído pode ser assim definido:

1. Os cortes feitos no corpo, adotados por diversos povos africanos nos ritos de iniciação e identificação, foram substituídos por marcas feitas com tintura de *ẹfun*, que remontavam à tradição da família real de *Ọ̀yọ́*;
2. Os ritos, em sua maioria, seriam praticados internamente, abolindo-se as procissões externas aos lugares sagrados, por eles não existirem como na África; por exemplo: a Floresta dos *Egúngún*, dos *Abìkú*, de *Ifá*, rios e lagoas. Para isso, seriam construídas dependências internas que alimentariam esses ritos;
3. A forma do culto a *Ibéji*, que determinava a morte de um dos gêmeos, foi abolida, por julgarem um fato anormal;
4. O culto foi centralizado em um único local, com espaços reservados a cada *Òrìṣà* e aos demais ancestrais. Por esse motivo, a dirigente deveria ser conhecedora de todos os fundamentos dessas divindades;
5. O número de *Òrìṣà* cultuados seria limitado às exigências da nova terra. As divindades de muitas tradições foram mantidas apenas na memória coletiva do grupo; em outros casos, acabaram sendo definitivamente esquecidas;

6. Rituais específicos ligados às tradições regionais africanas foram revistos; outros, criados ou adaptados, como o *Ìpàdé*, *Olúbájẹ*, *àmàlà* às quartas-feiras, a *Roda de Ṣàngó*, o *Ìpẹ̀tẹ̀*, a sexta-feira dedicada a *Òṣàlá*, o *Lórogún* – com o fechamento do Terreiro no ritual realizado no domingo após o Carnaval – e outros;
7. A iniciação passou a ser individual e sem a noção de família biológica, criando-se, assim, a família de santo. O "transe de expressão", no dizer de Verger, passou a substituir o transe de possessão identificado com a linhagem familiar. O iniciado deixou de ser *ẹlẹ́gùn* para se tornar *Ìyàwó*;
8. A utilização do *oṣù* como marca que distingue o iniciado;
9. As datas festivas dos santos católicos identificados com os *Òrìṣà* passaram a determinar as datas de suas festividades, distinguindo-se da modalidade africana, que levava em conta as estações climáticas e outras tradições;
10. Os animais para o sacrifício foram substituídos; as plantas tiveram novas identificações; algumas comidas de santo foram mantidas e outras, criadas; novas *kizilas* surgiram com produtos nativos da terra;
11. Os quatro dias da semana yorubá foram adaptados para a semana ocidental de sete dias, com nova distribuição dos dias consagrados a cada *Òrìṣà;*
12. Formação de um grupo masculino – *Ogans* – mantenedor e protetor do culto, dedicado a certas práticas religiosas nas quais somente os homens atuam;
13. Os cargos religiosos seriam apenas para as mulheres. A iniciação masculina seria, exclusivamente, como *Ogans*. Posteriormente, com a inevitável participação masculina, os cargos tiveram dualidade;
14. Como o comando religioso seria das mulheres, a opção viável para o sistema de consulta seria o jogo de búzios em detrimento de outras mais tradicionais, mas bastante complexas, como o *ọ̀pẹ̀lẹ̀* e o *Ifá*, que obrigavam, entre outras coisas, a recitações em língua nativa e o uso exclusivo por homens;

15. Os títulos de reis e rainhas foram abolidos, limitando-se aos títulos honoríficos – *Oyè* – referentes aos cargos religiosos.

Outras diferenças podem ser observadas nos trabalhos de pesquisa de Verger, muito bem documentadas em suas obras.

AS RAZÕES DAS TRANSFORMAÇÕES OCORRIDAS

À medida que o tempo avançava e novas casas começaram a se instalar, foram surgindo problemas de relacionamento, em grande parte, em função de dissidências, modismos e interesses pessoais. Os novos grupos que se formavam em outras regiões se distanciavam cada vez mais da Casa Matriz, perdendo os padrões tradicionais e adaptando-se ao modelo local de crença. Surgiu um novo tipo de público, que aceitou os novos modelos sem qualquer critério de seleção. As mudanças, que ocorriam de forma lenta e despercebida, passaram a ser aceitas como fatos normais. O conceito de que só prospera o axé que divide o saber raramente foi seguido. A guarda desse saber e do conhecimento chegou a tal ponto que obrigou as pessoas a buscar explicações através de cursos e livros que, em muitos casos, não ofereciam respaldo desejado, confundindo mais ainda o que já era tão confuso. Esse contexto se tornou propício a evasões, e o seu tipo mais comum foi a constante troca de terreiros. Assim, chegava a ser incomum que pessoas iniciadas em determinada casa permanecessem nela. (Ver itens 17, 24 e 26 desta lista.) Culturas diferentes entraram em choque, criando formas de trabalho que podem ser assim descritas:

16. Ritual de troca de nação – expediente criado para mudança de terreiro: quando a pessoa foi iniciada no candomblé ketu, mas resolveu passar para o candomblé Jeje ou Angola, e vice-versa;

17. Obrigações de um, três e sete anos feitas em terreiros diferentes. A cabeça passando por diversas mãos, sem qualquer critério ético;
18. O segundo *Òrìṣà* sendo obrigado a se manifestar nas pessoas, durante as obrigações de ano, sobretudo nas casas de tradição ketu. Com isso, os filhos são obrigados a fazer novas roupas e assentamentos, o que gerava novas cobranças;
19. Saídas de *Ìyàwó* com quatro ou cinco apresentações públicas, com evidentes interesses para desfilar roupas de santo e outras alegorias;
20. Roupas de santo e paramentos descaracterizados de sua condição original. Enfeites, miçangas, paetês, brocados, tecidos de riqueza exagerada destituídos de significados, com o objetivo único de alimentar o ego da pessoa; (Ver item 40 nesta lista.);
21. O surgimento de *Ogans* "pais de santo," fazendo obrigações fora de sua competência e abrindo terreiros;
22. A constante troca de terreiros faz com que as pessoas se tornem portadoras de diferentes conhecimentos, criando uma confusão de rituais e produzindo a perda do que se acostumou a entender como raiz de santo, ou seja, disciplina ritualística determinada pelo Candomblé Matriz;
23. *Bàbálórìṣà* e *Ìyálórìṣà* sem zeladores de suas obrigações;
24. Pessoas indo para outros países, e sendo lá iniciadas, buscando conhecimentos estranhos à nossa cultura e que foram abolidos por ocasião da instalação do candomblé no Brasil. Essa fusão de conhecimentos foi outro fator para se perder a antiga "raiz de santo";
25. Introdução de culto aos Caboclos, vistos como Encantados, advindo daí os candomblés de caboclos nas casas ketu, jeje, angola e nagô-vodun. Na realidade, em grande parte foi um expediente para que ex-umbandistas iniciados no candomblé pudessem manter suas entidades umbandistas;
26. Pessoas que se iniciam predeterminadas a ir para outra casa caso não dê certo na primeira, numa evidente demonstração de insegurança e falta de critério seletivo;

27. Pessoas que saem da casa de candomblé e são aceitas por outra sem qualquer critério ético;
28. Mercantilismo religioso;
29. Umbandistas no candomblé. Exemplo: dirigente de umbanda com casa aberta, fazendo obrigação de santo e já saindo como *Ìyálórìṣà;*
30. Candomblé dando festas de pomba-gira, ciganos etc. – entidades estranhas aos rituais;
31. Nigerianos e cubanos trazendo costumes novos e interferindo em nosso modelo de trabalho;
32. *Ogan* e *Ekedi* sendo raspados e fazendo obrigações de um, três e sete anos como se fossem *Ìyàwó*;
33. Elementos para a iniciação, que deveriam ser feitos pelos iniciados, são comprados prontos;
34. Tomar a bênção encostando a mão no queixo;
35. Vestimenta de *Òrìṣà* feminino sendo usada por homem, como era feito nos antigos candomblés. Estes faziam ligeiras modificações nas roupas;
36. Assentamentos de *orí*, *Odù* e *Ìyámi*, este último sem o conhecimento suficiente para fazê-lo;
37. Denotando falta de credibilidade, pessoas iniciadas e recém-iniciadas procurando mesas de jogo para confirmação. É o início do caos, por ouvirem críticas de pseudoerros que só vão confundi-las e trazer constantes intranquilidade e dúvidas. A partir daí, não serão mais as mesmas pessoas, terminando por sair de sua casa e buscar outro terreiro;
38. O descrédito do jogo de búzios, em razão de sua utilização por pessoas despreparadas e sem conhecimento para a função, revelou-se um dos fortes motivos da confusa situação do candomblé, revelando a necessidade de uma regulamentação para quem o pratica.

A QUEM COUBE A RESPONSABILIDADE PELAS MUDANÇAS

O candomblé concentrou-se na força da tradição e esqueceu o poder da evolução humana e sua vulnerabilidade. Houve um choque de gerações. Dirigentes com mais de setenta anos de idade dirigindo *Ìyàwó* de 25 é um fator de choque. O que vai à cabeça de uma não é a mesma coisa que vai à cabeça da outra. Muitas coisas não são entendidas, mas são feitas em sinal de respeito e aprendidas pelo processo de repetição constante. Uma cabeça nova quer coisas novas e, assim, com sua ascensão ao comando, inevitavelmente passará a colocar em prática grande parte de seus interesses ou ideias pessoais que tem em mente, contribuindo, em alguns casos de forma inconsciente, para novas modificações.

As responsabilidades dessas mudanças podem ser assim creditadas:

39. Aos dirigentes que cuidaram apenas de seu nome, de sua casa e de seu sustento, jamais se preocupando com o aspecto global da religião. Outros que assim o fizeram foi em parte no intuito de se colocarem em evidência para obter popularidade e clientela. Poucos têm se dedicado à causa;
40. À falta de orientação ética e critério seletivo na aceitação de novas pessoas no candomblé;
41. À falta de experiência no relacionamento humano entre os integrantes de uma casa de candomblé, principalmente dos mais velhos com os mais novos, e dos mais novos entre si;
42. Às dificuldades no relacionamento e conquista de cargos nos terreiros dirigidos por membros familiares;
43. Ao sistema de comando escravocrata, que possibilita a perda da autoestima;
44. À integração de umbandistas ao candomblé, confundindo tudo e criando o "Umbandomblé", uma mistura confusa que compromete ambas as religiões;

45. Aos dirigentes de nomes expressivos que, inconscientemente, incentivam o desvirtuamento, comparecendo às festas promovidas por dirigentes duvidosos. São pessoas com iniciação suspeita, *Ogans* com casas abertas, que praticamente têm seus nomes avalizados com essas visitas;
46. A determinados dirigentes que vivem à custa do ganho financeiro. Sem emprego convencional, tornam-se mercantilistas a ponto de aceitar fazer o que quer que seja pelo poder único do dinheiro;
47. Aos dirigentes de candomblé itinerantes que viajam para diversas regiões e estados com o intuito de fazer iniciações de dirigentes de terreiros estranhos, indiferentes à qualidade do trabalho que se realizará, apenas visando ao ganho fácil. Com isso, criam-se focos, ditos de candomblé, que vão confundir sua imagem perante o público;
48. Aos programadores de rádio que se dizem conhecedores do candomblé com objetivos puramente comerciais e exibicionistas;
49. Aos livros sensacionalistas que "ensinam tudo", confundindo crendices, superstições e bruxarias com religião;
50. Às pessoas ansiosas por traduzir os cânticos e rezas yorubá sem o necessário conhecimento do idioma, modificando as palavras cantadas por outras que facilitem a tradução. Com isso, perde-se a essência do cântico original, confundindo mais ainda o que já é bastante confuso;
51. As revistas e jornais que fazem reportagens de dirigentes como matéria paga, sem critério jornalístico, incentivando a vaidade e dando notoriedade, na maioria das vezes, a pessoas extremamente duvidosas.

O QUE DEVE SER REVISTO E DISCUTIDO

A atual prática religiosa liga as pessoas mais aos terreiros do que verdadeiramente à crença divina. Poucos têm a essência religiosa. Tudo vive em função das regras do terreiro, constituídas de frequência, ajuda e obrigações, com uma sintonia dirigida apenas ao zelador ou zeladora de santo. Essa prática tem confundido as pessoas a crer-se religiosas, quando sua religiosidade é apenas para o mundo, para seu dirigente e familiares de santo. Esquecem-se de ter a consciência de Deus no coração (*Ifá Àyà*).

Outro fator deve ser examinado: o costume das comparações entre as antigas dirigentes com as atuais. É preciso entender que cada uma serviu e serve gerações diferentes. Elas foram talentosas naquela época, e as atuais o são nesta, pois as pessoas mudam. O que se deve entender é que não devem ser feitas comparações de épocas, pois são diferentes.

O processo de transformação do candomblé talvez seja demorado e conflitante, mas nem por isso devemos sacudir os ombros e deixar o problema para os sucessores. Quem tem a cultura atrasada resiste a mudanças. O candomblé deve se enquadrar no conceito de que nada se perde, tudo se transforma. O que é feito serve como experiência, mas deve ser mudado.

Adaptar-se ou extinguir-se. O candomblé atinge quase duzentos anos de prática em solo brasileiro. Nenhuma religião sobrevive sem debater mudanças em sua estrutura por um longo período. Mas as mudanças devem ser criteriosas e de consenso geral, de forma disciplinada, e não como está sendo feito. Elas não se motivam porque ocorreu um final de século, mas para corresponder à finalização de modelos superados em muitos aspectos. Enumeramos algumas sugestões para serem discutidas:

52. Criação de um *Conselho Normativo* específico para os assuntos relacionados ao candomblé. Deverá ter uma estrutura conforme os padrões modernos de organização, com um trabalho disciplinado de orientação e defesa da religião, além de uma participação

efetiva nos problemas sociais da sociedade brasileira. Atualmente, o candomblé não possui nenhuma forma de resistência diante dos absurdos cometidos em seu nome, excluindo os comentários internos que são logo esquecidos;

53. Realização de um censo religioso a fim de saber quantos somos;
54. Revisão nas chamadas Tradições, que em muitos casos impedem que o candomblé se atualize e tenha as mesmas oportunidades das demais religiões;
55. Transformar o sistema de imitação do candomblé numa cultura de ensino. O candomblé deve ser raciocinado para ser entendido. O *faça o que eu digo, mas não pergunte por que* não pode mais ser tolerado. O resultado é duvidoso e, na maioria das vezes, aceito, mesmo que por falta de lógica;
56. Um terreiro deve ser entendido como um campo de provas e de estudos. Repassar conhecimentos e não omitir explicações, quando possível, para que as pessoas saibam o que estão fazendo. A falta desse conhecimento é que promove a fuga para outras crenças;
57. Na abertura de uma cerimônia no terreiro, uma breve palestra do que ali será apresentado é perfeitamente oportuna para uma participação mais consciente de todos;
58. Incentivar a participação do público não iniciado na sequência dos cânticos e em certas obrigações. Não torná-lo um ser marginalizado e estranho ao meio;
59. Incentivar um estudo básico do idioma falado na modalidade do culto para um melhor conhecimento do que é feito;
60. Adaptar o idioma yorubá, em sua pronúncia e em algumas regras, ao nosso idioma e à nossa cultura, tal qual foi feito entre o português do Brasil e o de Portugal, e entre o inglês dos Estados Unidos e o da Inglaterra;
61. A ética é a ciência da moral que institui regras de procedimento e os costumes de um grupo. Religião sem moral é o mesmo que uma

sociedade sem normas jurídicas. Daí a necessidade da elaboração de um sistema ético entre todas as casas de candomblé, lembrando que, para classificar esses valores, é preciso fornecer motivos para colocá-los em prática. O mero conhecimento do que fazer não faz do homem um santo. É preciso justificá-lo;

62. Evitar a abertura de novas casas para o fortalecimento da Casa Matriz, limitando a idade para os novos dirigentes. A qualidade não está na quantidade;
63. Valorizar o desempenho da diretoria e administração de um terreiro;
64. Revisão nas instalações das dependências – higiene, extintores, banheiros etc.;
65. Abolir definitivamente a identificação do candomblé como seita;
66. Rever o resguardo do *Àṣẹ̀ṣẹ̀* de um ano para três meses, efetuando o jogo logo a seguir para definir o substituto. Talvez seja a lembrança de um período em que a sociedade civil exigia um ano de luto fechado pelo falecimento de familiares, com o uso da tarja preta nas roupas. O longo período de ociosidade não mais se justifica, e as obrigações complementares devem poder ser feitas no decorrer do ano;
67. Criar uma cerimônia pós-morte para aqueles que não são iniciados, mas possuem o *santo assentado*. O candomblé só realiza cerimônias para aqueles que são iniciados, esquecendo-se de que existem pessoas que, apesar de não o serem, admiram a religião e seguem seus preceitos;
68. Redução do tempo do preceito do *kele* de três meses para um mês. As atividades e responsabilidades civis devem ser respeitadas;
69. Rever o uso do urinol nas obrigações internas pelo constrangimento que a sua utilização oferece junto às demais pessoas;
70. Rever o costume das *Ìyàwó* de com o resto da comida da mãe de santo, um hábito que foi instituído pelos antigos reis africanos para com seus servos;

71. Analisar as razões que impedem uma dirigente de fazer a iniciação de familiares biológicos;
72. A possibilidade de iniciação de um filho de santo, da mulher dele e do filho, por uma mesma dirigente;
73. Até que ponto deve ser aceitável ou não a convivência "íntima" entre irmãos de santo: *Ogan* com *Ìyàwó, Ìyálòrìṣà* com filho de santo etc.;
74. Razões de o *Ogan* não ter prerrogativas para trocar de terreiro, quando necessário;
75. Disciplinar a pontualidade nos horários que são marcados para a realização dos rituais. No convite: 22h; início real: 1h;
76. Entender o candomblé como uma sociedade participativa e com identidade política;
77. Definir-se: ser brasileiro ou africano;
78. Discutir a validade da interferência de africanos e cubanos em nossa soberania religiosa, lembrando que não existe nenhum acordo bilateral nesse sentido;
79. Criação de uma Cultura de *Ifá*, a fim de coibir a utilização do jogo de búzios por pessoas suspeitas e sem credenciamento para a função;
80. Rever a validade das iniciações realizadas fora de nosso território brasileiro;
81. Fiscalizar a imprensa escrita e falada que se utiliza do candomblé para promoção pessoal. A experiência revela que a riqueza de informações que os meios de comunicação poderiam prestar fica maculada por temas relacionados a superstições e crendices, elementos contrários a qualquer sociedade que pretenda se intitular religião. A ninguém é permitido difamar uma religião, nem mesmo àqueles que se dizem candomblecistas;
82. Discutir a utilização da tecnologia como fonte de recursos para um melhor desenvolvimento dos trabalhos: filmagens, gravações e outros meios que preservem a memória coletiva; modernização da cozinha ritual com o uso de liquidificador, máquina de depenar

galinhas etc., abolindo o fogo a lenha e a moenda de feijão. Na época atual, o tempo disponível dos membros da comunidade não é mais o mesmo de outras épocas;

83. *Ìyàwó* comer com as mãos, sem o uso de talheres, e andar descalça nos primeiros três meses de iniciada;
84. Rever a rigidez hierárquica, evitando os excessos no tratamento, para um relacionamento mais educado;
85. Rever a legitimidade do uso de vestimentas de aparência africana em detrimento do uso da tradicional "baiana";
86. Como lidar com cliente numa mesa de jogo que interage junto ao "olhador", questionando interpretações de caídas numa verdadeira consulta a dois.

CONCLUSÕES FINAIS

O Deus venerado no candomblé não é o Deus de outras religiões, que fica sentado num trono de ouro assistindo a tudo. Ele designa seus mensageiros para aqui virem, sob a denominação de *Òrìṣà*, e participarem da vida dos seres humanos. Dão exemplo da alimentação no ato de receberem oferendas votivas, mostrando que o alimento é a base fundamental da sobrevivência. O alimento da cultura. *Òṣàlá* nos mostra sua preferência por tudo que é branco. O inhame é sinônimo de pureza e retidão ética. O inhame, o grande depurador do sangue, nos mostra a necessidade de nos depurarmos e purificarmos.

O candomblé possui seus esteios identificados por homens e mulheres que batalham por melhorá-lo. Mas é preciso que o próprio candomblé queira melhorar, isto é, que seus integrantes e simpatizantes queiram melhorá-lo e respeitá-lo em todos os sentidos.

Na atual literatura que envolve os ritos de candomblé, quem escreve revela visível exaltação exagerada sobre o que a religião apresenta. Terreiros específicos e determinados dirigentes são reverenciados sem que exerçam a tarefa da crítica ou sugestões positivas. Nem tudo está tão perfeito assim. É óbvio que o formalismo religioso impede declarações mais sensatas. Enaltecer essa ou aquela casa sustenta, apenas, sua posição de bandeira representativa do candomblé, mas não traz solução ao problema, que cresce exponencialmente, arriscando um declínio irreversível. É necessário convivermos numa democracia religiosa, em que as pessoas tenham o direito de falar o que sentem e serem ouvidas, independentemente de cargos e posições. Convém ressaltar que, se a cultura conservadora das tradições manteve viva boa parte de seus valores, por outro lado, em alguns pontos, revelou-se como um forte fator de desatualização.

Devemos lembrar mais uma vez que, quando os antigos africanos e afro-brasileiros aqui instituíram o candomblé, eles foram adaptando os ritos tradicionais e abolindo outros contrários à nossa cultura. Foi uma atitude inteligente e seguida por outras modalidades religiosas africanas aqui instaladas – nagô, angola, congo, jeje. E se hoje denominamos toda essa participação de cultura afro-brasileira, nós o fazemos em respeito a esse passado. Na realidade, já é uma cultura eminentemente brasileira e que deve ser devidamente valorizada pelo esforço com que foi conquistada em momentos de extrema dificuldade. Buscar novos modismos pelo simples fato de querer ser diferente é regredir no tempo; é colocar corpos estranhos junto a valores já firmados.

O candomblé sobrevive com mínimos avanços. O parâmetro para uma avaliação seria a comparação com outras formas religiosas, que crescem e se atualizam constantemente em busca de sustentação perante a sociedade. O tema é polêmico; porém, tudo que é polêmico gera participação. Há uma herança a ser legada para aqueles que viverão a religião em uma época diferente e especial. O candomblé tem um compromisso com a geração deste século: o de transformar uma instituição pessoal numa sociedade global.

Procura do *odù*. O iniciado é sentado sobre um pano branco, de costas para o *ojú Ṣàngó*, e, entre suas pernas estiradas, coloca-se um *ẹdùn àrá*. *Ìyá Ṣàngó* pergunta-lhe: "Procuras o poder do Orixá ou o dinheiro?" O candidato responde: "É o poder do Orixá que eu quero." Em suas mãos juntas, ele recebe da *Ìyá Ṣàngó* dezesseis búzios, com os quais fará a adivinhação.*

* Verger, Pierre. *Orixás: deuses iorubás na África e no novo mundo*. Salvador: Corrupio, 1981, p. 41.

OBRAS CONSULTADAS

ABIMBOLA, W. *Sixteen Great Poemns of Ifa*. Unesco, 1975.

AWOLALU, J. O. *Yoruba Beliefs and Sacrificial Rites*. Longman, 1979.

BACON, W. *Ifa Divination*. Londres, 1969.

BEIER, U. *Yorubá Miths*. Londres, 1969.

BENISTE, J. *Ọ̀run-Àiyé: o encontro de dois mundos*. Rio de Janeiro: Bertrand Brasil, 1997. [No prelo pela Editora Civilização Brasileira.]

__________. *Jogo de búzios: um encontro com o desconhecido*. Rio de Janeiro: Civilização Brasileira, 2025.

__________. *As Águas de Oxalá*. Rio de Janeiro: Civilização Brasileira, 2025.

BIOBAKU, S. O. *Sources of Yoruba History*. Oxford, 1973.

CORTEZ, J. GARCIA. *El Santo*. Nova York, 1971.

COSSARD-BINON, GISELLE. "A Filha de Santo". *In*: *Olóòrìṣà*. São Paulo: Ágora, 1981.

COURLANDER, H. *Tales of Yoruba Gods and Heroes*. EUA, 1995.

CRIPPA, A. *Mito e cultura*. São Paulo: Convívio, 1975.

ELIADE, M. *La Nostalgie des Origines*. Paris, 1971.

__________. *Aspects du Mythe*. Paris, 1963.

FROBENIUS, L. *Mythologie de l'Atlantide*. Paris, 1971.

GLEASON, JUDITH. *Oya: um louvor à deusa africana*. Rio de Janeiro: Bertrand Brasil, 2016.

IDOWU, E. B. *Olodumare*. Londres, 1962.

JOHNSON, S. *The History of The Yorubas*. Lagos, 1937.

RAMOS, ARTHUR. *Estudos afro-brasileiros. Vol. 1*. Rio de Janeiro: Ariel, 1935.

SIMPSON, G. E. *Yoruba Religion & Medicine in Ibadan*. Ibadan University Press, 1980.

VERGER, Pierre; BASTIDE, Roger. "Contribuição ao estudo dos mercados nagôs do Baixo Benin". *In*: VERGER, Pierre. *Artigos*. São Paulo: Corrupio, 1992, pp. 122–159.

VERGER, Pierre. *Notes sur le Culte des Òrìṣa et Vodun*. Dakar, 1957.

__________. *Orixás: deuses iorubás na África e no novo mundo*. Salvador: Corrupio, 1981.

__________. *Grandeur et décadence du culte de Iyami Ọ̀sòrọ̀ngà*. Paris, 1943.

Este livro foi composto na tipografia Minion Pro,
em corpo 11,5/16, e impresso em papel off-white
no Sistema Cameron da Divisão Gráfica
da Distribuidora Record.